KB059937

사람을 목격한 사람

사람 을 목격한 사람

사람 을 목격한 사람

사람 을 목격한 사람

사람 을 목격한 사람

사람 을 목격한 사람

(사계절) (고병권 산문집)

그날의 춤을 기억하며

1.

해가 뜨지 않은 겨울날의 이른 아침. 건물 옥상에서 한 사람이 세상에서 가장 슬픈 춤을 추고 있다. 처음에는 구석에서 발을 동동 구르더니 이내 몸을 펼쳤다 접었다 하며 손뼉을 마주친다. 그런 다음 하늘을 향해 고개를 젖히고는 두어 차례 손을 휘젓는다. 그러다가 한 손을 난간에 걸친 채 털썩 주저앉는다. 어깨를 잠시 들썩이더니 난간에 걸친 손으로 벽을 마구 두드린다. 그러고는 다시 일어나 몸을 정면으로 돌리고는 소리친다. 주변 소음 때문에 말이 들리지는 않는

사람을 목격한 사람

다. 그때 누군가 외친다. "여기, 사람이 있다!"

　2009년 1월 20일, 서울 용산의 남일당 건물 옥상, 거대한 불길 옆에 서 있던 그 사람의 몸짓을 잊을 수 없다. 사람은 자신이 본 것을 감당할 수 없을 때 그런 춤을 춘다. 그는 사람을 목격한 사람이다. 그는 삶의 마지막 보루로 지은 망루에서 동료 철거민이 타 죽는 것을 본 사람이다. 모든 수식어들, 시민, 동네 술집 사장, 철거민, 심지어 당시 정부가 갖다 붙인 테러리스트라는 말까지 다 타고 난 뒤, 그 말들이 감싸고 있던 '사람'이 타는 것을 본 사람이다.

　진실한 글이란 아마도 이 사람의 춤에 가까울 것이다. 사건의 충격으로 떨고 있는 글. 자신이 목격한 것 앞에서 발을 구르며 울다가 허공에 손을 휘젓다가 끝내는 털썩 주저 앉는 글. 나는 내 글이 이 사람의 춤을 닮았으면 좋겠다고 생각해왔다. 그러나 한 번도 그런 글을 써본 적은 없다. 나 자신이 그런 사건에 휘말릴까 두려웠고, 근처를 기웃거리다가 누군가 살려달라며 휘젓는 손에 소매라도 잡힐까 겁이 났기 때문이다. 결국에 내가 쓴 글들이란 한두 걸음 떨어져서 보고 느낀 안타까움에 지나지 않는다.

　그래도 사람을 주저앉히는 글을 쓰지 않으려고 노력했다. 그것은 저 망루가 죽음이 아닌 삶의 보루였기 때문이고, 사람들이 거기에 죽기 위해서가 아니라 살기 위해서, 체념하고 순응하기 위해서가 아니라 끝까지 저항하기 위해서 올라갔기 때문이다. 내게는 최소한 그것을 알려야 할 책무가 있다고 생각한다. 니체의 차라투스트라는 광대로부터 절름발이라는 놀림을 받던 줄타기 곡예사의 시신을 첫 번째 길동무로 삼았다. 그 곡예사는 비록 놀림과 비난 속에서 바닥에 떨어져 죽었지만, 짐승에서 위버멘쉬Übermensch로 이어지는 인간이라는 외줄을 주춤대면서도 용감하게 건너가던 사람이다. 차라투스트라는 그에게 다짐했다. "차디차게 굳어버린 길동무여! 내가 그대를 등에 지고 가겠다." 나는 이것이 글을 쓰는 사람, 사유하는 사람의 책무라고 생각한다.

2.

이 책은 대략 지난 5년간 쓴 글과 발언들을 모은 것이다. 5년 전에 펴낸 책 『묵묵』처럼 대부분은 『경향신문』에 게재된 칼럼이고, 나머지는 노들장애인야학에서 발행하는 소식지 『노들바람』에 썼던 글 그리고 장애인들의 투쟁 현장에서 행했던 발언들이다.

지난 글들을 모아놓고 보니 온통 사람 이야기다. 더 정확히 말한다면 사람 취급받지 못한 사람들, 사람의 지위가 문제된 사람들의 이야기다. 상당수는 장애인이고, 일부는 이주민이고, 또 일부는 아픈 사람이다. 소수이기는 하지만 비인간 동물도 있다. 이들은 모두 사람이라는 것이 인간이라는 종, 그것도 어떤 전형적 형상을 한 인간에게만 부여된 자격이라고 했을 때, 그 자격을 부인당한 존재, 그것으로 차별받아온 존재들이다.

하지만 나는 '사람'이라는 말에 이들 모두를 담고 싶다. 말의 의미를 바꾸어서라도 말이다. 애초에 '사람'이 '살다'에서 나온 게 사실이라면 그리고 이 말에 생명의 고귀함이 담겨 있다면, 나는 사람임을 부인당한 모두에게서 사람을 본다. 이들 모두가 위태로운 사람들이고 이들 모두가 고귀한 사람들이다.

이들은 매번 이 땅에서 살 수 있는지가 문제인 사람들이다. 이들의 간절한 요구들 중 사상의 자유 같은 폼 나는 것은 없다. 대부분은 자유롭게 이동하며 물을 마시고 밥을 먹고, 학교에 가고 일터에 가는 것 등이다. 말하자면 이들은 기본적인 일상도 보장되지 않은 사람들이다. 억압과 차별에 맞서 힘써 저항한 경우에도 이들의 행위는 국가보안법이 아니라 도로교통법, 그것도 아니면 단순한 행정처분의 대상이다.

그런데 나는 이들의 몸부림, 이들의 생명 활동, 이들의 삶의 의지만큼 급진적인 저항을 알지 못한다. 이들의 이동을 위해서는 세상의 이동이 필요하며, 이들의 배움을 위해서는 세상의 일깨움이 필요하고, 이들의 노동을 위해서는 세상을 새로 제작해야 하기 때문이다. 이동과 교육, 노동만이 아니다. 주거 형태는 물론이고 연애 형태, 더 나아가 주권 형태까지도 변혁하지 않으면 안 된다. 나는 이들의 삶의 의지로부터 내가 배운 것을 써보려고 노력했다. 이들 목소리가 내 마음속에 만들어낸 파장을 다른 이들에게 전달하기 위해 노력했다.

세상의 중요한 소리는 작게 들린다. 세상의 소음이 그것을 가리기 때문이다. 이 소음을 뚫고 목소리를 내는 것이 참 어렵다. 신문사에서 처음 칼럼 집필을 의뢰받았을 때 내게 떠오른 것은 작은 앰프였다. 언젠가 장애인 농성장에서 보았던 청테이프가 덕지덕지 붙어 있던 작은 앰프. 작은 목소리를 키우기 위해 분투해온 그 사물이 참으로 장해 보였다. 지난 5년간 나는 그 앰프가 되고 싶었다. 내가 투쟁 현장에서 들은 목소리를 키워서 더 멀리 보내고 싶었다.

어차피 성능 좋은 앰프들은 비싸기도 하고, 앰프 자체가 자신에게 부합하는 공간과 청중을 요구하기 때문에, 투쟁 현장에서는 구할 수도 없지만 사용할 수도 없다. 어쩌면 나 같은 싸구려 앰프가 제격인지도 모르겠다는 생각을 했다. 칼럼 집필 의뢰를 수락한 뒤, 장애인 등의 투쟁 현장에서 나오는 목소리에 조금 더 귀를 기울였다. 어떤 때는 당사자들을 찾아가 어떤 주제로 글을 쓰면 좋을지 묻기도 했다. 나는 그들이 말해준 주제를 공부했고 그것으로 글을 썼다. 나는 부끄럽지 않다. 싸구려 앰프, 이것은 나의 자부심이다.

3.

앞으로는 춤을 추고 싶다(그 시간이 올까). 내 글이 춤을 닮았으면 좋겠다. 비극적 사건 앞에서 울어대는 춤 말고, 슬픈 사람 앞에서도 작은 힘, 작은 기쁨이라도 건넬 수 있는 그런 춤을 닮았으면 좋겠다. 2019년 뉴질랜드에서 한 백인 인종주의자가 이슬람 사원에 총격을 가해 수십 명을 살해했을 때 마오리족 전사들이 이주민 희생자들을 위해 추었던 '하카haka' 같은 춤 말이다. '코 아우, 코 코에, 코 코에, 코 아우.' '나는 당신이고 당신은 나입니다.' 언젠가는 이들의 몸짓을 익히고 싶다. 내 심장이 이 전사들처럼 강해지기를, 그리고 내 발걸음이 이 무용수들처럼 가벼워지기를 소망한다.

차례

(제1부)

두 번째 사람

차라투스트라의 첫 번째 길동무

언제나 기분 좋은 말, 나는 노들장애인야학의 철학 교사다. 노들야학에서 철학 수업이 시작된 것은 2010년이다. 첫해에는 국어 수업 하나를 철학 책 읽기로 진행했고, 다음 해부터는 철학을 정규 과목으로 편성했다. 나는 처음부터 지금까지, 몇 학기 빼먹기는 했지만, 노들야학의 철학 교사로 지내고 있다.

그런데 학생들이 어리둥절할 이야기지만 사실 나는 철학자가 아니다. 철학 수업을 어떻게 진행해야 하는지도 모른다. 그저 생각을 나누고 싶은 작가의 책을 함께 읽고 이야기를 나누는 게 전부다. 수업에서는 세상에 철학자로 알려진 사람들, 이를테면 스피노자나 니체의 책을 읽기도 하지만, 중국 작가 루쉰의 잡문을 읽기도 하고 아우슈비츠 생존자인 프리모 레비의 글을 읽기도 한다. 이게 독서 수업인지, 인문학 수업인지, 철학 수업인지 잘 모르겠다. 그러나 내 과목명은 철학이고 학생들은 나를 철학 선생님이라고 부른다. 누군가 "철학 선생님 안 나오세요?" 하고 묻는다면, 그건 요즘 내가 왜 잘 보이지 않느냐는 이야기다. 내가 철학 교사인 게 아니라 철학 교사가 나인 것처럼 말한다.

노들야학에서 꽤 오랫동안 내가 '철학 교사'라는 보통명사를 고유명사처럼 누려왔듯이 니체는 한동안 '철학자'의 지위를 독점했다. 니체가 철학자인 게 아니라 철학자가 니체인 것처럼 말이다. 철학자들 사이에서 소크라테스, 칸트 같은 사람들이 누리는 '대문자 철학자'의 지위를 노들에서는 니체가 누렸다.

2018년 2학기 수업 내용을 고민하고 있을 때 니체를 해달라는 학생들이 많았다. 특히 지호와 홍경의 목소리가 컸다. "왜 니체를 읽으려느냐"라고 묻자 지호는 "철학 공부가 하고 싶어서"라고 답했다. 아무래도 루쉰이나 레비는 철학자가 아니고, 니체를 읽어야 철학을 공부하는 것이라고 생각하는 듯했다. 그는 지난 학기 수지에게 『차라투스트라는 이렇게 말했다』(이하 『차라투스트라』)에 대한 해설서를 선물했고(수지는 이게 여자 친구한테 할 선물이냐고 내게 따지듯 푸념했다), 홍경은 내가 쓴 『언더그라운드 니체』를 들고 와서는 서명해달라고 했다. 모두들 이번 학기에는 제대로 철학을 해보자고 했다. 제대로 된 철학? 죽은 니체가 일어나 웃음을 터뜨릴 이야기가 여기서는 이렇게 통용된다. 그동안 수업 시간에 내가 니체 이야기를 너무 많이 한 탓이다.

이번 학기 수업 교재는 『차라투스트라』로 결정되었다. 『차라투스트라』는 처음 철학 수업을 개설했을 때 읽었던 책이다. 이 책을 다시 읽기로 한 것은 학생들의 요구도 있었지만 내 개인적 호기심 때문이기도 했다. 8년 전에는 이 책의 몇몇 에피소드들, 이를테면 '저편의 세계를 신봉하는 자들'이나 '신체를 경멸하는 자들'을 읽을 때 참 아슬아슬했었는데 지금은 어떨까. 이번에 이 책을 처음 접한 사람들은 어떤 반응을 보일까.

걱정 반 기대 반으로 책을 읽어나갔다. 『차라투스트라』는 연구자들 사이에서는 아주 난해한 책으로 통한다. 그런데 여러 번 느낀 바이지만, 니체를 처음 접한 사람들과 가장 재밌게 읽을 수 있는 책, 때로는 깔깔거리고 때로는 신기해하며 읽을 수 있는 책이 『차라투스트라』이기도 하다. 많은 에피소드들로 이루어진 이야기이기 때문이다.

이번에는 특별히 변사가 이야기를 들려주듯 책을 읽어 나갔다. "깨달은 바 있어 십 년 동굴 생활을 접고 하산을 시작한 차라투스트라. 그는 사람들에게 '신은 죽었다'는 복음을 선물하려고 신나서 내려오는데……." 모두가 내 입을 주시한다. "그런데 하필 그가 처음 만난 사람이 독실한 성자였네. 매일 찬송가를 지어 신께 바치는 사람이었어요. 한 사람은 '신은 죽었다'는 말을 선물로 들고 왔고, 한 사람은 매일 신에게 찬송가를 선물로 바치고 있는데…… 이 둘이 만났습니다. 과연 무슨 일이 벌어질까요?"

첫 시간을 이 대목에서 끝내자 학생들의 항의가 빗발친다. "이런 게 어디 있느냐"라며 뒷이야기를 마저 들려달라고 했다. TV 연속극처럼 다음 이야기를 끌어들이고는 중단하니 감질이 난 것이다. 첫 시간의 호응을 보고 앞으로도 계속 이야기꾼처럼 강의를 진행해야겠다는 생각을 했다. 8년 전의 긴장감을 기대하기 어렵겠지만* 그때보다 여유롭게 즐기는 독서가 될 거라는 기대가 생겼다.

두 번째 시간을 마칠 때도 세 번째 시간의 내용을 암시만 한 채로 이야기를 끊었다. 『차라투스트라』의 머리말 6절이다. 차라투스트라가 군중 앞에서 설법을 펴던 중, "바로 그때 모든 사람의 입을 다물게 하고 모든 사람의 눈을 얼어붙게 만든 일"이 일어났다고 말하고 멈추었다. 학생들은 도대체 무슨 일이 일어난 거냐고, 빨리 말해주지 않으면 화낼 거라고 했다. 나는 "누군가 크게 다쳐 죽는다"라는 무시무시한 예고만을 해두었다.

세 번째 시간을 시작하며 슬슬 걱정이 되었다. 지난 시간 광고가 너무 과하지 않았나 싶었다. '입을 다물게 하고 눈을 얼어붙게 만든 일'이 일어난다고 했는데 싱거우면 어떡하지. 별수 없었다. 시치미 떼고 『차라투스트라』의 머리말을 계속 읽어갔다. 로프 댄서, 즉 줄타는 곡예사를 광대가 뛰어넘는 장면이다. '사람을 뛰어넘는다'는 말 때문에 광대는 니체가 말한 위버멘쉬처럼 보인다. 그러나 내 생각에 그는 차라투스트라의 긴 여정에서 마주칠 여러 '사이비'들 중 하나이다. 차라투스트라의 여정은 차라투스트라가 위버멘쉬로 변신하는 과정이지만 또한 일종의 시험, 즉 인간 극복을 연기하는 도금된 존재들 사이에서 황금 존재를 선별하는 과정이기도 하다. 머리말에서 차라투스트라는 "인간은 극복되어야만 하는 무엇"이라고 했지만 그것이 광대처럼 남의 머리를 넘어서는 것은 아니다. 차라투스트라는 광대처럼 사람들을 낮춰 보고 불신하는 냉소주의자나, '시장터의 원숭이들'처럼 이익을 챙기기 위해 남의 머리를 딛고 올라서는 자가 아니라, 자기 자신의 정수리를 딛고 오르는 자, 자기 자신을 극복하는 자이다.

내가 이런 이야기를 수업에서 할 수 있을까. '위버멘쉬'니 '자기 극복'이니 하는 말을 꺼내면 학생들의 눈은 얼어붙기는커녕 무겁게 내려앉을 것만 같았다. 무슨 추리소설처럼 극적인 반전이라도 일어나기를 기대하고 있을 텐데⋯⋯. 지난 시간의 과장 광고에 대한 걱정 때문에 나는 세 번째 시간을 열며, 너무 기대하지는 말아달라고 부탁 아닌 부탁까지 하고서 이야기를 시작했다.

"두 개의 탑 사이에 줄이 걸려 있습니다. 그런데 한쪽 탑문이 열리더니 곡예사가 나와 줄을 타기 시작해요. 그런데 이 사람 그렇게 능숙한 사람은 아닌가 봅니다. 주춤주춤 한 발씩 나아가 중간까지 왔는데 이거 큰일 났네요. 다리가 후들거리고 더 갈 수 없을 것 같은데 어쩌죠? 가야 할 길도 먼데 뒤돌아보니 돌아가는 길도 너무 멀어요. 그렇다고 그 자리에 계속 머물러 있을 수도 없고요. 그러다가 균형을 잃으면 바닥에 떨어질 테니까요."

나는 잠시 이야기를 멈추고는, 곡예사는 어찌해야 하

느냐고 학생들에게 물었다. 대답은 한결같았다. 탄진도, 지호도, 홍경도, 영은도 모두 같은 생각이었다. 무조건 앞으로 나아가야 한다고 했다! 모두가 응원하듯 "앞으로"를 외쳤다.

다시 이어지는 이야기. 탑문이 또 열리더니 광대가 나왔다. 그는 빠른 걸음으로 곡예사를 쫓아왔다. 그러고는 소리쳤다. "어서 앞으로 가지 못해, 이 절름발이야! 이 느림보야, 이 핏기 하나 없는 놈아! 탑 속에나 처박혀 있지, 뭐 하러 나왔어? 누군가가 너를 그 속에 가두었어야 했는데. 너는 지금 너보다 뛰어난 자의 길을 가로막고 있잖아!"

이 대목을 읽으면서 갑자기 한기를 느꼈다. 예전에 읽을 때는 무심코 지나쳤던 문장들이 차디찬 고드름처럼 책에 매달려 있는 것 같았다. 『차라투스트라』는 비유와 상징으로 가득한 책인데, 비유와 상징은 오간 데 없고, 차가운 현실이 그대로 우리 앞에 나타나고 말았다. 어떻게 노들야학에서 '절름발이'가 비유이고 상징일 수 있겠는가.

'이 절름발이야, 탑에나 처박혀 있지 왜 기어 나와서, 우리 시간을 빼앗는 거야.' 장애인 이동권 투쟁 현장에서 수도 없이 듣는 말. 꼭 투쟁의 때가 아니더라도 일상에서 언제나 접하는 말. 번잡한 길을 절뚝이며 걸을 때, 출퇴근 시간에 전동 휠체어를 타고 지하철에 오를 때, 때로는 눈빛으로 때로는 노골적인 혼잣말로 광대의 언어가 튀어나온다. 아니나 다를까, 모니터 화면에 펼쳐진 텍스트에서 눈을 떼고 학생들을 보았을 때 여러 사람이 나를 뚫어져라 보고 있었다.

벌벌 떨던 곡예사는 앞서 학생들이 외쳤듯이 앞으로 한 걸음을 내디뎠다. 그런데 그 순간에 광대가 소리를 지르며 그를 훌쩍 뛰어넘었다. 깜짝 놀란 곡예사는 발을 헛디뎠고 보조 장구인 장대를 놓치고는 바닥으로 떨어졌다. 몇몇 학생들이 낮은 신음 소리를 냈다. "어…… 어……." 정숙은 눈물까지 글썽였다. 탄진도 얼어붙은 듯 입을 닫아버렸다. 탈시설의 기억을 떠올리며, 줄 중간에서 머뭇거리던 곡예사에게 '앞으로 나아가야 한다'며 손을 누구보다 크게 내저었는데, 사태의 끔찍한 전개에 말문이 막힌 듯했다.

구경꾼들이 혼비백산해서 흩어진 자리, 차라투스트라는 곡예사 곁에 앉았다. 곡예사는 자신이 지옥에 가는지를 물었다. 그를 가두고 훈련시켰던 이들이 그동안 지옥에 관한 이야기로 그를 주저앉혔던 모양이다. 온갖 이데올로기와 신화, 거짓 이야기가 장애인들을 그렇게 만들듯이 말이다. 차라투스트라가 그에게 말했다. '지옥 같은 것은 없다'고. 그러자 곡예사는 자신이 짐승처럼 살았다고 했다. "사람들이 매질하고 변변치 못한 먹이를 미끼로 줘가며 춤을 추도록 훈련시키는 짐승 말이오." 그가 살아온 세상이 사실은 지옥이었던 것이다. 여기저기서 훌쩍이는 소리가 났다.

곡예사가 줄타기를 시작하기 전에 차라투스트라는 "인간이란 짐승과 위버멘쉬 사이에 걸려 있는 밧줄"이라고 말했다. 그렇게 보면 곡예사의 줄타기는 인간을 박탈당한 짐승에서 인간을 넘어선 위버멘쉬로의 여정이었던 셈이다. 그는 두려움에 떨면서도 위버멘쉬를 향해 한 발씩 내디뎠다. 그는 과감히 탑의 문을 열고 나왔으며, 비록 바닥에 떨어졌을지언정 탑으로 돌아가지는 않았다.

마지막 숨을 잡고 있던 곡예사는 차라투스트라에게 말한다. "당신의 말대로라면 나는 비록 생명을 잃는다 해도 아무것도 잃는 것이 없는 셈이오." 곡예사의 말은 2천 년 전의 철학자 에피쿠로스를 떠올리게 한다. 에피쿠로스는 사람들을 주눅 들게 하는 죽음에 관한 온갖 신화들에 맞섰다. 죄, 심판, 지옥 같은 것은 없다. 살아 있는 자에게 죽음은 없으며 죽으면 아무것도 없으니, 죽은 뒤를 걱정할 것이 아니라 지금 어떻게 살지를 생각하라. 그것이 그의 가르침이었다. 지옥은 없다. 죄도 없다. 업보도 없다. 다만 삶이 있을 뿐.

만약 지옥이란 게 있다면 그것은 우리가 살아 있는 동안 존재하는 것이다. 위협과 협박으로서, 폭력과 감금으로서, 그리고 무엇보다 우리 삶에 대한 포기로서. 그렇게 보면 곡예사에게 지옥은 죽기 전에 끝이 났다. 그가 자유의 여정을 시작한 순간, 다시 말해 짐승에서 위버멘쉬로 이어진 밧줄을 타기 시작한 순간에 말이다.

엄밀히 하자면 짐승 생활은 '끝난' 것이 아니라 '끝낸' 것이다. 물론 죽음 때문에도 그것은 끝이 났을 것이다. 하지만 곡예사는 죽기 전에 그것을 '끝냈다'. 둘의 차이는 너무나 크다. 자유를 살지 못한 채 맞은 죽음과 자유인으로서 맞은 죽음. 죽은 채로 살아 있던 사람과 살아 있으므로 죽지 않았던 사람. 두 사람이 맞은 죽음의 차이는 너무나 크다.

곡예사를 몰아붙이던 광대의 말을 환기하며 정숙은 이렇게 말했다. "살아오면서 진짜 그런 이야기 많이 들었어요. 병신이라는 말, 세상에 왜 나왔느냐는 말. 근데요. 나는 정말 잘 죽기 위해 살아요." 나로서는 알 듯 모를 듯한 말이다. 아마도 이렇게 죽을 수는 없다는 것, 이렇게 죽는 건 죽는 게 아니라는 것을 말하고 싶었던 게 아닐까 싶다. 나는 정숙의 말을 이렇게 들었다. 잘 죽기 위해서는 철저히 살아야 한다고. 그동안 죽어지낸 자야말로 내 안에서 죽어야 한다고. 두려움이든 소심함이든 게으름이든 탑 속에 나를 가두었던 모든 것들과 철저히 결별해야 한다고. 이것이 『차라투스트라』가 '몰락'에서 시작하는 이유, 그것도 '철저한 몰락'에서 시작하는 이유인지도 모르겠다.

　어쨌거나 차라투스트라는 이렇게 해서 첫 번째 길동무를 얻었다. 비록 죽은 사람이지만, 위험을 감수하고 파멸을 맞았던 사람, 죽음의 위협에 굴하지 않고 기꺼이 삶의 길을 주춤주춤 걸어갔던 사람, 심연 위에 걸린 줄 위에서 춤을 추었던 사람, 그가 차라투스트라의 첫 번째 길동무였다. 이번 학기 우리의 수업도 이렇게 시작되었다.

•　2010년 노들야학에서 『차라투스트라』를 처음 읽었을 때의 강렬한 체험에 관한 이야기는 다음 책에 실려 있다. 고병권, 「책을 읽어주던 남자」, 『"살아가겠다"』, 삶창, 2014.

두 번째 사람 홍은전

세상에는 두 번째 사람이 있다. 심보선 시인은 바로 시인이 그렇다고 했다. 시란 "두 번째로 슬픈 사람이 첫 번째로 슬픈 사람을 생각하면서 쓰는" 거라고. 첫 번째 자리는 슬픔의 자리이지 글의 자리가 아니다. 그러므로 슬픔에 관한 첫 번째 글은 두 번째 자리에서 나온다. 그런데 어찌 시인만이겠는가. 세상에는 시인 말고도 두 번째 사람들이 있다.

내가 세 번째, 네 번째 자리에서 지켜본 사람 홍은전 작가도 두 번째 사람이다. 그가 선 자리는 세상에서 제일 많이 비어 있는 자리다. 첫 번째 자리에도 사람이 가득하고, 세 번째, 네 번째 자리에도 사람이 가득한데 두 번째 자리는 그렇지 않다. 세 번째 사람은 첫 번째 사람이 슬퍼했다거나 분노했다는 소식을 듣지만 두 번째 사람은 첫 번째 사람의 통곡 소리를 듣고 시뻘게진 눈알을 본다. 무엇보다 두 번째 사람이 선 자리는 첫 번째 사람이 도와달라며 손을 내밀 때 소매가 잡히는 자리다. 그걸 알기에 나는 세 번째에 서고, 겁이 날 때는 네 번째, 다섯 번째까지 도망친다. 그리고 나 같은 사람들이 많기에 세상의 우는 사람들은 대부분 혼자서 운다. 덩그러니 혼자 남아 흐느끼는 것이다.

그런데 홍은전은 두 번째 사람이다. 그가 써온 글들은 온통 첫 번째 사람들에 대한 것이다. 그의 귀에 대고 온 힘을 짜내 "나가고 싶어"라고 말하는 시설 장애인, 추모 공간을 짓게 해달라며 자식들의 '유골을 업은 채' 주민들에게 '떡을 돌리는' 세월호 참사 유족, 거울에 비친 사람을 부인하며 '1년 넘게 거울을 보지 않은' 화상 경험자, 어린 시절 납치되듯 끌려가 상상하기 힘든 학대를 당하고 '누군가를 해치고 싶은 충동이 생기면 그걸 참느라 눈알이 시뻘게졌다'는 선감학원과 형제복지원의 수용자들.

이들 첫 번째 사람을 기록하는 마음을 홍은전은 삭발투쟁을 하는 유족의 머리를 밀어주며 "죄송해요"라고 말하던 여성의 마음에 비유했다. "바라는 것은 그가 나에게 안심하고 자기의 슬픔을 맡겨주는 것이고, 나는 되도록 그의 떨림과 두려움을 '예쁘게' 기록해주고 싶다." 그는 이런 말도 했다. "'장애인의 목소리는 잘 들리지 않는다'고 말하는 내 목소리가 너무 크지 않은가 신경이 쓰"인다고. 이렇게도 말했다. "'손 벌리는 자'의 마음에 대해 아무것도 모르면서 '손 잡아주는 자'의 자부심으로 살아왔던 시간이 부끄러워서 펑펑 울었다"고.

그의 글을 묶어낸 책 『그냥, 사람』이 나왔다. 나는 이 책을 오랫동안 기다려왔다. 나는 신문을 겨드랑이에 끼고는 "호외요"를 외쳤던 옛날의 신문 판매원처럼 이 책이 나왔다고 떠드는 날을 기다려왔다. 이 작가의 삶을 존경하고 글을 좋아하기 때문이기도 하지만, 무엇보다 세상에 얼마 없는 두 번째 사람들의 소중함을 알리는 기회로 삼기 위해서였다.

책의 제목은 노들장애인야학 교장이자 전국장애인차별철폐연대를 조직한 박경석의 말에서 따왔다. 대학 시절 불의의 사고로 장애인이 된 박경석은 복지관에서 만난 장애운동가 정태수를 이렇게 기억했다. "나는 장애인이 불쌍하다고 생각했어. 그랬던 내가 그 불쌍한 장애인들 속으로 떨어졌으니 인생이 비참해 죽을 것 같았는데, 그때 태수가 왔지. 그런데 그 장애인이 사람으로 보이는 거야. 불쌍한 장애인이 아니라 그냥 사람." 정태수를 박경석은 그렇게 기억했고, 박경석을 홍은전은 그렇게 기록했다. 두 사람 모두 자기 앞에서 '그냥 사람'이 나타나는 것을 본 두 번째 사람들이다.

시도 그렇지만 윤리도 그렇다. 모두가 이 두 번째 사람이 되려는 노력이다. 결코 원하지 않아도 누구나 첫 번째 사람이 될 수 있고, 굳이 원하지 않아도 누구나 세 번째 사람이 될 수 있다. 그러나 두 번째 사람은 그렇지 않다. 첫 번째 사람의 소리와 몸짓에 주의를 기울이는 사람, 홍은전의 표현을 빌리자면, '알아가면서 앓아가는 사람', '무지개를 만나기 위해서 비를 견디는 사람'만이 두 번째 사람이다. 이런 수신기, 이런 기록 장치, 이런 발신기가 있어서 우리의 세상은 그나마 덜 외롭고 덜 황량하다.

두 번째 사람 홍은전의 글들은 후원 계좌 번호를 적거나 팟캐스트, 유튜브 채널을 적는 것으로 끝난다. 부디 여기를 후원해달라고, 부디 이 방송을 보아달라고. 나도 똑같이 이 글을 맺어야 할 것 같다. 부디 이 책을 읽어주시길 바란다.

추신. 홍은전은 이제 비인간 동물의 슬픔을 기록하는 인간 동물이 되기로 결심한 것 같다. 충혈된 눈을 하고 있는 첫 번째 동물 곁을 지키는 '두 번째 동물'이 되기로.

데이비드 그레이버의 아침 식사·

데이비드David Graeber의 부고訃告는 시간이 제법 흐른 지금
까지도 믿기지 않는다. 총탄이 뚫고 지나간 것처럼 나는 아
무런 슬픔도 느끼지 못한 채 털썩 주저앉았다. 그러고는 내
안에서 어떤 활력, 어떤 기쁨이 빠져나갔음을 느꼈다.

　　직접 만난 것은 몇 차례뿐이지만 그의 이름은 언제나
내게 활력과 기쁨을 의미했다. 착취와 억압의 세계 그리고
고통받는 사람들에 대해 이야기할 때조차 그의 빛나는 아
이디어와 놀라운 해석들은 사람을 기쁘게 했다. 그에게 '직
접행동direct action'에 대해 처음 들었을 때, 그러니까 직접행

동이란 기존의 권력 구조가 존재하지 않는 것처럼 행동하는 것이며, 우리가 이미 자유로운 사람들인 것처럼 행동하는 것이라는 말을 들었을 때, 단지 말을 들은 것만으로도, 아직 행동에 나서기 전인데도 불구하고, 내 몸은 자유를 느끼며 기쁨에 떨었다.

나만 그런 게 아니었다. 연구 공동체 '수유너머'에서 데이비드가 몇 차례 강연을 했을 때 나는 청중들이 내뱉는 탄성을 여러 번 들었다. 한 장면이 떠오른다. 웃음기 가득한 특유의 표정으로 데이비드는 산타클로스와 도둑에 대해 이야기했다. 둘은 모두 굴뚝을 타고 들어온다. 산타클로스는 그 많은 선물을 어디서 가져온 걸까. 그것은 혹시 도둑질한 게 아닐까. 데이비드는 부자 집을 털어서 가난한 집에 나누어 주던 의적들의 분배 시스템을 자본주의 시장과 대비시켰다. 그가 의적들의 분배 시스템을 '능력에 따라 일하고 필요에 따라 나누는' 공산주의와 연결 지었을 때 모두가 웃었다. 그날 밤 내게는 이런저런 이야기보따리를 풀어놓는 데이비드가 산타클로스처럼 보였다. 그리고 강연장에 참석한 우리 모두가 훔친 물건을 쌓아두고 잔치를 벌이는 도둑 떼처럼 보였다. 그날 나는 우리의 '코뮌commune'이 실제로 무상으로 가져온 것들로 가득 차 있으며 그것들은 모두 무상으로 다른 사람들에게 선사해야 하는 것들이기도 하다는 것을 깨달았다.

데이비드의 말을 이해하기 위해서는 대단한 학문적 훈련이 필요하지 않았다. 아니, 이렇게 말해야 할 것 같다. 데이비드는 학문적 훈련을 받지 않은 사람들에게도 자기 생각을 쉽게 말할 수 있는 사람이었다. 2009년엔가, 나는 그에게 서울에 있는 탈성매매 여성들의 작은 코뮌을 소개했다. 그곳을 방문했을 때 사람들은 데이비드에게 희망을 찾을 수 있는 말을 해달라고 했다. 데이비드는 현재 세계를 지배하고 착취하는 기계장치에 대해 말했다. 그는 그 기계장치가 요즘 곳곳에서 고장을 일으킨다고 했다. 바로 여기처럼 사람들이 서로를 돌보는 곳에서 그 기계가 자꾸 고장 난다고, 그러니까 여기가 바로 희망을 만드는 곳이라고. 사람들은 웃으며 환호했다.

데이비드의 개념들은 현실 운동에서 잘 작동했다. 그의 개념들은 아카데미라는 폐쇄 회로에서 순환하는 여느 학자들의 개념들과는 달랐다. 10여 년 전에 나는 대형 마트의 파업 노동자들과 이야기를 나누던 중 그의 '해석노동interpretive labor'* 개념을 소개한 적이 있다. 노동자들은 그 개념이 가리키는 바를 자신들의 경험에서 쉽게 찾아냈다. 따로 어떤 설명을 할 필요가 없었다.

　최근에는 장애 운동가들과 그의 '불쉿잡bullshit jobs'에 대한 이야기를 나누었다. 우리는 지금 중증 장애인 일자리를 요구하는 투쟁을 벌이고 있는데, 데이비드 덕분에 우리는 우리 투쟁의 의미를 새롭게 인식할 수 있었다. 우리는 일자리를 지킨다는 명목으로 기업들에 막대한 공적 자금을 투입하는 정부를 향해, 기업의 이윤 창출에는 기여하지만 사회적으로는 아무런 의미도 없는, 심지어 사회와 자연을 파괴하는 그런 일자리들을 지키는 데 돈을 쓰지 말라고 주장하고 있다. 그런 곳에 돈을 쓰는 대신 사회적 의미와 가치, 연대를 창출하는 장애인 활동(문화 활동은 물론이고 사회적 차별에 맞서는 권익 옹호 투쟁까지 모두)의 공공성을 인정하고 이 활동들에 대한 임금을 지급하라는 투쟁을 벌였다. 이 투쟁은 최근 상당한 성공을 거두었다.

　이처럼 데이비드의 말을 듣거나 글을 읽으면 문제가 새롭게 보이고, 지금과는 다른 형태의 운동, 다른 형태의 삶을 시도하고 싶은 마음이 든다. 급작스레 떠난 그를 추억하는 지금 이 순간에도 내게는 왠지 슬픈 생각이 아니라 기쁜 생각들, 기쁜 기억들이 자꾸 떠오른다.

　수유너머가 해체된 후 나는 상실감을 안은 채 2011년 봄에 미국으로 건너갔다. 그리고 그해 여름 뉴욕에서 데이비드를 만났다. 제법 늦은 밤이었다. 식당에서 이런저런 이야기를 나누던 중 아랍과 아프리카, 유럽 등에서 일어난 점거 시위에 대한 이야기가 나왔다. 뉴욕에서도 이런 일이 가능할까. 데이비드는 쉽지는 않을 거라고 했다. 여기는 3만명이 넘는 경찰들이 돌아다니는 경찰 도시라고. 그러나 곧이어 장난기 가득한 얼굴로 내게 몸을 기울이더니, 비밀 요원이 정보를 전달하듯 작은 목소리로 "그런데 다음 달에 뭔가 일어날 거야"라고 했다. 9월 17일, 몇몇 친구들과 재밌는 일을 만들 거라고. '월가 점거Occupy Wall Street'에 대한 이야기였다. 내게도 거기 참여해보라고 했다. 나는 그해 데이비드와 친구들이 뉴욕 한복판에 만들어낸 작은 해방구를 경험하면서 활력을 찾았다(여기에는 소중한 친구 사부 코소 Sabu Kohso**의 도움도 매우 컸다).

그날 밤 데이비드는 뉴욕의 거리들 몇 곳을 소개해주었다. 자신이 어린 시절을 보낸 곳들이었다. 그러고는 여러 이야기를 들려주었다. 노동조합에서 제공했던 부모님 아파트에 대한 이야기, 학창 시절의 에피소드들, 뉴욕의 거리별 특색에 대한 이야기까지. 영어가 서툰 나로서는 그 많은 말들을 붙잡을 수 없었다. 아마도 내가 알아듣지 못한 더 많은 말들이 뉴욕의 밤하늘에 뿌려졌을 것이다(뉴욕에서만이 아니라 서울에서도 그와 길을 걸으며 몇 가지 이야기를 나누었지만 그가 들려준 많은 이야기들을 붙잡지 못하고 흘려보냈다). 내가 잘 알아듣지 못한다는 것을 알면서도 그는 계속해서 이야기를 쏟아냈다. 그런데 그 표정과 몸짓만으로도 나는 큰 힘을 얻었다. 그가 멋진 사람이라는 생각을 했다.

이제 데이비드가 떠나고 내 안에는 텅 빈 공간이 생겼지만, 이 공간에는 적어도 슬픔이나 두려움, 무력함 같은 것을 채우고 싶지 않다. 데이비드 그레이버라는 이름은 내게 그것과는 너무 어울리지 않기 때문이다. 그를 처음 만났던 때가 기억난다. 2006년 가을, 일본의 친구들 도움으로 그를 서울에 초대할 수 있게 되었다. 서울에 온 이튿날 그는 아침 일찍 수유너머의 카페에 앉아 메일을 확인하고 있었다. 그는 갑자기 손으로 입을 감싸더니 눈물을 글썽이며 모니터에서 눈을 떼지 못했다. 그러고는 친한 친구가 멕시코 오악사카Oaxaca에서 총에 맞아 숨을 거두었다고 말했다. 비디오 액티비스트 브래드 윌Brad Will이었던 것 같다. 그는 한동안 안절부절못하고 테이블 주변을 서성였다. 그 하루가 어떻게 갔는지는 기억나지 않는다. 수유너머의 공동 주택에서 잔 다음 날 아침 데이비드의 얼굴 곳곳에 빨간 점들이 보였다. 그는 우리에게 장난기 가득한 표정을 짓고는 전날 밤 자신이 벌인 대단한 전투에 대해 말했다. 밤새 모기들과 싸웠는데, 자신도 부상을 입기는 했지만 모기들에게 처참한 패배를 안겼노라고. 그는 모두를 웃게 만들었다. 그러고는 친구들이 마련한 아침 식사를 맛있게 먹었다.

2020년 가을, 이번에는 데이비드가 떠났고 내게는 친구들과 아침 식사를 마련하고 그것을 맛있게 먹는 일이 남았다. 그것이 2006년 데이비드가 했던 일이고 2020년 내가 해야 할 일이다.

• 이 글은 데이비드의 친구들이 만든 추모 페이지와 일본 출판사 이분샤 홈페이지에 게재되어 있다.

  – https://davidgraeber.org/memorials/david-graebers-break-fast
  – http://www.ibunsha.co.jp/contents/memoires-davidgraeber-1

: 해석노동이란 타인의 입장을 상상하고 공감하기 위한 노력이다. 인간관계에서 가장 기본적이면서도 중요한 덕목이라고 할 수 있다. 그런데 위계적인 사회에서는 사회적 지위가 낮은 이들이 이런 노력을 많이 한다. 권력자가 일을 어떻게 보느냐에 따라 일의 진행이 크게 달라지기 때문이다. 이것 때문에 약자는 권력자의 관점을 상상하는 데 많은 노력을 기울인다. 반면 권력자는 그런 노력을 별로 기울이지 않는다. 굳이 그럴 필요가 없기 때문이다. 그레이버에 따르면 남녀에게 성별을 바꾸어 서로의 일상을 기술하게 하면 대개 여성은 남성이 하는 일을 상세히 적지만 남성은 그렇지 못하다. 평소 여성의 관점에서 문제를 바라보는 노력을 별로 해본 적이 없기 때문이다. 이런 경향은 가부장제 사회에서 크게 나타난다. 물론 좋은 사회라면 반대 경향이 나타날 것이다. 높은 위치에 있는 사람들이 그렇지 않은 위치에 있는 사람들의 입장을 상상하고 공감하는 노력을 하는 사회가 좋은 사회이다.

•• 뉴욕에서 활동하는 작가이자 아티스트. 2011년 월가 점거 시위를 준비했던 활동가이기도 하다. 2011년 후쿠시마 사태 이후 동아시아와 북미·유럽의 다양한 코뮨 운동들을 연결하는 데 관심을 갖고 있다. 국내에 소개된 그의 저서로는 『뉴욕열전』, 『유체도시를 구축하라』, 『죽음의 도시 생명의 거리』 등이 있다.

공부하는 심정

당신 공부의 동력은 무엇인가. 오래전 어느 선생이 내게 물었다. 그때 호기심이라고 답했다. 처음에는 연구 대상에 대한 호기심에서 시작하지만, 내가 어디까지 어떻게 나아가는지를 지켜보고 싶다고. 이런 호기심이 내 공부를 이끄는 것 같다고. 거짓은 아니었지만 돌이켜보면 낯 뜨거운 답변이었다. 너무 겉멋을 부렸다. 다른 새의 깃털을 제 몸에 꽂았던 이솝 우화의 까마귀처럼, 남의 문구를 빌려서 내 공부의 동기를 장식했다. 사실 그것은 미셸 푸코의 말이었다. 『성의 역사』 제2권의 서문에서 그는 이렇게 말했다.

내가 그토록 끈질기게 작업에 몰두했던 것은 호기심, 그렇다, 일종의 호기심 때문이었다. 반드시 알아야 할 지식을 자기 것으로 만들려고 하는 호기심이 아니라 자기 자신으로부터 떨어져 나가는 것을 허용해주는 그런 호기심 말이다. 지식의 습득만을 보장해주고, 인식 주체로 하여금 길을 잃고 방황하도록 도와주지 않는 그런 지식욕이란 무슨 필요가 있을까. (…) 철학이란, 다시 말해 철학적 활동이란 (…) 자기가 이미 알고 있는 걸 정당화하는 게 아니라, 어떻게, 어디까지 우리가 이미 알고 있는 것과 다르게 생각할 수 있는가를 알아내려는 노력, 바로 그것이 아닐까.

이 글을 읽은 후 나는 호기심이라는 말을 좋아하게 됐다. 나를 정당화해주는 지식의 습득이 아니라 나를 방황케 하는 공부, 그리고 이 공부를 통해 내가 나로부터 얼마나 멀어질 수 있는지를 궁금해하는 호기심이라는 표현이 참 좋았다.

하지만 언제부턴가 공부란 호기심으로만 하는 게 아니라는 생각이 들었다. 호기심만큼 나를 매혹시키지는 않았지만 호기심 이상으로 내 마음을 붙드는 것이 있다. 어떤 주제에 마음이 가는 이유는 그것이 신기해서일 수도 있지만,

사람을 목격한 사람

안타깝고 걱정이 되어서 혹은 서럽고 화가 나서일 수도 있다. 내가 가만히 있는 나 자신을 견딜 수 없는 것이다. 그러니까 공부하는 심정이라는 것도 있다. 호기심 때문에 더 깊이 파고들어가는 사람이 있는가 하면, 염려 때문에 더 자세히 살피는 사람도 있다.

공부하는 심정. 어느 장애학자의 글을 읽다가 이 말이 떠올랐다. 그에 따르면 장애학자 중에는 장애인 당사자가 많다. 비장애인 장애학자의 경우도 상당수는 장애인의 가족이라고 했다. 저명한 연구자들 대부분이 장애인 자녀를 둔 경우, 장애인 부모를 둔 경우, 장애인 형제를 둔 경우에 해당했다.

그 이유를 짐작하기는 어렵지 않다. 자신에게는 너무 절실한데 세상에는 연구하는 사람이 없기 때문이다. 장애인을 대상으로 한 연구들, 이를테면 사회복지나 특수교육, 재활 등의 분야에서 장애인에게 어떤 서비스, 어떤 기법, 어떤 처치를 제공했더니 어떤 효과가 났다는 연구는 많다. 하지만 장애인을 주체로 한 연구들, 이를테면 장애인들이 고통 속에서 축적해온 삶에 관한 지식, 장애 문제를 통해 바라본 사회와 세계, 장애인차별철폐를 위한 실천 등에 대한 연구는 많지 않다. 장애학의 학문적 지위는 장애인의 사회적 지위를 닮았다. 장애인이 사회 세계에서 겪는 주변화, 경시, 배제를 장애학은 학문 세계에서 겪는다.

그런데 누군가 억압과 차별받는 존재로서 혹은 그의 가족, 친구, 동지로서 공부하고 있다면 그 심정은 어떠할까. 자료를 확인하고 통념을 비판하고 차별의 구조를 폭로할 때 이들의 연구를 추동하는 힘을 호기심만으로는 설명할 수 없을 것이다.

오래전 은사인 사회학자 김진균 선생의 글 「역사현실과 대결하는 사회과학」을 읽었을 때가 생각난다. 선생이 40년 전쯤 썼던 글인데 거기에도 '심정'이라는 말이 있다. 사회과학 논문에 잘 맞지 않는 단어였기에 묘한 기분이 들었다. 선생은 글의 첫 단락을 반성과 자기 성찰로 시작한다. 사회과학도는 반성과 자기 성찰을 통해 자신을 객관화하고 사회적·역사적 구조를 객관화할 수 있다고 썼다. 그러면서 이런 말을 덧붙였다. 반성과 성찰은 이성에 바탕을 둔 것이지만 "원천적으로 참회로부터 시작된다"고. 연구 주제, 연구 방법 이전에 연구자의 심정, 연구하는 자세를 놓은 것이다. 그러고는 분단 사회에서 사회과학도로서 비슷한 심정을 토로했던 선배학자들의 글 몇 편을 인용했다. 모두가 한국 사회를 염려하고, 민중을 억압하는 데 가담해온 학문에 대해 반성하고 참회하는 글이었다.

대학원에서 객관적이고 엄밀한 연구 방법을 훈련받던 중에 접한 글이라 참 낯설었다. 연구 주제와 연구 방법에 대해서는 많이 배웠지만 연구하는 심정 같은 것에 대해서는 배워본 적이 없었다. 당시에는 쓸 수도 버릴 수도 없는 부모님의 유품처럼 기억 한편에 가만히 넣어두었다. 그런데 이 낡고 종교적인 느낌마저 풍기는 문장들을 오늘 다시 꺼내 보게 된다. 사회현상에 대한 흥미가 아니라 염려에서, 더 나아가 자신이 사회 돌봄의 주체이자 해방의 일원임을 생각하며, 자료 하나를 모으고 문장 하나를 쓰는 마음. 이 고색창연한 마음을 꼭 껴안아보고 싶다.

가난한 자에 대한 섬김

그 시절 대학은 많은 게 뒤집힌 곳이었다. 신입생으로 두 달을 보낸 5월 어느 날 갑자기 기온이 쑥 올라갔다. 체감으로는 한여름 같았다. 아침에 일기예보를 들었는데도 나는 긴 옷을 입었다. 서울살이를 시작할 때 고향 집에서 여름옷까지 챙겨 오지 않아 입을 옷이 없었다. 그러나 믿는 구석이 있었다. 학생회관 근처에는 언제나 이런저런 기금 마련을 위해 티셔츠를 판매하는 학생들이 있었다.

그런데 그날은 그런 게 보이지 않았다. 학생회실이나 동아리방에 하나쯤 굴러다니던 반팔 셔츠도 눈에 띄지 않

사람을 목격한 사람

앗다. 별수 없이 학교 기념품 매장으로 가서 저렴한 걸로 하나 골랐다. 그런데 문제가 있었다. 셔츠 앞면에 학교 로고가 너무 크게 박혀 있었다. 부끄러웠다. 입학 전에는 그 로고가 찍힌 볼펜이나 노트를 자랑하듯 선물했는데, 불과 두 달 만에 그걸 견딜 수 없는 사람이 된 것이다. 결국 화장실에 들어가 셔츠를 뒤집어 입었다. 그날 이후 바깥에서 그 옷을 입는 일은 없었다. 집에서 허드렛일할 때나 몇 번 걸쳐 입었을 뿐이다. 요즘은 '과잠'이라고 해서 학교 로고가 새겨진 옷을 자랑삼아 입는다는데 그때는 그것이 부끄러웠다.

왜 그랬을까. 지금으로서는 이해할 수 없는 부끄러움이 그때는 참 많았다. 속마음이야 알 수 없지만 적어도 겉으로는 가난한 사람이 떳떳했고 부자가 부끄러워했다. 비싼 브랜드의 옷을 입은 선배는 묻지도 않았는데 내게 "이거 '짜가'야"라고 말하던 시절이었다. 그렇다고 명품을 경멸하던 사회는 아니었다. 초등학교 때 친구의 '나이키' 운동화를 본 나는 내 '나이스' 운동화의 철자 'c' 옆에 굵은 줄을 그어 'k'처럼 보이게 한 적도 있었다(물론 그 일은 친구들의 비웃음을 샀고 나를 더 쪽팔리게 만들었다). 그러니까 가난한 자가 떳떳하고 부자가 부끄러워했던 것은 대학 시절 동안 잠시였다.

정말 왜 그랬을까. 농활 때도, 공활 때도, 빈활 때도 그랬다. 부유하고, 유식하고, 권력을 가졌다는 것은 부끄럽고 미안한 일이었다. 오히려 우리는 논두렁, 공장 담벼락, 철거된 집터에 걸터앉아 먹었던 빈한한 안주들을 궁중 음식 이상으로 상찬했고, 가난한 이들의 인생담을 현인의 말인 듯 귀를 기울였으며, 권력 없는 이들에게 세상을 바꿀 거대한 힘이 응축되어 있다고 믿었다. 당시에는 어느 철학자의 말처럼 '가난한 자가 지상의 신'이었다.

돌이켜보면 아주 잠시였다. 소수의 예외적 인물이 있기는 했지만, 가난을 추앙했던 사람들은 졸업 후 부를 추앙하는 세계에 들어가서도 잘 적응했다. 지식을 쌓아 존경도 받았고 권력과 권위를 뽐내기도 했다. 과연 그 시절 대학에서 일어난 가치의 전도, 그러니까 내가 화장실에서 뒤집어 입은 셔츠의 정체는 무엇이었을까. 우리는 대학 시절 잠시나마 각성했던 것일까, 잠시 뭔가에 홀리고 도취됐던 것일까.

그 이상했던 시절의 기억이 떠오른 건 얼마 전 읽은 책 때문이다. 폴 파머Paul Farmer의 『권력의 병리학』. 2022년 2월 세상을 떠난 이 위대한 의사는 가난한 사람들이 병에 걸리는 이유, 그리고 그 병이 좀처럼 낫지 않는 이유를 파고들다가 사회구조적 폭력을 발견했다. 그는 이것을 바꾸지 않고서는 사람들을 살릴 수 없다는 걸 깨달았다. 의료 현장은 의

사에게 인간의 생명을 보호하라고 했지 부자들의 생명을 보호하라고 하지 않았다. 그런데 우리가 사는 세계는 소수의 정치적·경제적 이익을 위해 다수의 사람들이 쉽게 치료할 수 있는 질병으로 죽어가는 걸 방치하고 심지어 조장한다. 그는 남미의 가난한 사람들을 치료하다가 해방신학을 만났고 '가난한 자들에 대한 섬김'을 배웠다. 가난한 사람들은 구조적 폭력의 증언자이고 세상을 바꿔야 하는 이유이자 가능성이다. 그는 가난한 사람도 '우리처럼 양질의 치료를 받을 자격이 있다'고 말하지 않는다. 그는 가난한 사람은 '우리보다 더 양질의 치료를 받을 자격이 있다'고 말한다.

지금 이 말을 이해할 수 있을까. 한때 나는 분명 이해했던 것 같다. 내 대학 시절 해방신학은 낡은 이론이었지만 가난한 자들에 대한 섬김은 대학에서 그런대로 유지되고 있었다. 그런데 언제부턴가 사회는 말할 것도 없고 대학조차 개종해버렸다. 이제는 대학도 세상이 섬기는 신을 섬긴다. 부와 지식, 권력에 대한 비판은 약화되고 거기에 이르는 방법을 둘러싼 논쟁만 시끄럽다. 대학에서도 가난한 자들은 경시와 무시의 대상이 되기 일쑤고 고발의 대상까지 되었다.* 나 역시 어느 자리에서 지난날의 신에 대한 기억을 떠올렸다가 핀잔만 들었다. 그건 자해적 행동이라고 말하는 사람도 있었고, 가난은 되돌아볼 때만 아름답다는 사람도 있었다. 화장실에 들어가 셔츠를 뒤집어 입었던 젊은이에게 뭐라 말해야 할지 모르겠다.

• 2022년 4월 연세대학교 청소 용역 노동자들이 처우 개선(임금 인상, 샤워실 설치, 휴게실 개선 등)을 요구하며 파업을 벌였는데, 일부 학생들이 집회 소음으로 수업을 방해받았다며 이들 노동자들을 상대로 소송을 제기했다.

호소

큰 목소리가 중요한 목소리는 아니다. 오히려 우리가 사는 세상에서는 소리의 크기와 중요성이 뒤집힌 경우가 많다. 이것이 내가 칼럼을 쓰는 이유이다. 내 안에는 세상에 대고 떠들어댈 만한 이야기가 별로 없다. 혼자 간직해도 그만인 이야기들, 소수의 사람들만 알아도 그만인 이야기들이 대부분이다. 그런데 바깥에서 들려오는 소리들이 내 글쓰기 전압을 확 끌어올린다. 너무나 중요한 목소리가 너무나 작게 들려올 때 정신의 진공관이 뜨겁게 달구어진다.

2017년 『경향신문』에 고정 칼럼을 쓰게 된 계기도 그렇다. 그해 겨울 광화문 지하에는 장애인들의 오래된 농성장이 있었다. 대통령 탄핵을 요구하는 함성이 지상을 울릴 때, 내 정신을 휘저은 것은 지하의 작은 소리들이었다.

어느 날엔가 한 활동가가 농성장에서 급히 앰프를 찾았다. 작은 앰프에 문제가 생겼던 모양이다. 그때 나는 내 정신에 진공관이 있음을 느꼈다. 성능이 좋지는 않았지만 최선을 다해 소리를 높여주던 저 작은 기계장치의 자리가 내가 있어야 할 자리라는 생각이 들었다. 때마침 신문사에서 칼럼 집필 제안이 들어왔고 기쁜 마음으로 받아들였다.

얼마 전 발달장애인 남매를 둔 한 어머니의 호소를 듣고 그동안 잊고 지낸 마음이 떠올랐다. 이 호소를 전할 수만 있다면 나는 기꺼이 싸구려 앰프, 싸구려 광고판이라도 되고 싶다. 김미하 씨의 이야기다(기사도 찾아보고 유튜브 영상도 살펴보시기를 바란다). 2021년 남편이 세상을 떠난 후 그는 중증 발달장애인 남매와 살아왔다. 그는 유방암 4기 환자이기도 하다. 시한부 삶을 통보받았다. 의사는 운이 나쁘면 6개월, 운이 좋으면 1년을 살 수 있다고 했다. 통보를 받자마자 김미하 씨가 달려간 곳은 병원이 아니라 시청이었다.

자료를 찾고 공부를 했다. 남매의 살길을 찾아내야 했기 때문이다. 제발 죽기 전에 시범 사업이라도 좋으니 '지원

주택', '주거 돌봄 서비스'라도 시작해달라고 시청과 도청에 호소했다. 그가 받은 답변은 6개월 정도 검토 후에 시행이 될지 안 될지를 말해주겠다는 것이었다. 2023년 1월, 경기 도지사 면담을 요청하는 기자회견에서 그는 이렇게 말했다.

"8월에 전이가 되었다는 진단을 받았을 때 처음에 제가 가장 크게 느꼈던 건 극심한 공포였습니다. 제가 죽을까 봐 그 공포가 아니라 아이들이 무방비 상태로 이대로 방치가 되고 제가 죽을까 봐, 아이들이 그 어떤 지원도 못 받는 상태에서 제가 죽을까 봐, 그것 때문에 저는 말할 수 없는 공포를 느꼈습니다. (…) 저는 8월에 이미 의사로부터 운 나쁘면 6개월, 운 좋으면 1년밖에 못 산다고 통보를 받았습니다. 제가 할 수 있는 선택지가 뭐가 있겠습니까? 그 기간 내에 아이들이 지원 체계 안으로 들어가는 것밖에 저는 바라는 게 없었습니다. (…) 제게 중요한 것은 제발 제가 살아 있을 때 아이들이 안전하게 지원 체계 안에 들어가는 걸 보고 죽는 겁니다. 여기 계신 여러분 제발 좀 도와주세요. 저는 아이들을 이대로 두고 죽을 수가 없습니다."

성인 자녀들이 지역에서 살아갈 수 있는 최소한의 환경을 만들어달라는 호소에 대해 정부와 지자체가 보인 반응은 그야말로 절망적이다. 노력은 한다지만 계획이 없고,

계획은 있다지만 실행은 알 수 없다. "이렇게 아무것도 결정된 것도 없는 상태에서 제가 죽으면 우리 아이들은 어떻게 되는 겁니까? 그분의 답변은 '그럼 그때 어떻게든 해결되겠죠'. 그래서 제가 다시 말씀드렸습니다. '그럼 그 해결 제가 살아 있을 때 보고 죽게 해주세요.' 그러니 '우선 몸부터 돌보고 오래 사는 게 답'이라고 하십니다. 어떻게 (…) 아픈 부모가 오래 사는 게 답일 수가 있겠습니까."

국가가 발달장애인에 대한 돌봄을 방기하는 곳에서 부모들이 내몰리는 해법은 자녀보다 하루라도 오래 사는 것이다. 그러나 그것이 해법이 아니라는 사실은 모두가 알고 있다. 부모가 살아야만 자식이 살 수 있는 곳에서는 부모가 살 수 없을 때 자식을 죽이는 일이 일어난다.

2022년만 하더라도 수원에서는 생활고에 시달리던 어머니가 여덟 살 발달장애 아이를 살해했고, 시흥에서는 암투병 중이던 어머니가 20대 발달장애 딸을 살해한 후 자살을 시도했으며, 안산에서는 20대 발달장애 형제를 둔 아버지가 자살했다. 이것은 개인적 비극에 대한 이야기가 아니다. 이 나라가 저지른 사회적 참극에 대한 이야기다.

"제가 죽으면 우리 아이들은 어떻게 되는 겁니까?" 남매는 남매 자신의 삶을 살아갈 거라고, 이따금 엄마를 그리

워하겠지만 웃음을 잃지 않고 당당하게 동네에서 사람들과 어울려 살아갈 거라고 말할 수 있어야 한다. 남매가 안전한 지원 체계 안으로 들어가는 모습을 보며 그가 눈을 감을 수 있어야 한다. 시간이 많지 않다. 정부와 지자체를 향해 목소리를 내주시길, 힘을 더해주시길 부탁드린다.

(　제2부　)

아프고 미안한 사람

구차한 고통의 언어

"누구도 아픈 것 때문에 아프지 않기를 바란다." 이 말에는 우리가 앓는 두 겹의 고통이 들어 있다. 상처를 가진 사람들은 상처로 인한 생리적 고통만이 아니라 그런 상처를 가졌다는 사실로 인한 해석적 고통도 앓는다. 가난한 사람은 가난의 고통과는 다른 고통을 사람들의 시선에서 느끼고, 장애인은 손상된 몸이 주는 고통 이상의 고통을 사람들의 편견에서 느낀다. 몸의 멍에 더해 마음의 멍이 생기는 것이다.

흔히 고통은 나눌 수 없다고 한다. 치통처럼 간단한 것조차 내 것을 다른 사람에게 전달하기가 쉽지 않다. 저마다 자신이 앓던 치통을 떠올려볼 뿐이다. 그래도 생리적 고통은 해석적 고통에 비해 사정이 나은 편이다. 해석적 고통의 경우, 특히 그 고통이 자신이 사회적 척도에 부합하지 못하는 존재라는 인식에서 생겨난 경우, 고통의 호소는 부적합한 존재로서 자신을 확증하는 것처럼 느껴져 더 고통스럽다. 상대방은 내 호소를 내가 비정상적이고 뭔가 부족한 존재라는 사실에 대한 증거로 받아들일 것이다. 이 경우 우리는 공감 대신 선고를 받는다. 네가 아픈 이유는 네가 아픈 존재이기 때문이야.

그러다 보니 소위 소수자들은 사람들의 무지와 편견, 폭력을 고발하는 경우에도 마치 고발당한 사람처럼 변명의 언어를 쓴다. 내가 당한 폭력, 내가 느끼는 고통을 내 존재의 본래적 성격 탓으로 돌리는 걸 막기 위해서다. 실제로 사람들은 이들의 호소를 곧잘 의심스러운 눈으로 바라본다. 네가 그런 존재이기 때문에 그런 폭력을 유발한 건 아닌지. 너는 대수롭지 않은 일에 너무 고통을 느끼는 건 아닌지.

이것이 사람을 구차하게 만든다. 이때 나의 말은 한없이 구질구질해진다. 내 고통을 납득하지 못하는 사람들에게 내 삶의 멍든 곳을 다 보여주어야 하기 때문이다. 그러고도 결과를 장담할 수 없다. 그 멍은 폭력의 증거가 아니라 내 허약 체질의 증거가 될 수 있기 때문에. 이렇게 사람들을 설득하는 데 자꾸 실패하다 보면 설득의 고통이나마 줄이기 위해 나는 결국 나를 설득해버린다. 그래, 내가 좀 이상한 것 같아. 너무 민감하고 너무 신경질적이고, 한마디로 나는 이 세상에 적합하지 않은 체질이야. 그렇게 해서 나는 만성적으로 우울한, 그러면서 이따금씩 까닭 모를 발작을 일으키는 사람이 되어간다.

"누구도 아픈 것 때문에 아프지 않기를 바란다." 이 문구는 조한진희의 『아파도 미안하지 않습니다』에서 따온 것이다. 이 제목이 이상하게 들린다면 그것은 우리가 아픈 사람이 미안한 세상에 살고 있기 때문이다. 저자는 아픈 몸으로 사회생활을 하다 보니 '미안하다'는 말을 입에 달고 산다. "미안하지만, 회의가 너무 길어지는데 좀 쉬었다가 계속하는 게 어떨까요?" "미안하지만, 이번 주에 일정을 더 잡긴 어려울 것 같아요."

그는 왜 미안한가. 일주일에 5일씩, 하루 8시간 노동을 할 수 있어야 하는데 그럴 수 없어서 미안하다. 2시간 넘게 회의를 계속할 수 있어야 하는데 그럴 수 없어서 미안하다. 아픈 사람은 끊임없이 자신의 허약함에 대해 사과하고 양해를 구한다. 일주일에 52시간만 일하자고 해도 펄쩍 뛰는

사람을 목격한 사람

사회이기 때문에, 그렇게 일을 시키고도 미안해하지 않는 사회이기 때문에 그렇다. 그 정도는 해야 '정상'이라고 하니 그럴 수 없는 사람은 미안하다.

내가 지켜본 바로는 장애인들도 그렇다. 미안하다는 말을 입에 달고 다닌다. 미안하지만 엘리베이터 버튼 좀 눌러주세요. 손이 닿지 않아서요. 미안하지만 빨대 좀 가져다주세요. 손을 쓸 수가 없어서요. 혼자서 옷을 입을 수 없어서 미안하고, 혼자서 밥을 떠먹을 수 없어서 미안하다. 미안합니다. 미안합니다. 이렇게 말하면서 장애인들은 한없이 구차해진다. 자신은 이런 것도 못하는 존재라는 걸 계속 고해바쳐야 하기 때문이다. 엘리베이터 버튼을 낮은 곳에 설치만 했어도, 음료를 서빙할 때 빨대 달린 컵을 제공만 했어도 미안하지 않을 텐데, 우리 사회가 미안해하지 않기 때문에 장애인들이 미안해진다.

이런 일이 나타나는 데는 대체로 두 가지 이유가 있다. 하나는 이 책의 저자가 '질병의 개인화'라고 부르는 것으로, 문제 원인을 고통의 당사자에게서 찾기 때문이다. 당사자의 잘못된 습관, 타고난 체질, 불운한 운명이 문제라는 것이다. 사람을 아프게 하고 장애화하는 환경은 철저히 덮어버린다. 그러면 피해자가 오히려 사회 전체에 돌봄의 짐을 안

긴 것에 대해 사과해야 하는 처지에 놓인다. '미안합니다'를
연발하는 것이다.

또 하나는 '정상의 몸'을 상정하는 사회이기 때문이다.
사실 우리 모두는 어딘가 조금씩은 아프고 근본적으로는
어딘가에 의존할 수밖에 없는 존재들이다. 돈이나 권력을
이용해서 자립의 전도된 이미지를 만들 수는 있으나(돈이나
권력을 쓰면 돌봄을 받는 자가 돌봄을 베푸는 것처럼 보인다) 인간
이 혼자 살 수 없다는 사실을 없앨 수는 없다. 사실 인간 삶
의 의존성은 자립이 아니라 함께 살기의 필요성을 일깨운
다. 우리는 의존에서 벗어남으로써가 아니라 적절한 의존
방식을 찾음으로써 자율적 삶을 누릴 수 있다. 활동 보조인
과 함께할 때 장애인이 자율적 삶을 사는 것처럼 말이다. 인
간은 저마다 조금 다른 의존 방식을 필요로 할 뿐이다. 그런
데 특정한 의존 방식만을 정상과 자립으로 규정하다 보니
우리 중 누군가는 양해를 구하며 계속해서 고통과 결핍의
구차한 언어를 꺼내야 하는 것이다.

　　　　　　사람을 목격한 사람

용서를 구하며

용서를 구하지 않는 자를 용서해야 하는가. 전두환 일당이 뉴스에 등장할 때마다 내게 떠올랐던 물음이다. '5·18 민중항쟁'에 대한 망언이 넘쳐나던 2019년은 특히 그랬다.

모두가 아는 것처럼 전두환은 군사 반란과 내란, 내란 목적 살인 등의 혐의로 대법원에서 무기징역을 선고받았다. 그러나 그는 한 번도 뉘우친 적이 없다. 범죄에 대한 사법적 추궁이 시작되었을 때 그는 일련의 과정을 '근거 없는 술책'이라며 비난했다. 2017년에 펴낸 회고록에도 속죄는 없었다. 진실에 대한 개인적 고백인 회고록을 그는 속죄보

나는 자기 정당화에 활용했다. 오히려 고해성사 하듯 헬기 사격의 진실을 증언했던 신부를 "파렴치한 거짓말쟁이"로 몰았다. 그리고 그의 부인이 그를 가리켜 "민주주의의 아버지"라고 부르는 지경까지 이르렀다.

속죄는 고사하고 피해자를 모욕하며 호의호식하는 학살자. 그러나 그는 법적으로 용서받은 자다. 대법원 판결 8개월 만에 대통령의 특별사면을 통해 내란, 살인 등의 무시무시한 죄를 모두 용서받았다. 사실 사면은 죄를 확정하기 이전부터 예정되어 있었다. 당시 모든 대선 후보들이 국민 통합을 명분으로 그를 사면하기로 약속했기 때문이다 (이것이야말로 대선 승리를 위한 '근거 없는 술책'이었다).

죄를 확정하기도 전에 예정된 사면은 정의의 구현을 희화화했고, 진실 규명 전에 천명된 국민 화합은 역사 바로 세우기를 뒤틀어버렸다. 용서가 급하니 죄상을 낱낱이 밝힐 수 없었고, 화해가 급하니 처벌을 오래 끌 수도 없었다. 그래서 지금과 같은 이상한 현실이 우리 앞에 나타났다. 용서는 끝났는데 용서할 수 없는 사실들이 이제야 나오기 시작하고, 역사를 세웠는데 거기 들어갔어야 할 벽돌들이 바깥에서 나뒹굴고 있다. 전두환은 집단 발포 직전 광주에 있었고, 군대는 편안한 '무릎쏴' 자세에서 시민들을 향해 발포

했으며, 헬기의 기총 사격이 있었고, 야만적 성폭행이 자행되었으며, 심지어 아우슈비츠처럼 소각로를 만들어 시신들을 불태웠다는 증언과 증거들……. 그런데도 용서를 받은 학살자는 "이거 왜 이래!" 하며 화를 버럭 낸다.

용서를 구하지 않는 자를 용서해야 하는가. 그런데 최근 나는 자크 데리다의 『용서하다』를 읽으며 내 물음에 문제가 있다는 걸 알게 되었다. 우선 나는 은연중에 용서를 속죄와 교환할 수 있는 것으로 생각했다. 누군가 자기비판의 고통 속에서 속죄한다면 그 정당한 대가로서 용서를 지불받을 수 있다고. 하지만 이런 식의 사고는 용서를 "계산의 논리에 휘둘리게" 한다. 법의 논리와도 다를 바가 없다. 범죄와 처벌의 호응 관계를 뒤집어서 속죄와 용서의 호응 관계를 만들어낸 것뿐이니까.

또한 나는 은연중에 용서를 '진정한 화해'에 이르는 징검다리로 생각하고 있었다. 진상 규명 후 가해자가 속죄를 하고 피해자가 용서를 하면 고통이 치유되고 화해가 이뤄질 것이라 본 것이다. 그러나 진상 규명, 속죄, 용서, 치유는 직접 맞물려 있는 톱니바퀴들이 아니다. 진상을 규명한다고 속죄가 이루어지는 것이 아니며, 속죄를 했다고 용서를 요구할 수 있는 것도 아니고, 용서를 했다고 해서 피해자의 상처가 아물 것이라 단정할 수도 없다. 그런데 사람들은 갈등을 견딜 수 없기에 진상 규명 전부터 속죄를 다그치고 속죄가 이루어지기 전부터 피해자에게 용서하라는 말을 꺼내며 상처가 아물지 않았는데도 역사의 종결을 선언해버린다.

끝으로 내 물음에는 정말 큰 문제가 있다. 나를 은연중에 '용서를 구해야 하는 자'로부터 빼낸다는 점이다. 심지어 은근슬쩍 용서의 권한을 가진 사람인 것처럼 행세한다. '우리'라는 이름 속에 들어가서 나는 무슨 자격으로 무엇에 대해 용서할 수 있을까. 내게는 이 역사적인 상처와 관련해서 용서를 구할 일이 없는가.

나 역시 함부로 용서를 말했던 사람들, 심지어 피해자에게 용서와 화해를 다그쳤던 사람들로부터 그리 멀리 떨어져 있었던 것 같지 않다. 교환의 시각으로 용서를 바라본 것은 법적 처분이 끝났으니 더 이상의 추궁은 불가능하다는 사람들의 생각에서 멀지 않고, 진정한 용서가 가능할 때 진정한 화해도 가능할 것이라는 생각은 화해를 위해 이제는 용서하라는 사람들의 생각에서 멀지 않다. 그리고 '용서를 구하지 않는 자'에서 자기 자신을 빼놓는 점에서는 아주 똑같다.

이는 전두환을 용서해야 한다는 말이 아니다. 내가 하

고 싶은 말은 이것이다. 용서란 물건을 교환하듯 혹은 빚을 갚듯 청산할 수 있는 게 아니라는 것(설령 그것이 속죄일지라도). 또 용서와 화해는 별개이며, 누구도 화해를 이유로 용서를 꺼낼 수 없다는 것. 아마도 상처는 '용서한다'는 말 이후에도 아물지 않을 것이고, 그렇기 때문에 우리의 역사는 "상처로 남을 수밖에 없는 무한한 상처 위에서 계속될 것"임을 인정해야 한다는 것. 우리는 스스로 계속해서 용서를 구하는 방식으로만 그 상처에 다가갈 수 있고, 그 상처 위에서 고백하고 다짐할 수 있다는 것. 그리고 우리로 하여금 그런 고백과 다짐을 가능케 한 상처에 감사해야 한다는 것. 어떤 것으로도 덮을 수 없는 상처가 어떤 것으로도 덮을 수 없을 만큼 큰 선물이라는 것.

오월 광주. 이 지면을 통해 나 역시 용서를 구한다. 미안합니다. 부끄럽습니다. 고백합니다. 다짐합니다. 그리고 감사합니다.

인간 등급을 대신한 인간 점수

2019년 7월 1일, 서초동에서 잠수교를 거쳐 서울역까지 행진하는 사람들의 손에는 풍선이 들려 있었다. 몇 사람이나 알아보았을까. 그것은 개선 행렬이었다. 지난 30여 년의 싸움을 이겨낸 사람들. 1988년 11월 시작된 장애 등급제가 마침내 폐지된 것이다. 이날 한 운동가는 한국 장애인 운동의 역사는 7월 1일 이전과 이후로 나뉠 것이라고 했다. 7월 1일은 그만큼 중요한 날이다.

하지만 그날의 행렬에서 덩실덩실 춤을 추는 장애인을 보지는 못했다. 장애 등급제 폐지를 위해 무려 1842일의 농

사람을 목격한 사람

성도 불사했던 사람들인데 어깨를 들썩이기는커녕 토닥이는 말들이 많았다. "그래도 우리가 조금은 해낸 거야." 행진은 저녁 무렵 끝났다. 서울역 광장에서 몇몇은 승리를 자축하겠다며 소리를 질렀고 몇몇은 악대를 따라다니며 어설프게나마 춤을 추었다. 그러나 곧이어 모두가 주섬주섬 짐을 챙겼다. 그날 밤 사회보장위원회 건물 앞에서 장애 등급제 '진짜 폐지'를 요구하는 1박 2일의 노숙 농성에 들어갈 참이었다. 경찰이 도로 한편에 내어준 통로를 따라, 7월 1일 이후에도 여전한 밤길을 전진하는 휠체어 행렬을 보고 있자니 도무지 7월 1일이 7월 1일 같지가 않았다.

그동안 장애인들에게는 6개의 등급이 있었다. 팔을 잃으면 1등급, 손가락을 잃으면 2등급, 앉지 못하면 1등급, 앉기는 하는데 10분을 못 버티면 2등급, 지능지수가 34 이하면 1등급, 49 이하면 2등급…… 그런 식이었다. 장애인 개인이 어떤 삶을 살고 어떤 활동을 하는지, 무엇을 하고 싶어 하는지, 그런 사람에게는 어떤 서비스가 필요한지, 국가는 아무런 관심도 없었다. 장애인을 저울대에 올려놓고 팔다리는 있는지, 옷은 혼자서 갈아입는지, 말은 알아듣는지, 그저 눈금만을 기록해왔을 뿐이다. 장애인은 불편하지만 장애인 관리는 참으로 편리한 세상이었다.

이런 등급제를 폐지하는 데 천재가 필요한 것은 아니다. 요구의 핵심이 지극히 단순하고 명료하기 때문이다. 저울대에 올린 고기처럼 인간 등급을 나누지 말고 장애인 각자에게 필요한 서비스를 제공하라는 것. 그런데 등급제 폐지에 천재들이 개입한 것 같다. 등급 분류는 중증과 경증으로 단순화되었는데 '종합 조사표'라고 하는 복잡한 점수표가 생겨났다.

종합 조사표에 따라 장애인들은 저마다 수능 점수 같은 인간 점수를 받는다. 사회 활동과 가구 환경도 고려하지만 각자의 장애에서 파생한 기능 제한의 정도가 절대적으로 중요하다(종합 조사표의 만점 596점 가운데 기능 제한 영역이 532점을 차지한다). 이를테면 혼자서 옷을 갈아입을 수 없으면 24점을 받는다. 그러나 보고 듣는 데 아무런 문제가 없으면 총점에서 36점이 깎인다. 공격 행동을 보이지 않으면 다시 8점이 깎이고, 약간이나마 주의력을 갖추었다면 20점 중에서 10점 정도는 사라진다.

그런데 종일 누워 지내야 하는 최중증 지체장애인이라고 해도 현재의 서비스 등급을 유지하기가 쉽지 않다. 인지 행동에 문제가 없으면 특정 과목을 응시하지 않은 학생처럼 8개 항목 94점이 모두 날아간다. 거기에 보고 듣기까지

가능하면 36점이 추가로 사라진다. 이렇게 잃은 130점은 한 달 최대로 받을 수 있는 활동 지원 서비스 시간에서 120시간을 잃었다는 뜻이다. 말 그대로 월 120시간의 삶이 사라지는 것이다.

종합 조사표를 만든 천재들은 6등급의 흉측한 막대그래프를 없앤 대신 개인별 점수를 이용해서 아름다운 정규분포곡선을 얻었다. 서비스 총량은 별로 늘지 않았는데 왼쪽 지체장애인에게서 빼낸 시간을 오른쪽 발달장애인에게 채워 넣으니 균형 잡힌 통계 곡선이 생겨났다. 장애 등급제 폐지로 이제야 수학적으로 무언가 바로잡힌 세상이 도래한 건가.

그런데 등급제를 폐지하고 개인별 맞춤 서비스를 실시하라는 단순한 요구에 왜 이렇게 천재적 반응을 보이는지 모르겠다. 당신에게 무슨 서비스가 얼마나 필요합니까. 이런 물음 하나 던지는 게 그렇게 어려운가. 장애인의 손상을 등급으로 평가하는 대신 장애인에게 필요한 서비스를 묻고 조사하고 개발하자는 게 그렇게 이상한 말인가. 예산 문제로 당장 시행이 어렵다면 일단 욕구와 필요를 조사하고 목표를 세워 나아가야 하는 것 아닌가. 역시 내가 바보인가.

하지만 세상엔 이런 나라도 있다고 한다. 스웨덴에서

는 시민이 활동 지원 서비스를 신청하면 공무원이 당사자를 만나 상황을 확인한 뒤 서비스 제공량을 확정해준다. 발달장애인처럼 특별한 손상을 가진 시민에게는 의사 결정 조언, 야외 활동 동행, 친구 서비스, 함께 머물러주기 등등 별도의 열 가지 서비스가 지원된다. 인상적인 것은 달랑 두 장짜리 신청서다. 항목도 단순하다. 이름과 주소를 적고 필요한 서비스를 적으면 그만이다. 그러면 공무원이 방문하고 이야기를 나눈 뒤 내용을 확인하고 서비스를 제공한다.

여기에는 장애인에 관한 정규분포곡선 같은 건 없다. 누군가를 장애인으로 규정해서 통계를 작성하지 않기 때문이다. 단지 어떤 상황에서 어떤 장애를 겪는 시민이 있을 뿐이다. 서비스는 온갖 기능별 점수를 더한 뒤 종합 고득점자에게 제공되는 게 아니라 해당 서비스를 필요로 하는 사람에게 제공된다. 나는 바보라서 그런지 이런 게 진짜 장애 등급제 폐지로 보인다.

단식과 깡통

46일. 인권 활동가 미류가 차별금지법 제정을 촉구하며 보낸 단식의 시간이다. 내일의 생명을 담보할 수 없는 그의 하루하루가 지날 때마다 이 허기진 시간 앞에서 아무것도 할 수 없는 나 자신이 너무 미웠다. 내 눈에는 비쩍 말라가는 그가 지시등처럼 보였다. 위태로운 단식을 이어가던 그가 가리키는 곳에는 위태롭게 질식의 시간을 이어가는 사람들이 있다. 자신의 존재를 부인하거나 비하하는 사회에서 숨을 쉴 수 없는 사람들. 미류의 단식은 이들의 시간을 그냥 흘러가게 둘 수 없다는 의지의 표현이다. 우리는 한 생명이 위험에 처함으로써 다른 생명들이 위험에 처했음을 알리는 비극적 현실을 지켜보고 있었던 것이다.

차별금지법안은 2007년 처음 발의되었다. 그러나 논의는 없었다. 다만 발의되고 발의되고 발의되었을 뿐이다. 입을 틀어막은 손가락 사이로 15년 동안 일곱 번의 발의, 일곱 번의 가쁜 숨소리가 터져 나왔을 뿐이다. 행정부가 바뀌고 의회가 바뀌고 강산이 바뀌어도 변한 건 없다. 입법자들의 말은 한결같다. '먼저 사회적 합의가 이루어져야 한다.'

'합리적 이유' 없이 성별, 장애, 나이, 인종, 종교, 성적 지향 등의 이유로 누군가를 차별해서는 안 된다는 이 당연한 법안은 '합리적 이유' 없이 가로막혀 있다. 과잉 입법이니 표현의 자유니 하는 말들은 모두가 둘러대는 말들이다. 이런 말들이 이 법안에 대한 심의조차 이루어지지 않은 이유일 수는 없다. 입법자들이 나서지 않는 이유는 이 말들을 의식해서가 아니라 이 말들을 두르고 있는 세력을 의식했기 때문이다.

누구나 사회 구성원으로서 어떤 권리를 다툴 수는 있다. 타인의 어떤 권리에 대해 이의를 제기할 수도 있다. 그러나 '권리들을 가질 권리'를 두고 다툴 수는 없다. 철학자 아렌트는 『전체주의의 기원』에서 이 권리를 부인하면 "시민의 권리인 자유와 정의보다 훨씬 더 근본적인 것이 위험에 처하게 된다"고 경고한 바 있다. 여기에는 시민권 이전에 시민임 자체가 달려 있기 때문이다. 차별금지법이 보호하고자 하는 것이 이것이다. 누구도 고용, 재화와 서비스의 이용, 교육, 행정 서비스 등에 합리적 이유 없이 접근을 차단당해서는 안 된다는 것. 이는 누구도 사회 구성원 자격을 함부로 부인당해서는 안 된다는 뜻이다.

여기에 사회적 합의가 필요한가. 내가 사랑하고 결혼하고 취업할 수 있는 존재임을 누구랑 합의하라는 것인가. 그런데 이 말도 안 되는 말이 차별받는 사람들의 입을 틀어막고 있다. 사회적 합의의 이름으로 사회적 배제를 공공연하게 추인하고 있는 것이다. 사실은 추인 이상이다. 보통 합의란 손익을 계산해서 서로의 이익 균형점을 찾는 일이다. 그러나 차별금지법의 전제로 요구된 합의는 이런 게 아니다. 사회적 합의에 대한 요구는 차별 해소를 위해 차별하는 자의 허락을 받아오라는 요구와 같다. 이는 그 자체로 끔찍한 차별 상황을 만들어낸다.

사회적 합의에 대한 요구가 실상은 사회적 구걸에 대한 요구인 셈이다. 이동권과 탈시설을 요구하는 장애인들의 시위에 깡통이 등장한 것은 이와 무관치 않다. 이들이 요구하고 있는 권리들은 기본권 중의 기본권이다. 이들 권리는 너무나 기본적이어서 법원이 애용하는 표현을 빌려 쓰자면 "그 침해의 정도가 작다고 하더라도 헌법에 위반"되니 즉각 시정되어야 하는 것들이다. 장애인들도 동네에서 함께 살 수 있게 해달라는 요구는 장애인도 이 사회 구성원임을 인정하라는 것이다. 이것은 누군가의 허락이 필요한 일이 아니다. 그런데 정부와 의회가 사회적 합의를 요구하니 장애인들은 지하철 바닥을 배로 기며 '기본권을 보장해줍쇼' 하는 것이다.

우리 사회는 인권이 허기진 사회이고 기본권을 구걸하는 사회이다. 인권 활동가는 차별하면 안 된다는 당연한 요구에 목숨을 걸어야 하고, 장애 운동가는 동네에서 함께 살고 싶다는 소박한 요구를 두고 깡통을 내밀어야 한다. 내가 괜찮다고 해서 내가 사는 사회, 아이들이 살아갈 사회를 이렇게 두어서는 안 된다. 이런 사회에서 우리는 괜찮을 수 없다.

"흑인이자 레즈비언, 페미니스트이자 사회주의자, 시인, 그리고 두 아이의 엄마이자 다른 인종과 커플인" 오드리 로드Audre Lorde는 「억압의 위계란 없다」란 글에서 이렇게 말했다. "나는 이런 차별 세력들과의 전투에서 어느 전장에 나

사람을 목격한 사람

가 싸워야 할지 선택할 여유도 없다. 왜냐하면 그들은 어디서나 나타나 날 파괴하려 들기 때문이다. 그리고 그들이 날 파괴하러 나타났다는 것은 곧 그들이 당신을 파괴하러 나타날 날도 멀지 않았다는 뜻이다."

141일의 삭발식

2022년 12월, 장애인들의 출근길 지하철 투쟁이 1년이 되었다. 장애인에게도 교육받고, 노동하고, 시설이 아닌 동네에서 살 권리가 있다는 당연한 말을 당연한 말로 만드는 것이 참 힘들다. 20년 전부터 선로에 뛰어들고 도로를 기어가는 일을 숱하게 반복하고 나서야 이동편의 증진법, 특수교육법, 장애인차별금지법, 발달장애인 권리보장법 등이 제정되었다. 그런데도 장애인들의 권리는 제대로 보장되지 않았다. 미흡한 법률도 문제지만 예산이 뒷받침되지 않은 탓이 크다. 정부는 매년 예산이 아니라 말을 책정해왔다. '노력하겠다.' 이것은 말이지 돈이 아니다. 그리고 말로써는 권리를 보장할 수 없다. '장애인 권리 예산을 보장하라'는 요구를 담은 투쟁이 이토록 계속된 것은 정부가 자꾸 돈 대신 말을 내밀었기 때문이다.

지난달 전국장애인차별철폐연대는 출근길 지하철 탑승 시위를 잠정 중단하겠다고 밝혔다. 이달 국회에서 예산안이 어떻게 처리되는지를 지켜보기로 한 것이다. 참 반향이 큰 시위였다. 감히 출근길 대란을 일으키다니. 엄청난 비난과 욕설이 쏟아졌다. 하지만 그 덕분에 사상 처음으로 여당 대표와 TV 토론도 할 수 있었고 응원하는 사람들도 제법 생겨났다.

이 시위는 크게 두 장면으로 이루어져 있다. 뉴스 화면에 잡히는 것은 주로 두 번째 장면이다. 출근길 대란, 열차의 연착, 열차 안의 다툼. 하지만 위대한 사건은 소란이 아닌 고요 속에 있다고 했던가. 정작 이번 시위가 왜 일어났는지를 말해주는 것은 거의 보도되지 않는 첫 번째 장면이다. 탑승 시위 전에 열리는 삭발 결의식. 삭발에 나선 당사자는 자신이 이 투쟁에 나선 이유를 들려준다. 겨우 3분, 5분, 10분의 시간에 그는 자신이 살아온 10년, 30년, 50년의 세월을 담는다. 웃으며 말할 때조차 그는 참석자 모두를 숙연케 한다.

그가 이야기를 마치고 삭발을 하고 나면 동료들은 그를 따라 객실 안으로 줄지어 들어간다. 이것이 지하철 탑승 시위다. 이 일이 무려 141차례 있었다.

장애인 언론 『비마이너』에는 이 141차례 삭발식에서 177명이 꺼내놓은 이야기가 실려 있다. 첫날 삭발자였던 장애 운동가는 곧 쏟아질 욕설들을 알고 있었다. "제가 지하철을 타고 선전전을 시작하면서 제일 먼저 하는 말이 '시민 여러분, 불편을 끼쳐드렸다면 정말 죄송합니다'입니다. 장애인으로 살면서 항상 무엇이 미안한지, 무엇이 죄송한지, 입에 껌딱지처럼 달고 말을 합니다."

그는 지하철에서만 욕을 먹은 게 아니라고 했다. 길을 가다가 걸리적거린다고 욕먹었고, 엘리베이터 늦게 탄다고 욕먹었고, 식당에서 휠체어 때문에 공간 많이 차지한다고 욕먹었다고 했다. 매일 "오늘은 또 시민들이 얼마나 무시무시한 욕설을 할까?" 하는 먹먹한 가슴을 달래며 집을 나섰던 그는 그날도 "죄송합니다"로 말을 시작했고 예상했던 대로 무시무시한 욕설을 들었다.

둘째 날의 삭발자는 이렇게 말했다. "시민 여러분들께 진심으로 사과드립니다. 저는 단지 지하철을 타는 우리 시민 분들의 삶이 부러웠습니다." 다섯째 날의 삭발자는 집에

사람을 목격한 사람

서 40년, 시설에서 15년을 살았노라고 했다. 태어나서 무려 55년 동안 학교를 다녀보지 못했고, 뒤늦게 야학을 다녔으며, 제발 장애인들의 교육을 보장해달라고 했다.

　무려 500명이 넘는 사람들이 삭발했던 4월 19일. 중증 발달장애인 아들을 둔 어느 어머니는 이렇게 말했다. "저는 평생 '내가 우리 아들보다 하루만 더 살면 좋겠다'고 소망해왔습니다. 이제는 이런 소원 품지 않습니다. 제가 이 세상에 있든 없든 자식이 당당하고 평등하게 사는 게 제 첫 번째 소원입니다." 중증 발달장애인 손자를 둔 할아버지도 머리를 밀었다. "내 나이가 80을 앞두고 있으니 하루하루가 눈물입니다. 지금은 기력이 돼서 손자를 돌보고 있지만 딸에게 오롯이 손자를 안기고 인생을 어찌 떠날 수 있을까요. 죽어서도 계속 손자 곁을 맴돌며 눈물지을 것 같습니다. 국가 책임제가 만들어지는 그날까지, 제 여생을 바쳐 최후 순간까지 투쟁할 것입니다." 한 장애 운동가는 삭발 중에 옛 기억을 떠올리며 울먹였다. "아무 말도 못 하고 [지하철역 계단 앞에서] 30분을 그냥 있어본 적도 있었습니다." 척수성 근육위축증을 앓는 어느 장애인은 "처절한 제 삶의 약함을 드러내며 함께 살고 싶다고, 저도 한 시민으로 존엄하게 살고 싶다고 용기를 내어 이 자리에 섰"노라고 했다.

이들 모두가 머리를 밀었다. "머리가 꾸밀 수 있는 유일한 수단"이었다던 뇌병변장애인도, "시설에 있을 때 만날 머리를 빡빡 밀고 살아서 시설에서 나오고는 머리에 공을 많이 들인다"는 탈시설 장애인도 머리를 밀었다. 그리고 이들과 함께하는 마음을 담아 활동가, 사회복지사, 기자, 의사, 연구자들이 머리를 밀었다. 141차례 다른 사람들이 141차례 다른 이야기를 꺼내며 모두 머리를 밀었다. 141일의 아침은 쏟아지는 욕설은 같았을지라도 모두 다른 아침이었다.

사람을 목격한 사람

"너희가 사람이냐"

2023년 1월 2일 아침의 서울 삼각지역. 전국장애인차별철폐연대의 박경석 대표는 기자들 앞에서 출근길 선전전을 재개하는 이유에 대해 말하고 있었다. 장애인도 시민이지만 장애인에게는 기본적인 시민권, 즉 이동하고 교육받고 노동하고 지역에서 살아가는 권리조차 보장되어 있지 않다고 했다. 오세훈 서울시장이 국회 예산안 처리 상황을 지켜보자며 휴전을 제안해서 출근길 지하철 탑승 시위를 중단했으나 결국 전장연의 예산 요구는 완전히 무시되었다고 했다. 이런 상황에서도 지난달 법원이 내놓은 강제조정안을 받아들이겠다고 했다. 사실상 열차 연착 시위를 불허한 조정안이지만 이를 받아들여 앞으로는 연착을 유발하지 않는 시위 방식을 택하겠다고 했다.

내용도 많지 않았고 목소리도 차분했다. 하지만 기자회견 시간이 생각보다 길어졌다. 삼각지역장이 20~30초마다 한 번씩 방송을 했기 때문이다. 그는 '고성방가' 등 소란을 피우는 행위 등이 철도안전법에 금지돼 있다는 내용의 안내문을 수십 차례 읽어나갔다. 그는 박경석 대표를 지켜보다 박 대표가 말을 꺼내면 곧바로 확성기를 들어 목소리를 지우는 방송을 시작했다. 그런 식으로 기자회견 내내 박 대표의 목소리가 전달될 수 없도록 방해했다.

그는 사람을 모욕하고 있었다. 상부에서 어떤 지시를 받은 건지, 스스로 어떤 오기 내지 충동에 휩싸였던 건지는 알 수 없다. 다만 그것은 수십 년간 이 사회에서 묵음 처리당한 사람이 내는 간절한 목소리에 대고 할 수 있는 행동은 아니었다. 그와 눈이 마주쳤다고 느꼈을 때 나는 제발 그러지 말라는 표정을 지으며 손을 내저었다. 그가 안타까웠기 때문이다. 그는 자신이 스스로에게 무엇을 하고 있는지 모르는 사람 같았다.

기자회견이 끝나자 장애인들이 두세 사람씩 탑승구에

사람을 목격한 사람

섰다. 그러나 탑승할 수는 없었다. 열차들이 수없이 들어왔고 객실 문도 수없이 열렸지만, 카프카의 단편 「법 앞에서」 속 시골 사람처럼 장애인들은 열려 있는 문으로 들어갈 수 없었다. 내 앞에 있던 보안 요원은 뒤에 있는 사람들을 향해 외쳤다. "일반 승객분들 계세요? 지하철 타려는 시민분들 계세요?" 그는 비장애인 승객들만을 들여보냈다. 장애인들은 '일반 승객분들'과 '시민분들'이 들어가는 모습을 그 자리에서 13시간 동안이나 지켜보았다. 한 노인이 지하철을 타다가 고개를 홱 돌려 소리쳤다. "너희가 사람이냐!" 그렇지 않아도 탑승구에 놓여 있는 돌덩이 취급받던 장애인들의 가슴에 비수를 꽂는 데 성공한 그는 훈장이라도 달라는 듯 득의양양하게 객실로 들어갔다.

삼각지역의 장애인들은 돌덩이처럼 묶여 있던 사람인가, 사람 모양으로 놓여 있던 돌덩이인가. 노인처럼 소리를 내지르지는 않았지만 정부 당국자들도 이들이 사람인지 툭툭 건드려본 점에서는 다르지 않았다. 이번 정부 예산부터 그랬다. 전장연은 장애인 기본권 확보를 위해 최소 1조 3000억 원의 예산이 증액되어야 한다고 주장해왔다. 지난 1년간 지하철 시위의 핵심 요구 사항이었다. 장애인 관련 예산이 경제협력개발기구OECD 평균의 3분의 1도 안 되는 나라에서 이 정도의 증액은 이루어져야 한다는 것이다. 그런데 국회 예산 심의 과정에서 절반이 날아갔다. 여야는 국회 상임위원회에서 6000억 원가량을 증액하는 데 합의했다. 황당한 일은 그다음에 일어났다. 기재부가 이 증액안을 거부한 것이다. 보통의 경우 정부는 국회에 읍소해서 예산을 조금이라도 더 타내려고 한다. 그런데 이번에는 국회가 늘려준 장애인 관련 예산을 정부가 나서서 거부해버렸다. 이렇게 해서 1조 3000억 원은 6000억 원이 되었고, 6000억 원은 100억 원이 되었다.

정부가 지하철 탑승 시위를 벌인 장애인들을 조롱한 셈이다. 정부로서는 장애인 예산을 늘려줄 마음이 티끌만큼도 없으니 해볼 테면 해보라는 메시지였다. 여당의 원내대표는 한술 더 떴다. 그는 장애인 관련 예산이 "무려 106억이나 반영되었다"며 "시민들의 인내심을 시험하지 말라"고 했다. 앞말은 1조 3000억 원을 요구한 '너희가 사람이냐'는 말을 에둘러 한 것이고, 뒷말은 '나는 너희를 시민으로 생각하지 않는다'는 말을 에둘러 한 것이다.

오세훈 시장은 법원의 강제조정안마저 거부하며 판사를 겨냥해 "너무 무르다"고 했다. 그렇다면 돌덩어리처럼 탑승구에서 종일 열차를 기다리던 장애인들에게 망치라도 휘둘러야 한다는 말인가. 서울교통공사는 이날 시민들에게 재난문자(안전안내문자)까지 발송했다. 삼각지역 탑승구에 무슨 폭발물이 놓여 있기라도 한 것처럼 말이다. 장애인들을 계속해서 툭툭 건드려보는 것이다. 너희가 사람이냐.

장애인들의 시위는 그것에 대한 답변이다. "전장연은 권리를 향한 투쟁을 포기하지 않겠습니다." 맞는 말이다. 정초부터 사람이기를 포기할 수는 없는 노릇 아닌가.

"민폐만 끼쳤다"

한 사회는 의외로 소리 없이 크게 실패할 때가 있다. 소란스럽지 않아서 혹은 다른 소란 때문에 중요한 실패가 지각되지 않은 채 넘어가는 것이다. 이것이 이 실패를 더욱 큰 실패로 만든다. 실패했는지도 모르는 실패, 아니 그 이전에 어떤 시도가 있었는지도 모르는 실패, 아니 그 이전의 이전에 아무런 관심도 없어서 어떻게 되든 상관도 없었던 실패. 지금부터 하는 이야기는 그런 실패들 중 하나다.

이 이야기는 한 젊은이의 '미안'과 '민폐'에서 시작한다. 설요한이라는 20대 중반의 젊은이가 지난해(2019) 말에 동료들에게 문자를 보냈다. "미안하다, 민폐만 끼쳤다." 그는 '중증 장애인 동료 지원가'였다. 중증 장애인을 동료로서 지원한다는 것은 그도 중증 장애인이라는 뜻이다. 사회복지학을 전공한 그는 정부가 시범 실시한 '중증 장애인 지역 맞춤형 취업 지원 사업'에 '동료 지원가'로 채용되었다.

동료 지원가란 비슷한 장애를 가진 중증 장애인을 찾아내 사회 활동에 참여하도록 돕는 사람이다. 상담도 하고 자조 모임에도 가며 적당한 일자리를 찾아 연계시키는 일이 주요 업무다. 언뜻 직업 상담사처럼 보인다. 그러나 취업 정보를 취합해서 구직자에게 제공하기 전에 그는 훨씬 중요하고 힘든 일을 해야 한다. 바로 중증 장애인의 의지를 불러일으키는 일이다.

중증 장애인 대다수는 수용 시설과 집에서 세상을 등진 채 수십 년을 모로 누워 지낸 사람들이다. 우리 사회가 쓸모없는 짐짝처럼 취급했기에 의지 없는 짐짝처럼 구석에 처박혀 있던 사람들. 이들의 삶의 의지를 살려내는 게 동료 지원가의 일이다. 아마도 동료 지원가만이 할 수 있는 일일 것이다. 비장애인 활동가들도 자립 생활과 자조 모임, 일자리에 대해 이야기할 수는 있다. 그러나 똑같은 말을 할 때조차 동료 지원가는 다른 누구도 대신할 수 없는 무언의 말을

한다. '지금, 나를 보라.'

　정부가 이 일자리를 만든 건 중증 장애인들에게 중요한 메시지를 던진다. 그간 중증 장애인들에게 단 한 뼘 사회적 공간도 허락하지 않았던 차별과 배제의 역사를 반성한다고. 이제는 지역사회에서 함께 살아가자고. 이를 위해 새로운 주거 형태, 새로운 일자리를 고민하고 있다고. 동료 지원가는 우리 사회가 중증 장애인들에게 파견한 전령사이자 메시지 자체이다.

　설요한은 2019년 4월부터 이 일을 시작했다. 8개월간 그는 무려 40명의 중증 장애인을 찾아내서 상담했고 자조 모임을 결성해서 사회 활동을 도왔다. 중증 뇌병변장애인인 그는 한 달에 5명을 만나고, 한 사람당 매월 5회씩 상담을 했다. 그리고 한 사람당 8개의 서류를 작성했다. 이렇게 많은 일을 했음에도 그는 수첩 여기저기에 '실적이 부족하다'고 썼다. 그는 초인적으로 일했는데, 그 초인은 자신의 열정에서 온 게 아니라 월 60만 원 남짓한 임금에 할당된 업무에서 왔던 것이다.

　그는 실적에 쫓겼다. 실적을 못 채우면 그를 채용한 기관은 그만큼에 해당하는 사업비를 반납해야 한다. 그의 임금만이 아니라 그를 돕는 슈퍼바이저에게 지급되는 수당이

나 기타 운영비도 반납해야 한다. 그에게 상담을 받은 동료가 6개월 내에 취업하면 20만 원의 연계 수당이 추가 지급되지만 그럴 일은 없다. 일자리를 찾으라고 설득하는 일자리는 만들었지만 그렇게 설득된 장애인이 갈 수 있는 일자리는 만들어놓지 않았기 때문이다.

한 사회가 중요한 일을 시도하면서도 그것이 얼마나 중요한지를 모르면 이렇게 된다. 설요한 같은 중증 장애인이 하는 일이 우리 사회에 얼마나 필요한 일인지, 또 얼마나 힘든 일인지에 대한 인식이 없는 것이다. 장애인들이 일자리 달라고 농성하니까 떡 하나 던져주는 심정으로 만든 일자리였던 모양이다. 비장애인 중심의 사회구조를 바꾸는 일에 착수하면서 한 일이 그런 일이라고는 꿈에도 생각하지 않았나 보다. 진심으로 그런 생각을 갖고서 추진한 일이 아니기 때문일 것이다. 입은 중증 장애인들과 함께 사는 세상이지만 눈은 그들을 수용 시설에 가둔 눈 그대로다. 동료 지원 사업을 돈도 안 되고 생산성도 낮은, 별 볼 일 없는 사업이라고 생각하면서도 폐지 모아 오듯 일감 물어오면 복지 차원에서 푼돈이나 쥐여주자고 생각했을 것이다.

이것이 우리 사회의 실패다. 우리의 자유와 성숙은 실패했다. 정말로 중요하고 의미 있는 일을 아무래도 좋은 일로 대했다. 이 실패가 아무렇지도 않기에 우리 사회는 더 크게 실패했다. 설요한은 단 한 번의 끔찍한 '쿵 소리'로 이 실패를 증언했다. 동료 중증 장애인들에게 우리 사회는 이제 당신과 함께 살 준비가 되었다고, 우리의 반성과 의지를 전달하던 이 젊은이는 문득 자신이 전하던 메시지가 사실이 아님을 깨달았던 것 같다. 그는 동료들에게 문자를 남기고 아파트에서 투신했다. "미안하다, 민폐만 끼쳤다."

사람을 목격한 사람

(　제3부　)

보이지 않는 사람

보이지 않게 일하다 사라진 사람

"시골 저택에 사는 부인에게 '함께 사는 분이 없어요?'라고 물어본다고 가정하세. 질문을 받은 부인은 '하인 한 명, 마부 세 명, 하녀 한 명과 함께 살고 있습니다'라고 하지 않을 걸세. 비록 하녀가 방 안에 있고 하인이 바로 뒤에 있다 해도 말이야. 그 부인은 아마 이렇게 답하겠지. '네, 함께 사는 사람은 아무도 없습니다.' 여기서 말하는 '아무도 없다'가 이 사건에서의 '아무도 없다'일세. 하지만 어떤 의사가 전염병을 조사하면서 '함께 지내는 분이 있습니까?'라고 묻는다면, 이 부인은 하녀와 하인, 그 밖의 모든 사람들을 기억해낼 걸세."

사람을 목격한 사람

길버트 체스터턴의 추리소설 「보이지 않는 남자」에서 브라운 신부가 한 말이다. 범인이 예고한 살인을 저질렀는데도 입구를 감시하던 사람들은 한결같이 '지나간 사람은 아무도 없다'고 했다. 범인은 눈앞에 있어도 보이지 않는 사람이었다. 매일 같은 시간에 와서 같은 일을 하는 사람. 우편 배달부였다. 체스터턴은 무언가를 숨기기 가장 좋은 장소가 평범한 일상임을 알았다. 물고기가 물을 보지 못하듯, 아이러니하게도 흔한 것은 흔하기 때문에 보이지 않는다.

브라운 신부는 언어 습관이 심리적 사각지대를 만들어 낸다고 했다. 저택의 부인이 '혼자 산다'고 말한 것은 '남편이 없다'는 뜻이다. 다섯 명의 하인, 마부, 하녀가 '함께' 살지만 부인은 적적하게 '혼자서' 산다. 그런데 내 생각에 여기에는 언어 습관 이상의 것이 담겨 있다. 본디 언어라는 게 삶에 대한 요약적 성격을 갖고 있어서 그럴 것이다(그래서 삶을 공유하지 않는 사람에게는 말을 이해시킬 때 품이 더 든다). 하인, 마부, 하녀가 부인의 셈에서 빠진 것은 이들을 인생의 반려자로서 생각해본 적이 없기 때문이다. 이들은 내 인생의 수고와 위험을 처리해줄 존재이지 나와 함께 그것을 헤쳐 나가는 존재는 아니다. 내 집에는 살아도 나와 함께 사는 존재가 아닌 것이다. 이처럼 언어의 사각지대는 살아가는 태도의 사각지대를 반영한다.

　그러나 이들이 언제나 셈이 되지 않는 사물에 머무는 것은 아니다. 전염병에 대해 조사할 때 부인은 이들을 빼놓지 않는다. 반려자로서는 한 번도 떠올리지 않은 존재들을 전염병의 보균자로서는 기막히게도 잘 떠올리는 것이다. 내 건강과 재산이 문제될 때, 다시 말해 문제적 존재로서는 이들이 내 눈에 너무 잘 띈다. 그러고 보면 '안 보이는 사람'은 어떤 때는 전혀 안 보이지만 어떤 때는 너무 잘 보인다.

　태안화력발전소의 김용균. 그는 우리가 더 이상 볼 수 없는 젊은이지만 좀 전까지 회사에서 보이지 않는 존재로서 살아 있었다. 그 말고도 이 발전소를 거느린 한국서부발전에는 2016년부터 3년 사이 세 명이 더 있었다. 보이지 않는 존재로 살다가 이제는 볼 수 없게 된 노동자들. 한국서부발전은 이들의 죽음에도 불구하고 정부로부터 무재해 인증을 받았다. 덕분에 회사는 지난 5년간 산재 보험료를 22억 원 남짓 감면받았고 직원들도 무재해 포상금을 5000만 원 가까이 받은 모양이다. 한집에 살지만 함께 살지는 않았던 다섯 명의 하인처럼, 한 작업장에서 일했지만 함께 일하지는 않았던 네 명의 하청업체 직원. 이들은 보이지 않게 일하다 끝내는 사라져버렸다. 죽거나 다친 사람은 없습니까.

'네, 아무도 없습니다.'

김용균의 경우에는 심지어 시신도 보이지 않았던 모양이다. 구급대원이 시신을 수습하던 중에도 발전소 측은 컨베이어벨트를 재가동했다고 하니 말이다. 도무지 믿어지지 않지만 발전소 측이 경찰 신고 15분 전에 컨베이어벨트 정비를 위해 정비 업체에 연락했다는 보도도 있다. 만약 사실이라면 회사는 죽은 사람보다 멈춘 기계에 마음을 더 썼던 것이다.

태안화력발전소의 김용균. 그가 떠나면서 빈자리가 생겼다. 가족과 동료들은 그를 대신하는, 아니 그를 대신할 존재는 세상 어디에도 없음을 일깨우는, 빈자리를 껴안고 평생을 살아갈 것이다. 이 빈자리를 우리 사회가 소중히 생각했으면 좋겠다. 그러나 두렵다. 우리의 눈, 무엇보다 우리 사회 저택 주인들의 눈에는 함께 사는 사람이 보이지 않고, 그의 주검이 보이지 않고, 그가 떠난 자리가 보이지 않을 것 같아서.

장례식장에서 청와대 시민사회수석이 보인 태도는 정권 교체보다 어려운 것이 눈의 교체라는 것을 실감하게 한다. 그는 "전국 발전소의 정규직과 비정규직 노동자 수는 알고 방문했느냐"라는 물음에 '토론하자는 거냐'는 식으로 답한 모양이다. 절망과 분노의 소리를 토론의 언어로 들었다는 것이 너무 놀랍다. 그가 보인 태도는 내 기억 속 가시 하나를 일깨운다. 2006년 9월이었다. 당시 정부는 주민들의 필사적인 저항에도 불구하고 대추리의 빈집들을 철거했다. 그때 논평을 요구하는 기자에게 여당 대변인이 했다는 말은 그와 그의 당, 그의 정부를 완전히 다시 보게 만들었다. '빈집 몇 개 부수는데 이야기할 게 뭐 있는가.' 그는 그런 식으로 답했다. '있음'의 가장 쓰라린 형식일 수 있는 '비어 있음'을 '아무것도 없음'으로 치부했던 것이다. '네, 아무도 없습니다.'

'문재인 대통령 만납시다'라는 피켓을 든 김용균을 청와대가 만난 것은 그가 피켓 든 모습 그대로 영정이 된 후였다. 아마도 '대통령 만납시다'라는 말은 '대통령, 우리가 보입니까'였을 것이다. 그러니 대답을 해야 한다. 대통령도 그렇고 우리도 그렇다.

'네, 당신을, 당신의 빈자리를 보고 있습니다.'

선한 관람자

2022년 8월, 새 정부가 들어선 지 100일. 대통령에 대한 여론이 바닥이다. 실망한 사람, 분노한 사람이 70퍼센트에 육박한다. 그런데 그동안 내가 느낀 감정은 실망이나 분노가 아니었다. 내 감정은 당황과 황당 사이를 자주 오갔다. 얼빠진 사람처럼 '이건 뭐지?' 하고 '벙찌는' 일이 많았다.

이를테면 이런 장면에서 그랬다. 어느 월요일 아침 대통령은 기자들과의 짧은 문답을 마치고 엘리베이터로 향하던 발걸음을 로비 쪽으로 돌린다. 그러고는 기자들이 보는 가운데 거기 걸린 그림들을 찬찬히 살펴본다. 작품명과 작가명도 빠짐없이 확인한다. 모두가 발달장애인 작가들의 작품이다. 대통령실에 따르면 "장애인 예술가들이 소외되지 않고 공정한 기회를 보장받기 위해 정부의 역할이 중요하다는 대통령의 철학이 반영된" 전시라고 한다. 이들의 소외된 현실을 알리기 위해 매일 여론의 관심을 받는 이곳을 일부러 전시 장소로 삼았다고 했다. 그러고 보니 대통령은 후보 시절, 장애인 작가들에게 전시는 "세상과 소통하고 자신을 알리는" 기회이고, 이는 "행복추구권에서 출발하는 권리"로 "이 권리를 잘 지켜드려야 한다"고도 했다.

신문사와 방송국 카메라가 모여 있는 곳에서 장애인의 소외된 현실을 알리는 대통령, 세상과 소통하려는 장애인의 욕구를 헌법이 보장한 행복추구권으로 이해하는 대통령, 장애인들의 권리를 보장하기 위해 정부의 적극적 역할을 촉구하고 다짐하는 대통령. 나는 왜 이 자상하고 세심한 지도자의 모습에 '벙쪘는가'. 그것은 그가 불과 넉 달 전 인수위 사무실 앞에서 절규하던 발달장애인 부모들의 요구를 외면한 사람이기 때문이다. 무려 500여 명의 발달장애인 가족들이 삭발을 하며 발달장애인에 대한 24시간 지원 체계를 구축해달라고 요구했다. '제발 부모가 자녀를 살해하거나 살해 후 자살하는 일을 막아달라'고, 발달장애인도 이 사

사람을 목격한 사람

회에서 함께 살 권리가 있다고, 그 권리를 보장해달라고 요구했다. 그때 그는 그것을 외면했다. 그런 그가 장애인의 현실을 알리기 위해 몸소 카메라 앞에서 작품 관람 장면을 연출한다. 또 이런 그가 정작 연일 보도되고 있는 장애인들의 지하철 출근길 투쟁에 대해서는 모르쇠로 일관한다.

이건 뭐지? 그의 세심함은 당혹스럽고 무심함은 황당하다. 터무니없이 부족한 장애인 권리 예산을 늘려달라는 요구에 대해 "장애인들의 요구까지 들어주면 나라 망한다"라고 말하는 기획재정부 장관 이야기를 듣다가, 예술 작품 구매 예산을 장애인 작가에게 우선 배정하겠다는 문화체육관광부 장관 이야기를 듣다가, 겨우 집 바깥을 자유롭게 오갈 수 있게 해달라고 투쟁하는 장애인들을 향해 "불법행위에 대해서는 지구 끝까지 찾아가" 처벌하겠다는 서울경찰청장의 이야기를 듣다가, 내 감정은 당황과 황당 사이에서 주저앉는다.

얼마 전 폭우로 인한 재난 상황 때도 그랬다. 장애와 여성, 가난이 함께 발버둥 치다가 숨진 반지하방의 창문을 바라보며 길거리에 쪼그려 앉아 서울시장과 대화를 나누던 대통령. 대화의 모습도 내용도 가히 충격적이었다. 내게는 이때의 모습이 로비에 걸린 장애인의 그림을 두고 대변인과 대화를 나누던 관람자의 모습과 겹쳐 보였다. 소외된 자의 고통에 마음 아파하고 사람들의 눈길이 닿는 곳에 그 고통을 걸어두는 이 선한 관람자는 자신이 그것에 책임이 있는 당국자라는 사실을 모르는 것 같다. 이렇게 말해야 할지도 모르겠다. 그는 관람자로서는 고통을 들여다보지만 당국자로서는 고통을 외면한다. 불쌍한 자에게는 연민을 느끼고 적선하지만, 권리를 주장하고 책임을 추궁하는 자에게는 법과 원칙을 내세운다. 관람자로서는 자선가이고 당국자로서는 공안 통치자다.

장애 역사학자인 앙리-자크 스티케Henri-Jacques Stiker는 중세의 몰락과 관련해서 이런 이야기를 했다. 중세는 자선 시스템을 통해 빈민과 장애인을 관리하는 사회였다. 부유한 자는 가난한 자에 대한 적선을 통해 구원을 얻고, 가난한 자는 부유한 자의 적선을 통해 생존을 이어갔다.

이 시스템은 어떻게 몰락하게 되었는가. 그것은 삶이 피폐해진 가난한 자들이 구걸하지 않고 봉기를 일으키면서 시작되었다. 이들이 '불쌍한' 놈이 아니라 '위험한' 놈이 되는 순간, 그러니까 이들이 통치자의 책임을 묻기 시작하면서 자선 시스템이 작동할 수 없게 되었다는 것이다. 그러자 새로운 개념으로 '공안sécurité'이 등장했다. 이런 놈들 때문에 나라가 망하겠다며 자선 통치자가 공안 통치자로 돌변한 것이다. 칭송받지 못하는 자선가, 책임을 추궁받는 통치자에게는 언제나 이럴 위험이 있다. 지금 이 나라에도 징후가 농후하다.

행정 여력에 달린 생명

8월이 끝나간다. 용광로 같은 낮과 한증막 같은 밤이 교차하던 날들이었다. 질병관리본부에 따르면 올여름(2018) 온열질환자가 4000명이 넘었고 사망자도 48명에 이르렀으니 가히 재난이었다. 그런데 이 4000명과 48명 사이, 그 생사의 문턱에 우리 야학의 학생 한 분이 누워 있었다.

　　최중증 뇌병변장애인 김선심 씨. 서울의 대낮 온도가 40도를 육박하던 날, 그는 불덩이처럼 뜨거운 몸으로 발견됐다. 아침에 그를 발견한 활동 지원사는 가슴을 쓸어내리며 야학 사람들에게 말했다고 한다. 눈이 뒤집혀 있었다고.

체온이 39도였는데, 의사가 이대로 두면 죽는다고 했다고. 열사병이었다.

에어컨은 없었고 선풍기는 틀지 않았다. 아니, 에어컨이 있어도 틀지 않았을 것이다. 그날 밤은 활동 지원사 없이 혼자 지내야 하는 밤이었기 때문이다. 그는 퇴근하는 활동 지원사에게 콘센트를 확인해달라고 했다. 누전 사고가 날 수 있으니 선풍기를 꼭 꺼달라고. "불나면 나만 죽는 게 아냐. 이 아파트가 다 죽어."

손가락 하나 움직이기 힘든 최중증 장애인인 김선심 씨는 작은 사고가 나도 치명적인 위험에 노출된다. 그의 룸메이트였던 김주영 씨는 또 다른 집에서 활동 지원사가 없던 밤에 원인 모를 화재로 숨졌다. 야학에 함께 다닌 송국현 씨도 달력의 날짜만 다를 뿐, 똑같은 상황에서 똑같은 사고로 세상을 떠났다. 그런데 그렇게 방치된 채로 혼자 지내는 똑같은 밤이 그에게도 일주일 중 3일이나 되었다.

사실 그가 콘센트를 뽑아서 막을 수 있는 것은 누전이나 합선으로 인한 화재뿐이다. 한쪽을 닫으면 다른 쪽이 열리는 문처럼 그의 삶에는 치명적 사고가 언제든 종류를 바꾸어 찾아들 수 있다. 이쪽이나 저쪽이나 몸이 불덩이가 되기는 마찬가지다. 죽음이 그의 11평 작은 집을 거침없이 드나들 수 있었던 건 콘센트 구멍 때문이 아니었다. 생명을 위협하는 가장 큰 구멍은 사람의 빈자리, 즉 활동 지원사가 떠난 자리였다. 그에게 활동 지원사가 없는 밤은 이를테면 '죽을 것 같은 날씨'에서 '같은'이라는 말이 없는 것과 같다.

혼자 사는 최중증 장애인들에게는 24시간의 활동 지원이 꼭 필요하다. 이들의 사망 사고가 이어지자 몇몇 지자체에서 몇 년 전 24시간 활동 지원 서비스를 시행하려고 했다. 하지만 당시 정부가 제동을 걸었다. '사회보장 정비 방안 지침'이라는 걸 만들어서 복지부 사업과 중복되거나 유사한 사업을 정리하고 새로운 서비스의 신설을 사실상 가로막았다. 그렇게 제도들이 '정비된' 탓에 김선심 씨의 '죽음의 구멍'은 여태 그대로 있다.

현재 장애인들은 심사를 거쳐 복지부가 제공하는 활동 지원 시간에 지자체가 자체 예산으로 더한 시간만큼의 활동 지원을 받는다. 지자체 예산 사정이 좋거나 해당 지역에 서비스를 요하는 장애인이 적으면 구멍이 조금 메워지는 식이다. 국가인권위원회에 김선심 씨에 대한 긴급 구제를 신청하던 날 진정인 중 한 사람인 장희영 씨가 이런 이야기를 했다. 얼마 전 구청에서 자신에게 활동 지원 시간을 한 달에 75시간 더 지원해주겠다고 했다고. 그런데 알고 보니 그 반가운 시간은 다른 장애인에게 지원되던 것을 자신에게 돌린 것이었다고. 정부와 지자체는 예산을 할당하고, 예산은 시간을 할당하며, 시간은 생명을 할당하고, 한 장애인은 기껏해야 다른 장애인에게 할당된 생명을 제 것으로 당겨쓰는 식이다.

행정적 정비의 대상이자 행정적 여력에 달려 있는 생명. 그런 생명들이 있다. 어떤 이들의 생명과 자유는 국가 행정의 존재 이유지만 어떤 이들의 생명과 자유는 국가 행정의 여력에 속한다. 어떤 생명과 자유는 즉각 보장되는데, 어떤 생명과 자유는 '나라다운 나라'에 대한 약속에서만, 그리고 미래 복지국가의 이념 속에서만 보장된다.

김선심 씨 문제를 심층 취재한 『비마이너』에 따르면, '국가가 이 문제에 대해 책임을 지고 나서야 하는 것 아니냐'는 물음에 복지부 담당자는 이렇게 답했다고 한다. "시에서 여유 예산이 있으면 하는 거지 제한적인 국비로 '24시간 지원'은 어렵다." 그러니까 국가로서는 지금 이런 생명까지 돌볼 여유가 없으며 만약 한다면 '여유 예산'으로 하는 것이라는 말이다.

뒷이야기를 전하자면 김선심 씨에 대한 긴급 구제 신청은 받아들여졌다. 인권위는 복지부와 서울시, 해당 구청장에게 24시간 활동 지원을 그에게 속히 제공할 것을 권고했고 해당 기관들은 모두 이 권고를 수용하겠다고 밝혔다. 이렇게 해서 김 씨 한 사람은 긴급 구제되었다. 여력을 모아 한 사람을 긴급 구제한 것이다.

사람을 목격한 사람

죽음의 설교자들

2019년 3월 28일, 법원은 병원에서 잠든 아들의 목을 졸라 살해한 어머니에게 징역 3년에 집행유예 5년을 선고했다. 사건 내용을 듣지 못한 사람들이라면 어리둥절할지도 모르겠다. 자식을 죽인 어머니에게 고작 집행유예형이라니. 그런데 그 아들이 중증 장애인이었다고 말하면 사람들의 마음은 피살자에서 살인자에게로 옮겨 간다. 오죽했으면 그랬을까.

실제로 사건 내막을 살펴보면 사람들이 짐작하는 '오죽했으면'이 맞다. 죽은 아들은 41세였는데 세 살 때 자폐 판정을 받았다. 초보적인 수준의 언어 소통만 가능했으며 나이 들어서는 폭력적인 성향을 보였다. 20세가 넘어서는 증세가 심해져서 병원 치료를 받았는데, 매번 소란을 일으켜 입원 연장이 거부되었고 이 병원 저 병원을 전전하는 신세가 되었다.

'그날'도 아들이 소리를 질러대고 주먹으로 벽을 두드려서 진정제를 투약했다고 한다. 일흔이 다 되어가는 어머니는 아들 상태가 호전될 기미도 없고 자신에게 더 이상 돌볼 기력도 없다는 생각이 들었던 모양이다. 그래서 함께 죽자는 심정으로 잠든 아들의 목을 조르고 자기 입에도 신경안정제를 잔뜩 집어넣었다.

이 같은 비극적 사건은 보도된 것만 해도 여럿이다. 2015년에는 서울에서 아버지가 장애인 아들을 쳐 죽였고, 2016년에는 전주의 어느 아버지, 여주의 어느 어머니가 각각 장애인 아들을 목 졸라 죽였다. 그러니까 2018년 경기도 광주에서 일어난 이번 비극은 장소와 인물만 다를 뿐 똑같은 사건이다.

동일한 유형의 살인이 이렇게 단기간 반복되었다면 보통은 연쇄살인 사건으로 불렸을 것이다. 살인자가 모두 피살자를 사랑하는 사람들이고 살해 후 한결같이 자살을 시도했다면 엑소시즘 영화처럼 마귀라도 떠올릴 것이다. 그러나 아무도 그렇게 하지 않는다. 연쇄살인범을 쫓는 경찰도 없고 퇴마 의식을 거행하는 사제도 없다. 그 대신 수만 명의 사람들이 댓글을 단다. "어머님, 일면식도 없지만 그동안 고생 많으셨습니다." 이것이 추천 순위 1위 댓글이고 다음이 2위 댓글이다. "겪어보지 못한 사람, 그 누가 돌을 던질 수 있을까요. 부모도 자식도 고생 많으셨네요. 다음 생이 있다면 건강하게 다시 만나서 평범한 부모 자식으로 사시길."

그런데 장애인 가정에 대한 이해와 연민이 가득한 댓글들이 우리 야학에서는 전혀 다른 감정을 불러일으킨다. 2016년 어느 겨울날 수업 준비를 하며 중증 장애인 학생과 그해 일어난 사건 이야기를 나눈 적이 있다. 공포와 분노가 뒤섞인 반응을 보이며 그는 자기 목이 조이는 듯 오들오들 떨었다. 댓글을 단 사람들은 아마도 사랑하는 이를 죽여야 하는 사람의 비극성에 공감했을 것이다. 그런데 그 학생은 사랑하는 이가 자신을 죽이려고 달려들 때의 공포를 떠올렸다. "그동안 고생 많으셨습니다." "누가 돌을 던질 수 있을까요." 비장애인들이 장애인 부모의 심정에 공감하며 단 댓글들을 중증 장애인들은 자신들을 향한 살인 면허로 받아들인다. 부모에게 건네는 '당신은 죽일 만했습니다'라는 위로가 장애인에게는 '당신은 죽을 만합니다'로 읽히기 때문이다.

수업 시간에 니체의 『차라투스트라』를 읽은 적이 있다. 학생들은 여기 실린 '죽음의 설교자들'이라는 글에 크게 공감했다. '죽음의 설교자들'이란 말 그대로 우리에게 죽으라고 말하는 사람들이다. 직접 말하는 건 아니다. 그저 '이 세계'에서의 우리 삶이 죄와 고통, 불행으로 가득하다고 떠들어대며 천국은 '이 세계'가 아닌 '저 세계'에, '이번 생'이 아닌 '다음 생'에 있는 것처럼 말하는 사람들이다.

차라투스트라가 든 예는 이렇다. 아픈 사람을 보면 "저렇게 살아서 뭐 할까"라고 말하는 사람들. "무엇 때문에 아이를 낳으려 할까, 불행한 아이가 태어날 텐데"라고 말하는 사람들. "네 처지를 받아들이고 운명을 받아들이면 삶을 옥죄는 끈이 조금은 느슨해질 거야"라고 말하는 사람들. 차라투스트라는 이들을 "존재의 한 면밖에 보지 못하는" 편협한 인간들이라고 불렀다. 이들은 자신의 병든 시각을 아무에게나 투영해서 타인의 삶의 의지를 꺾는다.

주변에 이런 사람들이 있는지 찾아보라고 하자 한 학생이 '엄마'라고 답했다. 그 '엄마'는 내가 아는 한 수십 년을 그에게 헌신해온 사람이다. 소통의 어려움 때문에 구체적 사연은 알 수 없으나 죽음의 설교는 연민의 눈빛만으로도 이루어지는 것이어서 그럴 수도 있겠다는 생각을 했다. 그러나 죽음의 설교자로 지목된 그 '엄마'도 실은 매일 죽음의 설교를 듣는 사람이다. 불행한 아이를 낳았으니 처지를 받아들여야지 어떻게 하겠느냐고. 다음 생에는 부디 '평범한' 부모 자식으로 행복하게 살라고. 이런 설교를 계속 듣다 보면 이 헌신적인 '엄마'도 언제 끔찍한 비극의 주인공이 될지 모른다.

진짜 죽음의 설교자들을 빨리 잡아들여야 한다. 그렇지 않으면 이 세계가 진짜 그들의 설교대로 되고 말 것이다. 법원은 3월의 선고문에서 진범의 옷자락을 슬쩍 들추었다. 법률에 장애인과 그 가족의 보호와 지원 규정이 있음에도 정부와 지방자치단체가 충분한 보호와 지원을 제공하지 않았다는 것이다. 국가와 사회 모두가 장애인을 가두거나 죽이라고 부추기고 있다. 그러나 사람이 살 수 있는 세상을 만들어야지 왜 살려는 사람을 죽이려 드는가. 차라투스트라는 죽음의 설교자들에게 이렇게 말했다. 죽고 싶으면 너나 죽으라고!

탈시설 지원법을 제정하라

이것은 연쇄살인 사건이다. 매년 동일 수법으로 지역을 넘나들며 사람들을 죽이는데도 범인이 잡히지 않고 있다. 이번 피해자는 50대 여성 A 씨. 범행 장소는 서울의 한 대학교 주차장. 피살 현장에는 가까스로 죽음을 면한 딸이 있었다. 범인은 딸을 노렸는데 어머니가 딸을 혼자서 지켜내려다 결국 희생당한 것으로 보인다.

발달장애인 자녀를 곁에 두고 자살한 어머니의 이야기다. 발달장애인 자녀를 두었다는 말만으로도 어머니의 신변 비관, 우울증, 심지어는 자살조차 납득이 된다. 그래서 이 사회에 화가 나고 또 절망한다. 무슨 대역죄라도 진 건가. 딸을 혼자 돌본 저 어머니도 어느 순간 선택지를 받았을 것이다. 혼자 죽거나 함께 죽거나 시설에 보내거나. 즉 생명을 끊거나 관계를 끊어야 한다. 그러나 관계를 끊는 것도 생명의 길은 아니다. 숨만 쉴 뿐 죽어가기는 마찬가지니까. 그래서 돌봄을 포기한 부모들은 뿌리가 썩은 식물처럼 화창한 날에도 시들어가고, 시설에 수용된 장애인은 웃음 터지는 TV 프로그램을 보면서도 동물원의 동물처럼 눈빛이 흐리다.

차 안에 홀로 남겨진 자녀를 어떻게 해야 할까. 경찰은 일단 친권자인 아버지에게 인계했다. 구청에서는 "아빠가 보호할지, 시설에서 보호할지 논의할 예정"이라고 한다. 아버지한테 보낼까, 시설에 보낼까. 정말 섬뜩한 말이다. 마치 연쇄살인범의 혼잣말처럼 들린다. 아버지인가, 자녀인가. 바로 죽일 것인가, 말려 죽일 것인가. 그런데도 저 말이 아무렇지 않게 들리는 이유는 살인이 자살로 위장되어 있고 살인범이 개인이 아니라 시스템이기 때문이다.

최근 도로시 그리피스Dorothy Griffiths 등이 편찬한 『어려운 꿈A Difficult Dream』이라는 책을 소개받았다. 이 책의 부제는 '중복 장애가 있는 발달장애인의 시설화를 끝내기'다. 인지장애와 신체장애를 함께 가진 최중증 장애인들이 지역사회에서 함께 살 수 있는 실천적 방안을 모색한 책이다.

책 제목이 '어려운 꿈'인 이유는 누구나 짐작할 수 있을 것이다. 중복 장애를 지닌 발달장애인의 탈시설화라니 얼마나 어려운 일이겠는가. 그런데 이 짐작은 절반만 맞다. 저자들은 이렇게 말한다. "활동가들에게 시설의 완전한 폐쇄는 오랜 꿈인데 지금은 현실화되어가고 있다. 하지만 많은 사람에게는 그것이 '어려운 꿈'이다." 장애 활동가들에게는 현실화되어가고 있는 꿈이 이 변화를 알지 못하는 이들에게는 '이룰 수 없는 꿈' 혹은 '꿈같은 이야기'로 들린다는 것이다.

특히 시설 수용자의 가족들이 그렇다. 가족들은 대체로 탈시설에 부정적이다. 시설을 폐지하면 돌봄의 부담이 다시 가족에게 떨어질 거라고 보기 때문이다. '가족'과 '시설' 밖에 없는데, 시설이 없어지면 결국 가족 아니겠는가. 게다가 탈시설 논쟁은 가족들에게 그날의 비극, 즉 죽지 못해 가족 관계를 끊었던 괴로운 기억을 되살린다.

그런데 『어려운 꿈』의 저자들은 이렇게 말한다. "가족들은 자기들 가족과 비슷한 사람들이 지역사회에서 지원을 받으며 성공적으로 살고 있다는 것을 모르고 있다." 실제로 최근 미국의 탈시설 장애인에 대한 연구를 수행한 제임스 콘로이James W. Conroy에 따르면, 탈시설 초기에는 가족의 절대다수(72퍼센트)가 반발했으나, 지역사회에서 안정적인 정착이 이루어진 후에는 정반대 현상이 나타났다. 가족의 절대다수(75퍼센트)가 탈시설에 만족했으며, 시설 수용 때보다 나빠졌다고 말한 가족은 단 한 사례도 없었다.

한국에서도 10여 년 전부터 탈시설 투쟁이 본격화됐고 최근 서울 등 일부 지자체가 여기에 호응해서 지원 정책을 펴나가고 있다. 다만 법적 근거가 미비하고 국가 차원의 정책과 예산 지원이 없기에 초보적 수준을 벗어나지 못하고 있다. 이런 식이라면 수십 년이 걸려도 문제를 해결할 수가 없다. 이제는 국가가 탈시설을 천명하고 사람들을 살려야 한다.

마침 국회에는 '장애인 탈시설 지원 등에 관한 법률안'이 발의되어 있다. 이 법률안 제4조 1항은 다음과 같다. "장애인은 장애인 생활 시설에서 나와 지역사회에서 살 권리가 있다." 인간은 누구나 사회에서 살 권리가 있으며 인간은 사회적 존재이다.

이제 정부와 국회가 이 당연한 사실이 장애인에게도 해당한다는 것, 즉 장애인도 인간이라는 것을 선포해야 한다. 지난 수십 년간의 죽음을, 이 끔찍한 연쇄살인을 멈추겠다고 선언해야 한다. 제발, 이제는 끝내자.

(제4부)

포획된 사람

불법 체류자가 남긴 장기

이것은 어떤 불가능에 대한 이야기다. 그리고 부조리에 대한 이야기이기도 하다. 어찌해 볼 도리가 없는, 그러나 가만히 있기에는 너무 원통하고 미안하고 서글픈 이야기. 주인공은 미얀마에서 온 청년 딴저테이다. 그는 가난하고 병든 가족을 부양해왔고 사랑하는 연인과 결혼을 앞둔 듬직한 청년이었다.

그런 그가 죽었다. 그를 살해한 사람은 없었다. 병사나 자살도 아니었고, 우연한 사고도 아니었다. 그렇다고 죽음에 어떤 미스터리가 있었던 것도 아니다. 현장에는 여러 사

사람을 목격한 사람

람이 있었고 그 순간을 비디오로 찍은 사람도 있었다. 사실 차원에서는 그가 어떻게 죽었는지 명백했다.

당시 그는 오전 일을 마치고 공사장 식당에서 점심을 들고 있었다. 건장한 사람 몇몇이 끈을 들고 나타났다. 그들의 정체를 직감한 그는 자리를 박차고 뒤쪽으로 도망쳤다. 그런데 식당 창문을 뛰어넘는 순간 추적자의 손이 닿았다. 허공에서 균형이 무너진 그는 의도한 착지점을 벗어나 8미터 아래 바닥으로 추락했다.

멀쩡했던 아들의 급작스러운 죽음에 가슴을 쥐어뜯은 건 아버지뿐이었다. 보통의 경우였다면 사람들에게 쫓긴 청년의 사망 사건이 연일 뉴스 머리를 장식했을 것이다. 하지만 그는 보통의 경우가 되지 못했다. 외국인이어서가 아니다. '불법 체류 인간'이었기 때문이다. 그는 아버지에게 6개월 뒤엔 고국으로 돌아가겠다고 말했지만 그의 비자는 이미 만료 상태였다.

현장에 있던 사람들은 이날의 단속 과정이 폭력적이었다고 증언했다. 그러나 무관심이 덮은 사건에서 이런 문제를 들춰내는 것은 쉽지 않다. 예전에 이주 노동자 친구에게 들었던 불법 체류자 단속 이야기는 정말로 끔찍했다. 그것은 흡사 동물 사냥 같은 것이었다(과거에는 실제로 '그물총'을 쏜 적도 있었다). 정도의 차이는 있겠지만 이번에도 크게 달랐던 것 같지는 않다. 현장에 있던 사람들에 따르면, 단속 공무원들은 출입문을 걸어 잠그고 욕설을 퍼부으며 노동자들을 마구잡이로 잡아들였다고 한다. 살벌한 풍경에 놀라 누군가는 그 자리에 얼어붙었고 누군가는 초식동물처럼 이리저리 뛰었다고 한다. 그 놀란 초식동물 같던 사람들 중 하나가 딴저테이였다.

시신이란 인간이 목격할 수 있는 가장 큰 불의다. 하지만 불의한 결과는 원인을 통해 정당화되기도 한다. 그는 불법 체류자였고 단속은 정당한 공무 집행이었다. 누구도 잘못하지 않았기에 그 결과물인 죽음에도 잘못이 없다. 법적 관점에서만 보면 오히려 문제가 해소되었다. 애초에 없었어야 할 사람이 없어졌기 때문이다. 법학으로 다룰 것은 없고 물리학만이 남았다. 청년을 죽게 한 것은 그의 몸무게와 중력가속도, 높이 8미터로 이루어진 물리법칙뿐이다. 법무부에 따르면 지난 10년간 80명 정도가 이런 물리법칙 때문에 죽거나 다쳤다.

그렇다면 딴저테이의 죽음에는 아무런 억울함도 없는가. 겨우 스물의 나이에 가난한 부모를 봉양하고 병든 형을 돌보겠다며 이국 만 리를 떠나온 청년의 죽음에서 우리는 아무런 부당성도 발견할 수 없는가. 나는 여기서 우리 시대의 법과 제도의 부조리를 느낀다. 법률을 준수하는 것이 사람의 도리에서 얼마나 멀어질 수 있는가를 확인한다. 범죄가 법적인 타락이라면 불감은 윤리적인 타락이다.

우리는 법적인 정화가 윤리적 타락으로 이어지는 딴저테이의 사례를 세계 곳곳에서 보고 있다. 미국에서는 불법체류자라는 이유로 수천 명의 아이들이 부모와 분리된 채수용소에 갇혔고(이 중에는 여섯 살도 되지 않은 아이들이 수백 명에 이른다), 이탈리아에서는 난민을 구조한 선박의 입항이 불허됐으며(바다에서 죽어가는 사람을 모른 척한 선박만을 환영한다는 뜻이다), 헝가리에서는 난민을 돕는 시민을 징역에 처하는 법까지 만들어졌다. 사람의 도리를 어겨야만 법을 지킬 수있게 된 것이다.

우리에게는 두 명의 딴저테이가 있었다. 이 땅에 존재할 수 없는 범죄자와 이 땅에서 더없이 착하고 성실하게 살았던 청년. 사람들은 전자에게 물었다. 왜 법을 어기고 도망쳤느냐고. 아버지는 사람들에게 물었다. 죽음으로 내몰 정도로 딴저테이가 나쁜 아이였느냐고. 법의 눈으로 보았을때 딴저테이는 자업자득인 죽음을 맞이했고, 사람의 눈으로 보았을 때 딴저테이는 억울한 채로 눈을 감았다.

딴저테이는 뇌사 상태로 2주간 누워 있었다. 너무나 슬프고 억울했을 아버지는 그의 눈과 간, 신장을 한국인들에게 기증했다. 아무도 아들의 죽음에 대해 법적인 대가를 치르지 않았지만 그는 아무런 대가 없이 아들의 장기를 내놓았다. 한국 사회는 아들의 체류를 불허했지만 그는 아들의 장기를 한국인들에게 남겼다. 그 덕분에 우리 중 누군가는 볼 수 있게 되었고 누군가는 몸의 독성을 치유할 수 있게 되었다. 이것이 나를 고개 숙이게 만든다.

고문의 추억

그의 몸은 뒤로 꺾여 있었다. 수갑을 채운 손목을 등으로 돌려 발목과 함께 묶었기 때문이다. 머리에는 공포 영화에서나 볼 법한 기이한 장구가 뒤집어씌워져 있었다. 그가 할 수 있는 것이라고는 몸을 꼼지락거리거나 흔들의자처럼 몇 차례 흔들어보는 것뿐이었다. 어떤 날은 20분이었지만 어떤 날은 3시간이었고 어떤 날은 4시간을 넘기기도 했다. 시설물이라고는 변기 하나가 고작인 독방에서 한 인간이 그렇게 고문을 당했다.

2021년 4월, 화성외국인보호소에서 일어난 일이다. 사진과 짧은 영상을 보고 나는 아무 말도 할 수 없었다. 말문이 막혀서가 아니라 애초에 이런 걸 정당화할 수 있는 말이 세상에 존재하지 않기 때문이다. 이 고문을 정당화한답시고 관리자들이 내놓은 말들은 고문만큼이나 끔찍했다. 이들에 따르면 이것은 고문이 아니라 보호였다. 이곳은 외국인보호소이고, 그는 보호 외국인이며, 머리에 뒤집어씌운 것은 보호 장구이고, 그에게 특별한 보호 조치가 취해진 것은 난동을 부리며 자해 행동을 했기 때문이란다. 말하자면 폭력으로부터, 무엇보다 스스로를 해치는 폭력으로부터 그를 지키기 위한 조치였다는 것이다.

변호사의 전언에 따르면 출입국본부의 한 간부는 이런 영상이 나가봐야 국민들이 공감하지 않을 것이라고 했단다. 실제로 법무부가 편집한 해명 영상을 본 사람들은 그 간부의 말처럼 반응했다. 많은 이들이 난동을 부리는 피해자를 비난했고 가해자인 보호소를 두둔했다. 어쩌면 국민으로서는 어려운 일인지도 모르겠다. 옷을 벗고 의자를 집어던지며 공무원과 몸싸움을 벌이는 외국인을 어떻게 이해할 수 있겠는가.

하지만 인간으로서, 생명체로서는 어떤가. 보호라는 명목으로 구금된 인간, 자유를 찾아 온 나라에서 난민 자격을 신청한 인간이 "케이지에 갇혀" 학대받을 때, 무엇보다 아픈 몸에 대한 치료를 거부당했을 때, 저 행동을 이해하는 것은 어려운가. 전혀 그렇지 않다. 그것은 손발이 묶인 채 몸이 뒤로 꺾인 생명체가 몸을 빼려고 발버둥 치는 것과 다르지 않기 때문이다.

2021년 9월 29일 국가인권위원회 앞에서 열린 기자회견 자료 속 피해자의 증언을 보자. "나는 난동을 부렸다. 인정한다. 그러나 그것은 내가 겪은 부당한 폭력에 대항하는 유일한 방법이었다." 또한 그는 "두 병의 샴푸"를 마시고서야 병원에서 치료를 받을 수 있었노라고도 했다. 과연 누구를 이해하기가 어려운가. 아픔을 호소하며 두 병의 샴푸를 마신 사람인가, 두 병의 샴푸를 마신 것을 보고서야 반응을 보인 사람인가.

10여 년 전 나는 비슷한 이야기를 들은 적이 있다. 한 장애인이 자신이 수용되었던 시설을 말하면서 샴푸 이야기를 했다. 그곳 생활 교사들은 관리 인력이 부족할 때는 발달장애아들에게 곧잘 'CP'라는 약을 먹였다고 했다. 아이들이 욕실에서 비누를 먹거나 샴푸를 마셨기 때문이다. 약을 먹이고 나면 아이들은 사고를 치지 않았고 자해 행동도 하지 않았다. "온종일, 때로는 이틀이고 사흘이고 깨어나지 못하고 잠만 잤죠." 이런 시설들을 조사할 때면 항상 수용자들에게 묻는 문항이 있다. 구타를 당한 적이 있는지, 몸을 결박당한 적이 있는지, 독방에 감금된 적이 있는지. 실제로 그런 일이 일어났고 앞으로도 언제든 일어날 수 있기 때문이다.

우리 곁에는 이런 인간 수용 시설들이 있다. 이름은 보호 시설인데 실상은 구금 시설이다. 이 구금에는 영장도, 재판도, 형기도 없다. 여기 갇힌 사람들은 범죄를 저지른 게 아니라 사회에서 함께 살 자격을 부인당한 사람들이다. 누군가는 권리상 그렇고 누군가는 사실상 그렇다. 이러한 처분이 가능한 것은 우리 안에 그것을 떠받치는 인식이 있기 때문이다. 이를테면 '장애인은 짐'이라거나 '이방인은 적'이라는 인식이 그것이다. 국민에게 부담을 지우고 해를 끼치는 존재들. 그래서 사람들은 시설에 이들을 구금하는 것을 용인하고, 이곳에서 자행된 폭력에 눈을 감는다. 함께 살 수 없다는 처분을 내렸기에 그렇게 처분된 이들이 머무는 곳이 짐짝 보관소가 되었는지 포로수용소가 되었는지는 관심 밖인 것이다. 그러나 확실한 것은 그곳이 아우슈비츠를 닮아갈수록 우리도 나치를 닮아간다는 사실이다.

이번 고문 사건의 가해자인 화성외국인보호소 법무부 출입국 홈페이지에는 이런 문구가 적혀 있다. "우리나라에 대한 좋은 이미지를 가지고 귀국토록 최선을 다하고 있습니다." 이 고문 사건의 피해자는 여기에 화답하듯 이렇게 말하고 있다. "내게 있었던 모든 일을 하나도 잊지 않았습니다. (…) 화성보호소에서 나를 고문했던 사람의 얼굴과 모든 것을 기억합니다."

고문의 이면

지난 9월 화성외국인보호소에서 끔찍한 고문이 자행되었다는 폭로가 있었다. 그로부터 40여 일이 지난 오늘까지 고문 피해자는 고문 장소에 갇혀 있다. 얼마 전 법무부는 자체 조사 결과를 발표했다. 법무부에 따르면 '화성외국인보호소 보호 외국인 가혹 행위 사건'에 대한 진상 조사 결과 "인권 침해 행위가 있었음이 확인"되었다. '새우꺾기'라고 하는 보호 방식도, 박스 테이프나 케이블 타이 등의 보호 장비 사용도 법적 근거가 없는 것이라고 했다.

보호 외국인에 대한 '보호의 남용'이 있었음을 공식 확인한 것이다. 발표문의 표현들이 이상한 것은 문제의 핵심을 건드리지 않으려고 애쓴 탓이다. 외국인 강제 구금 시설에서 고문이 자행되었다고 해야 하는데 외국인보호소에서 보호 외국인에 대한 보호의 남용이 있었다고 말하는 식이다. 새우꺾기에 동원된 엄연한 고문 도구들에 대해 보호 장비 운운한 것도 그 때문이다.

나로서는 이 상황을 이해하기 힘들다. 법무부가 인권 침해를 확인한 마당이니 곧바로 구제 조치가 취해질 줄 알았다. 고문 피해자를 고문 장소에 계속 가두어두는 것은 또 다른 고문이기 때문이다. 난민 신청자를 강제 구금한 것, 지시에 순종하지 않았다는 이유로 고문을 가한 것, '인권침해 상황'이 확인되었는데도 계속 가두어두는 것. 도무지 이해할 수 없는 일들투성이다.

그런데 이런 일들이 일어나는 이유를 말해주는 충격적인 보도를 접했다. YTN의 〈시청자브리핑 시시콜콜〉이라는 프로그램이었는데 제목이 '외국인 인권침해? "보이는 게 전부가 아니다"'였다. 이 보도는 제목과 달리 외국인 인권침해가 무엇인지를 노골적으로 다 보여주었다. 진행자는 이번 사건을 전한 기사들에 대해 "뭔가 석연치 않다는 합리적 의심이 이어"지고 있다고 했다. 화성보호소에서 일어난 가혹 행위 장면과 인권침해 사실에 대한 법무부의 확인 내용을 내보낸 뒤 그는 이렇게 논평을 시작했다. "첫 화면만 봐서는 명백한 인권침해입니다."

얼마나 고약한 발언인가. "합리적 의심"이라는 받침대를 놓을 때부터 수상하더니 "첫 화면만 봐서는"이라는 지렛대까지 밀어 넣고 있다. 법무부조차 인정한 '명백한 인권침해'를 뒤집을 준비를 하는 것이다. 아니나 다를까 해당 외국인의 소위 난동 장면들을 보여준 뒤 그는 시청자들의 반응이라며 혐오 발언들을 줄줄이 읊는다. "저런 것들에게도 인권이란 게 필요할까." "범죄자 인권 논하지 마라. 러시아나 미국처럼 해줘라." 도대체 무슨 말을 하려는 건가. 첫 화면만 봐서는 인권침해이지만 알고 보면 아니라는 건가. 자신이 소개하는 시청자들의 끔찍한 혐오 발언들이 합리적 의심에서 도출된 당연한 반응이라는 건가.

마무리 발언은 더욱 황당하다. "뉴스가 주목을 받지만 이조차도 진실이 아닌 경우가 적지 않습니다. 눈에 보이는 게 전부가 아니다, 그리고 주장한다고 해서 그대로 믿지는 말라는 시청자들의 조언을 명심하고 그 이면을 계속 추적하겠습니다." 놀라서 벌어진 입을 끝까지 다물 수가 없다. 정작 법무부가 편집한 영상만 보고 진실을 아는 것처럼 떠들어대는 것은 누구인가. 심지어 해당 영상을 편집한 법무부조차 인정한 인권침해를 "첫 화면만 봐서는"이라고 은근슬쩍 뒤집으려는 것은 누구인가. 뉴스가 "진실이 아닌 경우가 적지 않"다는 말을 이 뉴스에 덧붙임으로써 고문에 대한 주장이 사실이 아닐 가능성을 내비치고 있는 것은 누구인가.

"이면을 계속 추적하겠습니다." 정말이지 그랬어야 했다. 온갖 혐오 표현을 쏟아낸 댓글을 읽어주는 시간에 고문 피해자를 만나보았다면 이번 사태의 '이면'을 더 알아낼 수 있었을 것이다. 당사자를 직접 접촉하는 것이 어려웠다면, 그곳에 갇혀 있다가 나온 사람들을 만나기만 했어도 뭔가를 알 수 있었을 것이다. 사무실 컴퓨터 앞을 떠나는 것조차 어려웠다면 "똑같은 경험이 제게도 있습니다"라고 말하는 외국인들의 영상이라도 찾아보았으면 달랐을 것이다.

'왜 고문이 일어났을까. 역시 난동을 부렸네.' 이런 게 뉴스의 이면 추적인가. 난동이란 게 고문을 정당화할 수도 없지만, 난동을 부렸다고 해도 최소한 한 번의 질문은 더 던졌어야 하는 것 아닌가. '그는 왜 난동을 부렸을까'라고. 겨우 여기까지 나가는 것도 꺼리는 언론이 그곳에서 울부짖고 벽에 머리를 들이받고 단식하는 사람들의 이면을 안다고?

결국에 이번 보도를 통해 어떤 것의 이면이 드러나기

는 했다. 고문의 이면, 고문 시설의 이면에는 이것을 가능케 하는 혐오가 있고, 이것을 당연한 반응인 양 읽어주는 언론이 있다는 것 말이다. 이면을 추적한다고 했지만 실상은 발가벗었을 뿐이다.

화성의 관타나모

영화 〈모리타니안The Mauritanian〉의 마지막 장면. "오, 나의 변호사님들!" 모하메두는 낸시와 테리를 크게 껴안는다. 그는 2001년 '9·11 테러' 용의자로 체포되어 이듬해 관타나모 Guantánamo에 수감된 이후 줄곧 거기 있었다. 한 차례의 재판도 없었다. 수년 동안의 고문만이 있었을 뿐이다. 변호사들의 도움을 받아 그는 미국 정부를 상대로 소송을 제기했고 마침내 2010년 석방 판결을 받았다. 모하메두가 얼마나 기뻤을지 짐작이 간다.

그런데 들뜬 의뢰인과 달리 변호사들의 표정은 어둡

다. 낸시가 이야기를 꺼냈다. "정부의 항소에 대응해야 해요." "뭘 항소한다는 거죠? 우리가 이겼잖아요." "그들은 법정에서 문제를 질질 끌 거예요. 하지만 우리가……." 모하메두는 낸시의 말을 끊고 묻는다. "잠깐만요, 이게 얼마나 걸리죠?" 테리가 답한다. "확실하지 않아요." 모하메두는 무너져 내린다. "도대체 얼마나 더 있어야 집에 갈 수 있는 거예요?" "우리도 몰라요. 하지만 얼마가 걸리든 우리는 여기 있을 겁니다." 영화는 모든 이야기를 원점으로 돌려놓고 이렇게 끝을 맺는다.

이 영화는 모리타니 사람 모하메두의 실화를 바탕으로 했다. 모하메두는 그 후로도 오랫동안 갇혀 있었다. 이 이상한 구금의 정체는 무엇인가. 미군과 교전한 군인이라면 국제법에 따라 송환되어야 하고, 범죄 용의자라면 국내법에 따라 재판받아야 한다. 그러나 미국 정부는 테러리스트일 수도 있는 사람을 풀어줄 수 없다며 용의자들을 무한정 구금하고 있다.

관타나모의 실상이 처음 알려졌을 때 사람들은 끔찍한 고문에 경악했다. 구타는 물론이고 물고문에 성고문까지. 어떻게 이런 폭력이 가능한가. 모하메두의 재판은 더 큰 폭력이 그 아래 있다는 것을 보여준다. 관타나모에서 자행된 폭력이 아니라 관타나모 자체가 문제였던 것이다. 관타나모는 어떻게 존재할 수 있었으며 왜 지금도 폐쇄되지 않는가.

국민의 지지만 있다면, 아니 일정한 묵인만 있어도, 국가는 이방인들을 무한정 구금할 수 있는 다양한 기술과 장치를 가지고 있다. 실제로 많은 국민이 이것을 알고 있고 심지어는 지지하기까지 한다. 이방인은 국민을 위험에 빠뜨리거나 손실을 끼칠 수 있는 존재이며, 설령 무해하다고 해도 어떻게 되든지 국민에게는 별 상관도 없는 존재라고 생각하기 때문이다. 이것이 관타나모라는 폭력의 성채가 딛고 서 있는 기반이다.

관타나모에 관한 영화를 소개한 것은 우리에게도 그것을 닮은 성채가 존재하기 때문이다. 외국인보호소가 그것이다. 2021년 9월 말 고문 피해 사실을 폭로한 화성외국인보호소의 M 씨. 그해 여름 '보호 일시 해제'를 요청한 그에게 법무부는 서너 줄의 짧은 불허 통보를 보내왔다. "귀하의 보호 일시 해제 청구 사유를 검토하였으나 (…) 보호를 해제하여야 할 불가피성이 없다고 판단되어 불허 결정함. 끝." 그래서 M 씨는 자신이 고문받은 장소, 그가 '화성 관타나모'라고 부르는 곳에서 지금(2022.1.)도 여전히 '보호'받고 있다.

몇 차례 언급했지만 외국인보호소에 '보호된' 이들은

범죄자가 아니다. 실제로는 강제 구금인데도 '보호'라는 이 상한 말을 쓰는 것은 그 때문이다. 이들은 체류 기간을 초과했거나 체류 자격을 상실해 강제 퇴거라는 행정명령을 받은 사람들일 뿐이다. 그런데 영장도, 재판도, 형기도 없이 단지 관청의 장이 내린 명령서에 따라 끝을 알 수 없는 구금이 이루어지고 있다. 출입국관리법 63조 1항에 따르면, "대한민국 밖으로 송환할 수 없"는 사람에 대해 '지방출입국·외국인관서의 장'은 "송환할 수 있을 때까지 그를 보호 시설에 보호할 수 있다". M 씨 같은 난민 신청자에게는 이것이 심각한 문제를 야기한다. 난민은 살기 위해 고국을 탈출한 사람인데, 대한민국은 송환이 불가능한 외국인을 송환할 수 있을 때까지 구금할 수 있기 때문이다. 실제로 외국인보호소의 또 다른 M 씨는 이런 편지를 보내왔다. "내게는 다음과 같은 선택지만이 남아 있습니다. 한국에서 죄 없는 수감자로 살 것인가, 고국에서 살해당하는 것을 받아들일 것인가."

"얼마나 걸리죠?" "확실하지 않아요." 관타나모의 모하메두가 들은 이야기를 화성외국인보호소의 M 씨도 들었다. 개인 모하메두가 결국에 석방된 것처럼 개인 M 씨에 대해서도 보호 해제가 이루어질지 모른다. 그러나 쿠바에 있든, 화성에 있든 관타나모가 있는 한 M 씨들의 무한정 구금은

사람을 목격한 사람

사라지지 않을 것이다. 무엇을 해야 할까. 일단 출입국관리법 63조 1항을 바꾸는 데서 시작하자. 공익법센터 어필에서 1만 명을 목표로 서명을 받고 있다(https://www.campaigns.kr/campaigns/560). 최소한 인구의 0.02퍼센트라도 이런 폭력의 성채를 용납하지 않겠다는 의지를 보여주자.•

• M 씨는 구금 342일 만인 2022년 2월 8일, 보호 일시 해제 처분을 받아 풀려났다. 그는 외국인보호소 내의 인권침해를 증언하고 외국인보호소 폐지를 요구하는 활동에 함께해왔다. 2023년 9월 M 씨가 고문에 대해 정부를 상대로 제기한 국가배상 소송과 법무부가 공무집행방해 등을 이유로 M 씨를 상대로 제기한 형사 소송이 진행 중이다.

포획의 계절

법무부가 불법 체류자 단속에 대한 의지를 표명했다. 불법
을 단속하겠다는데 무슨 시빗거리가 되나 싶겠지만 그렇지
가 않다. 법무부는 이번 조치가 "국익에 도움이 되는 유연한
외국인 정책의 전제는 '엄정한 체류 질서 확립'"이라는 장관
의 말에 따라 이루어졌다고 했다. 집중 단속 분야도 따로 밝
혀두었다. "택배·배달 대행 등 국민의 일자리 잠식 업종"과
"유흥업소, 외국인 마약 범죄 등 사회적 폐해가 큰 분야"다.

　"일자리 잠식 업종"이 먼저 제시된 것은 무엇 때문일
까. 웬만큼 글을 읽는 사람이라면 여기에 어떤 뉘앙스가 담

겨 있음을 놓치지 않을 것이다. 국민 일자리를 잠식한 업종을 '엄정히' 단속하겠다는 것은 국민이 원하지 않는 일자리에는 '유연하게' 대처하겠다는 뜻이다. 조금 더 적극적으로 읽어본다면, 노동력을 구하기 힘든 업종에서는 '알아서 쓰라'는 암묵적 메시지이기도 하다.

이런 메시지의 해독 과정에서 손발이 맞지 않아 문제가 생기는 경우도 있다. 『농민신문』 보도에 따르면 2022년 5월 부여의 농산물산지유통센터에 단속반이 들이닥쳐 선별 작업 중이던 노동자들을 연행해 갔다고 한다. 이에 농민들이 "수확철에 그것도 영농 현장에 직접 와서 단속을 한다는 것은 농사를 짓지 말라는 얘기와 같다"며 크게 반발한 모양이다. 내국인 노동자는 아예 오지 않고 합법 체류 노동자에게는 "월급에다 4대 보험까지 가입해줘야 하는데" 그렇게는 농사를 지을 형편이 안 된다는 것이다. 이 말을 바꾸면 보험 가입도 없이 저임금으로 노동력을 사용하려면 불법 체류자가 필요하다는 뜻이다. 인상적인 것은 출입국관리사무소의 반응이다. 전면적 단속이 아니라 "신고가 들어와" 단속했다는 것이다.

이 기사를 보고 예전에 읽은 연구 보고서 하나가 떠올랐다. 당시 법무부가 발주한 것으로 '국내 불법 체류 외국인의 적정 규모 추정'에 대한 연구였다. 불법의 적정 규모? 보고서 집필자도 어색한 표현이라고 느꼈는지 "원칙적으로 성립하기 힘든 개념"이지만 현실적으로는 쓸 수밖에 없다고 했다. 두 가지 이유가 있다. 우선 수많은 사람들이 국경을 넘나드는 오늘날에는 비자 기한을 넘겨 머무는 이들이 생겨날 수밖에 없고 이것을 막을 방법도 없다. 다음으로 이들의 노동력을 간절히 원하는 업종과 업체들이 있다. 산업상의 필요가 있는 것이다. 그래서 많은 나라들이 관리 가능한 불법 체류자 비율을 목표치로 갖고 있다. 저수지 수위를 관리하듯 경제 상황을 보아가며 밸브를 열었다 조였다 하는 것이다.

실제로 불법 체류 노동자의 불법 상태는 단속의 이유이기보다 노동력에 대한 이용과 관리의 조건일 때가 많다. 그 덕분에 업체들은 이들의 노동력을 4대 보험 없이 저렴하게 이용할 수 있고 당국은 언제든 처분 가능한 상태, 밸브만 열면 언제든 내보낼 수 있는 상태로 관리할 수 있다. 불법이어서 단속한다기보다 불필요할 때 불법을 이유로 퇴거에 들어간다고 하는 게 현실에 가깝다.

이제 곧 끔찍한 일이 일어날까 두렵다. 단속 과정은 통상 '토끼몰이'로 불린다. 한때는 정말로 '그물총'을 쏘기도 했다. 인권침해 논란이 일자 그물총은 사라졌지만 단속의 전체적 풍경은 크게 달라지지 않았다. 이 과정에서 어김없이 사람이 죽는다. 법무부는 단속 과정에 관한 '적법절차 및 인권 보호 준칙'을 마련해 시행한다고 했다. 주거지나 영업장에 들어갈 때는 관리자에게 사전 동의를 구하고 외국인의 인권 보호에도 각별히 신경을 쓸 것이라고 했다. 그러나 이번 보도 자료에는 "정당한 이유 없이 단속을 거부하는 행위에 대해서는 압수수색영장을 발급받아" 적극 대응하겠다는 위협도 함께 담았다.

단속 과정에서 인권을 보호하겠다는 말은 참 허망하다. 애초부터 미등록 이주자들은 인권 박탈 상황에 놓여 있었다. 노동할 때는 언제든 퍼 쓸 수 있는 저수지의 물이었고, 단속반이 덮칠 때는 숨을 헐떡이며 산으로 도망치는 토끼였으며, 포획된 후에는 외국인보호소라는 곳에서 등이 꺾이는 새우였다. 마치 서로 맞물려 돌아가는 착취 시스템 같다. 불법에 대한 이런 단속이 내게는 인간이 인간에게, 생명이 생명에게 저지르는 거대한 범죄의 일부처럼 보인다.

이주민을 추모하는 선주민의 춤

2019년 3월 15일, 호주 출신의 한 백인 남성이 뉴질랜드의 이슬람 사원에 총격을 가해 51명을 살해하고 그 장면을 소셜 미디어를 통해 중계했다. 말 그대로 '테러 라이브'였다. 사냥을 하듯 혹은 게임을 하듯 그는 사람들을 죽였다. 무려 74쪽에 이르는 선언문도 내보냈다. 선언문에서 그는 무고한 아이들까지 죽이는 이유도 적었다. 이 아이들이 자라면 백인 아이들의 자리를 다 차지할 테니 후손들을 위해 미래의 적을 미리 제거해야 한다는 것이다.

도무지 행동이나 말이 제정신을 가진 사람의 것으로

보이지 않는다. 하지만 변호인에 따르면 그는 침착하고 심지어 '상당히 명쾌해' 보인다고 한다. 그 뒤에는 이 변호인조차 필요 없다며 해임시켰다. 법정에서 직접 신념을 설파할 모양이다. 뉴질랜드 정부에서는 당연히 이 연설을 세상에 알리지 않을 것이다. 총리는 테러범의 이름조차 언급하지 않겠다고 했다.

이렇게까지 하는 이유를 우리는 알고 있다. 그 같은 행동은 드물지만 그 같은 신념은 만연해 있기 때문이다. 선언문은 인터넷에서 흔히 볼 수 있는 문장들로 이루어져 있고 그중 몇몇은 극우 성향의 지도자들이 애용하는 것이다. 그러니까 그가 괴물인 이유는 '어떻게 저런 짓을 할까'에서 '저런 짓'이 아니라 '할까'에 있다. 그는 사람들이 가슴속에만 품고 있거나 기껏해야 집회에서나 떠들어대고 인터넷 댓글로나 내뱉던 것들을 실제로 저질렀다.

그는 선언문에서 자신을 평범한 백인이라고 소개했다. 조직에 속한 것도 아니고 배운 것도 없는 서민일 뿐이라고. 다만 그는 백인의 나라에 들어와 이러저런 자리를 차지하는 '침략자들'에 분노한다고 했다. "우리의 나라는 우리의 것임을 보여주기 위해, 그리고 백인이 한 명이라도 살아 있는 한 그들은 결코 우리 땅을 차지할 수 없다는 걸 보여주기 위해" 테러를 결심했다고 했다.

그는 '자리를 차지한다'는 말을 자주 썼다. 선언문의 제목 자체가 '거대한 대체The Great Replacement'이다. 이는 이민자 유입에 반대하는 프랑스 작가 르노 카뮈Renaud Camus의 책 제목이라고 한다. 실제로 그는 카뮈의 말에서 많은 영감을 받았던 것 같다. 프랑스 여행 중에 너무 많은 '침략자들(비백인들)'을 보았으며, 그들이 문화와 정체성을 파괴하는 데도 그저 바라보고만 있는 염세적 프랑스인들에게 충격을 받았다고 했다. 이런 상황에서 싸우지 않으면 "유럽인들의 완전한 인종적·문화적 대체가 일어날 것이다". 그는 그렇게 썼다.

그는 '거대한 대체'를 '백인에 대한 인종 청소'라고도 불렀다. 원래 이 말은 미국의 테러리스트 데이비드 레인David Lane이 쓴 것으로 백인 우월주의자들이 애용하는 표현이다. 비백인 이민자의 유입과 인종 혼합 때문에 세상에서 백인이 사라질 것이라는 게 그 핵심이다.

물론 '거대한 대체'니 '인종 청소'니 하는 말들은 모두가 끔찍한 헛소리다. 테러범의 선언문에서 이 표현들을 처음 접했을 때 내게는 1990년대 호주에서의 역사 논쟁이 떠올랐다. 아마도 그가 호주 출신 백인이라는 점 때문이었을 것이다.

이 역사 논쟁에는 두 가지 계기가 있었다. 하나는 1992년 호주 고등법원이 선주민의 본래적 토지소유권을 부분적으로 인정하는 판결을 내린 것이다. 호주를 식민화할 때 백인들은 '주인 없는 땅terra nullius'이라는 원칙을 내세웠다. 선주민들이 배타적 소유권을 행사한 흔적이 없는 땅은 차지해도 된다는 논리였다. 그런데 고등법원은 이 원칙의 부당성을 인정했다.

또 하나는 1997년에 간행된 호주의 인권및기회균등위원회HREOC 보고서 「그들을 집으로 데려오기」였다. 이 보고서는 식민화 과정에서 선주민에 대한 인종 청소가 어떻게 일어났는지를 상세히 보여준다. 선주민 아이들을 백인 문화에 동화시키기 위해 백인 부모에게 강제 입양시킨 일이 들어 있다. 충격적인 것은 이런 반인륜적 관행이 1960년대까지 활발했다는 사실이다. 지금도 그때의 아이들은 어머니가 트럭을 쫓아오며 울부짖던 일을 생생히 기억하고 있다.

뉴질랜드 테러범은 백인들이야말로 식민화를 통해 자리를 차지했고, 인종 혼합을 통해 인종 청소를 자행했다는 사실을 감추었다. 백인 우월주의에 대한 신화적 기억으로 선주민에게 저지른 '거대한 대체'와 '인종 청소'의 폭력을 덮어버린 것이다. 그러고는 선주민들이 백인에게 당한 폭력의 이름을 백인 것으로 만든 뒤 이민자들을 향해 총기를 난사했다.

고맙고 다행스러운 일은 뉴질랜드 테러 현장에 '하카'가 나타났다는 점이다. 하카는 잘 알려진 것처럼 마오리족 전사들의 춤이다. 선주민들은 무슬림 이주민 희생자들을 추모하며 하카를 추었고 많은 뉴질랜드인들이 하카 영상을 찍어 올렸다. '코 아우, 코 코에, 코 코에, 코 아우.' '나는 당신이고 당신은 나입니다.' 선주민들은 하카를 추며 이주민들에게 이런 노랫말을 건넸다. 선주민과 이주민이 반대말이 아닌 세계를 그렇게 열어 보인 것이다.

참고로 뉴질랜드의 테러범은 한국에서 자신의 모범을 보았다고 한다. 다문화주의와 문화적 마르크스주의를 받아들이지 않고 보수적 가치를 잘 지키고 있다고. 그러고 보니 4·3의 땅 제주에 예멘의 난민들이 왔을 때 우리의 춤은 무엇이었고 우리의 노랫말은 무엇이었던가. 나는 당신이고 당신은 나입니다. 우리는 그렇게 노래했던가. 우리는 과연 누구를 닮았던가. 이주민들에게 총기를 난사한 테러범인가, 이주민 희생자들을 위로하며 하카를 춘 선주민인가.

강제징용 노동자 이흥섭

이것은 불화수소, 플루오린 폴리이미드, 포토레지스트에 대한 이야기가 아니다.* 이 이야기의 주인공은 반도체가 아니라 소년이다. 소년의 나이는 열일곱. 어머니는 돌아가셨고 밑으로 어린 동생이 둘 있었다. 그날은 아버지와 콩밭을 매고 있었다. "마을 이장과 면사무소에서 나온 사람, 그리고 다른 네 명 정도가 밭에 있는 우리를 향해 다가왔습니다. 그리고 마을 이장이 아무 말 없이 노란색 봉투를 아버지에게 건넸습니다."

훗날 소년이 담담히 구술한 그날은 너무 평온해 더 슬

프다. 사람들은 봉투만 전달하고 돌아갔고 아버지는 점심이나 먹자며 소년의 손을 잡고 집으로 왔다. 그러고는 옷장을 열어 하얀 목면 양복을 입히고는 말없이 무언가를 주섬주섬 챙겼다. 결국에 밥은 먹지도 못했다. 급히 차를 타야 했기 때문이다. 소년도 아버지에게 봉투에 대해 묻지 않았다. 언제부턴가 알고 있던 일이기 때문이다. 강제징용이었다.

황해도 곡산에서 콩밭을 매던 소년은 그렇게 일본 규슈의 탄광에 끌려갔다. 그러고는 속옷 한 장만을 걸친 채 지하 채탄장에서 일하는 노동자가 되었다. 합숙소의 취침종이 울리면 소년은 방울 맺힌 눈으로 천장을 보며 말하곤 했다. "전쟁이 싫습니다. 탄광도 싫습니다. 죽는 것도 싫습니다. 식민지도 싫습니다."

며칠이 지났을 때 사무실에 불려 간 소년은 충격적인 말을 듣는다. "너는 비국민이다!" 바닥에는 대역죄의 증거인 양 보따리가 풀어 헤쳐져 있었다. 아버지가 쌀가루 봉투 안에 어머니의 유품인 반지를 넣어준 모양이다. 직원은 이런 물건을 공출하지 않고 감추었다며 소리를 질러대고는 소년의 서류에 '비국민'이라는 표시를 해두었다.

'비국민'은 참으로 괴상한 말이다. 그것은 타국민이 아니다. 국민이면서 국민이 아닌 사람, 다시 말해 국민 자격이 없는 국민을 가리킬 때 쓰는 말이었다. 우선은 조선인에게 딱 들어맞았다. 당시 조선인은 한편으로 일본에 충성을 다해야 하는 일본 국민이었지만 다른 한편으로는 일본인 대접을 받을 수 없는 식민지인이었다. 그러나 이 말은 일부 일본인들에게도 사용되었다. 전쟁 중인 나라에 충성을 보이지 않는 일본인들 말이다.

1945년 1월 1일, 소년은 탄광을 탈출한다. 일본 국민도 아닌데 일본의 전쟁에 헌신하며 죽어갈 생각이 없었다. 일본의 비국민들이 그의 탈출을 도왔다. "그 시대는 그곳이 탄광이든 어디든 자기가 데리고 있는 사람을 놓아주는 것은 물론이고 심지어 도망자를 도와줬다는 사실이 알려지면 그 어떤 변명도 통하지 않고 감옥에 들어가는 때였습니다." 그런데도 일본의 전쟁에 협력하지 않는 일본인들, 더 나아가 그런 일본이라면 일본인이기를 그만두겠다는 일본인들이 있었다.

소년은 부지런히 도망 다녔다. 그리고 마침내 8월 15일 정오에 '옥음 방송'이라는 걸 들었다. 무슨 말인지 알아듣지 못했다. 다만 방송이 끝난 후 칼을 찬 군인이 단상에 올라 조선인 노동자들에게 이렇게 말하는 걸 들었다. "지금 이 순간부터 너희들은 자유다! 대일본제국은 지금 막 그것을 허락한 것이다! 앞으로 너희들의 행동에 절대로 관어하지 않겠다! 이상!"

소년은 이 말을 여러 번 곱씹었다. 처음에는 자유라는 말에 만세를 불렀다. 더 이상 도망 다닐 필요가 없었으므로. 이제 고향으로 돌아갈 것이므로. 그리고 할아버지, 아버지, 자신까지 이어지던 민족적 속박이 풀렸으므로. 그런데 시간이 갈수록 소년은 이후 자신의 운명을 결정하는 말이 그다음 말이었다는 것을 절감한다. 대일본제국은 앞으로 너희들의 일에 절대로 관어하지 않겠다는 것 말이다.

일본은 항복했고 전승국들과의 협약에 따라 식민지에 대한 일체의 권리를 잃었다. "옥음 방송을 듣기 전까지 자네들은 일본의 명령에 따라야만 했지만 옥음 방송이 끝남과 동시에 자네들과 일본과의 관계는 완전히 없어진 거라네." 정말로 무책임한 말이었다. "우리는 원해서 징용인이 된 것이 아닙니다. 대일본제국의 필요에 의해 끌려온 것입니다." 그런데 일본은 징용인들을 원래대로 돌려놓지 않았다. 강제징용을 자행했듯 방치를 자행했다.

다음 날부터 하카타항에는 엄청난 인파가 몰려들었다. 수백 명씩 싣는 배로는 귀향에만 몇 년이 걸릴지 모를 일이었다. 항구에 나앉은 조선인들의 생계를 돌보는 사람은 없었다. 결국 수십만 명이 귀향했지만 또한 수십만 명이 그대로 남았다. 소년도 귀향하지 못한 채로 거기 남았다.

소년은 그로부터 70년 가까이를 살았지만 그의 삶은 1945년 8월의 하카타항에서 한 발자국도 이동하지 않았다. 늙은 소년의 구술은 거기서 멈추어버렸다(그의 이야기는 『딸이 전하는 아버지의 역사』에 담겨 있다). 일본과 한국, 미쓰비시와 삼성은 미래로, 세계로 달려갔지만 소년은 70년을 그 자리에 있었다. 아마 귀향했어도 처지가 바뀌긴 힘들었을 것이다. 그처럼 징용에 끌려갔다가 귀향했던 청년 이춘식은 98세가 되어서야 한국 대법원에서 피해 보상 판결을 받았는데 그러고도 "나 때문에 국민들이 고생하는 것 같아 미안하다"는 말을 뱉어야 했으므로.

문득 이런 생각이 들었다. 한국은 삼성을 지키고 일본은 미쓰비시를 지키는데, 불화수소보다 적게 남은 소년들의 이야기는 누가 지키는 것일까. 우리의 기억소자에는 국가의 경계를 넘어 전쟁에 반대하고 평화를 염원했던 비국민들의 이야기가 저장되어 있기는 한 걸까.

• 일본 정부는 2018년 한국 대법원의 강제징용 배상 판결에 대한 사실상의 보복 조치로 이듬해 7월부터 한국에 대해 불화수소, 플루오린 폴리이미드, 포토레지스트 등 반도체 산업에 사용되는 핵심 소재의 수출을 규제했다. 이 수출 규제 조치는 일본 정부가 2023년 6월 한국을 '수출 심사 우대국'으로 재지정함에 따라 해소되었다.

미누, 부디 안녕히

"왜 아프고 그래요. 빨리 나으세요." 통증과 피로를 느끼며 벽에 기대 쉬던 나를 일으켜 세운 목소리. 2009년에 헤어진 친구 미누였다. 20년 만에 병원 신세를 지고 있던 날이 하필 이면 10년 만에 친구가 찾아온 날이라니. 반가움에 말들이 순서를 무시하고 튀어 나갔다. 어떻게 들어왔어요. 이젠 자 유롭게 들어올 수 있는 거예요. 그동안 어떻게 지냈어요. 그 는 조금 들뜬 소리로 답해주었다. DMZ 영화제에 초대받아 짧게 들어왔다고. 이번에 들어왔으니 또 올 수 있을 거라고. 잘 지내고 있다고. 어서 빨리 나으라고. 곧 보자고. 그러고는 수화기 너머로 사라졌다.

미누는 1992년에 한국에 왔다. 이주 노동자와 관련된 정책과 제도가 전무했던 시절이다. 그는 첫 세대 이주 노동 자였다. 스무 살에 와서 18년을 살았다. 네팔에서 보낸 유년 기와 한국에서 보낸 성년기가 같았다.

미누는 요즘 방송하는 〈어서 와, 한국은 처음이지〉의 외국인이 아니다. 3박 4일 동안 한국의 음식과 문화, 역사를 탐방하고, 한국인의 자부심을 잔뜩 올려놓고 떠나는 외국 인 말이다. 그는 한국 불고기에 대한 찬사를 늘어놓지는 않 았지만 식당에서 일하며 주방 아주머니에게 배웠다는 〈목 포의 눈물〉을 구슬프게도 잘 불렀다. 시청률이 높진 않았 지만 그도 TV 프로그램을 진행했다. 이주 노동자의 방송 MWTV(현 이주민방송)의 공동대표였다. 그는 이주 노동자 영 화제MWFF(현 이주민영화제)의 집행위원장이기도 했다. 영화 제에 강한 애착을 가진 사람이었지만 레드카펫을 꿈꾸지는 않았다. 그 대신 그는 노동자를 상징하는 블루카펫에서 노 동자와 스타가 함께 걷는 날을 그리곤 했다.

미누는 인권의 소중한 가치를 한국 사회 곳곳에 전하 던 인권 강사였다. 소위 '다문화'라는 말이 한국 사회에 처음 통용되었을 때, 그것이 추석날 한복 입고 한국 노래 부르는 외국인을 구경하는 일이어서는 안 된다고 했던 사람이다. 그는 또한 다국적 밴드 '스탑크랙다운StopCrackDown'의 리드 보컬이었다. 그는 박노해 시인의 「손무덤」을 노래로 만들어 불렀다. "기계 사이에 끼어 팔딱이는 손을 / 비닐봉지에 싸서 품에 넣고서 / 화사한 봄빛이 흐르는 행복한 거리를 / 나는 미친놈처럼 한없이 헤매 다녔지." 그는 붉은 고무 칠이 된 목장갑을 끼고 이주 노동자의 잘려 나간 손에 대해 노래하고 또 노래했다. 우리는 그에게 우리를 배웠다. 목포의 눈물을 배웠고 손무덤을 배웠다. 연구 공동체 수유너머와 이주 노동자의 방송이 함께 지냈을 때, 우리는 한국 사회에 대해 밥알만큼이나 많은 이야기를 나누었고 그만큼 많은 꿈을 꾸었다. 자신의 꿈과 한국 사회의 미래를 그처럼 일치시켜놓은 사람도 드물 것이다.

기독교가 한낱 유대인의 종교였을 때 사도 바울은 '영에 의한 유대인'이라는 말로 그것을 깨뜨렸다. 유대인이라는 이름을 피부색과 분리시킴으로써 기독교를 보편 종교로 만든 것이다. 하지만 철학자 아감벤이 지적한 것처럼 바울의 말은 정체성의 '잔여'에 대한 이야기이기도 하다. 우리의 정체성을 어떻게 규정해도 빠져나가는 부분이 생긴다. '영에 의한 유대인'은 '유대인은 아니지만 유대인이 아니라고 말할 수 없는 사람'이 있음을 말해준다. 겉보기에는 유대인을 보편화하는 말이지만 실상은 유대인의 불가능, 더 나아가 정체성 일반의 불가능을 담고 있기도 하다. '유대인에는 유대인 아닌 사람 또한 존재한다'고 풀이할 수도 있기 때문이다. 바울의 이야기를 이런 식으로 뒤집으면 우리 안의 미누가 보인다.

니체의 말처럼, 우리 안에는 우리를 넘어선 존재가 있다. 반대로 말해도 좋다. 우리 안에 우리 아닌 존재를 품고 있기에 우리는 언제나 우리 이상이다. 한국인이기만 한 한국인은 없다. 만약 그런 인간이 있다면 그는 법조문의 주어나 목적어로만 존재하는 인간이고, 그의 세계는 한 권의 법전을 넘어서지 못할 것이다.

2009년 10월, 미누는 출근길에 연행되었다. 출입국관리법 위반. 한국인도 아닌 주제에 한국에 오래 머물며 무려 노래까지 불렀다고. 그는 우리 연구실 앞에서 끌려갔다. 발만 동동 굴렀지 할 수 있는 게 없었다. 외국인보호소 면회가 허락되었을 때 아크릴판 너머에서 환하게 웃는 그를 보고 우리는 엉엉 울었다. 스피커를 통해 잘 지내라는 말만을 남긴 채 그는 한국을 떠났다. 그의 18년은 그렇게 간단히 뿌리 뽑혔고 그와 엮인 우리의 시간, 우리의 존재 일부도 그렇게 뽑혀 나갔다. 그에게는 한국행 비자가 거부되었고 우리 안에 뚫린 구멍에도 접근 금지의 철조망이 쳐졌다.

그런데 2018년 DMZ 국제다큐멘터리영화제 개막작으로 그의 이야기 〈안녕, 미누Free Minu〉가 선정되었다. 그리고 기적적으로 영화제 개막식 참석을 위한 짧은 방문이 허락되었다. "왜 아프고 그래요. 빨리 나으세요." 목소리를 듣자마자 그를 체념했던 내 안의 모든 세포들이 고개를 쳐들었다. 미누가 왔다. 그리고 며칠이 지났을까. 거짓말 같은 부고가 네팔에서 전해져 왔다. 모두의 심장을 뛰게 하고는 그의 심장이 갑자기 멎어버렸다고. 이제 그는 정말로 영영 돌아오지 않는다고.

결국에 내게는 다시 텅 빈 구멍만이 남았다. 하지만 이번에는 발을 구르지도 않을 것이고 체념하지도 않을 것이다. 빈자리를 빈자리로 두겠다. 이곳은 그가 앉은 자리였으므로. 그가 여기 있었음을 입증하기 위해 그리고 우리 안에 우리 아닌 자의 자리가 영원히 마련되어 있음을 알리기 위해 이젠 빈 곳을 껴안고 살겠다. 미누, 우리 안에서 부디 안녕히!

（　제5부　）

함께 남은 사람

함께 살아야 한다

2018년부터 혼자 지내는 시간이 많다. 카를 마르크스의『자본』에 관한 책을 두 달에 한 권씩 2년간 펴내기로 약속했기 때문이다. 두꺼운 책은 아니지만 언제나 원고 마감이 코앞에 있는지라 시간을 아껴야 한다. 그러다 보니 자연스레 일정표가 깨끗해졌다. 아무것도 채워 넣을 수 없으니 텅 빈 일정표가 꽉 찬 일정표인 셈이다.

집에서도 대부분의 시간을 혼자 보낸다. 가족들과 밥을 먹고 휴식하는 시간을 빼고는 방에서 혼자 글을 쓰거나 자료를 정리한다. 답답하면 산책을 하고 잠시 동네 카페에도 들르지만, 대체로 혼자 걷고 혼자 커피를 마신다.

처음에는 이런 일상을 살아갈 수 있을까 싶었다. 워낙에 사람들과 어울려 수다 떠는 걸 좋아했고 산책도 우르르 몰려다니곤 했으니까. 그런데 언제부턴가 혼자 있는 시간이 좋아졌다. 고요함에 귀를 기울이면 음악을 듣는 것 이상으로 좋았고, 글을 쓰고 산책할 때는 혼자임에도 세상에 온전히 감싸여 있다는 느낌이 들었다.

코로나19 사태가 일어나기 전까지는 그랬다. 그러나 이 사태와 더불어 삶이 달라졌다. 그동안 자가 격리된 사람처럼 지냈던 터라 생활에서 달라질 것은 없었다. 그런데도 이건 내가 살던 삶이 아니었다. 똑같은 방에서 똑같은 일을 하는데도 자유를 잃은 사람처럼 답답했고, 고요함은 똑같은데 세상에 감싸여 있다기보다는 세상으로부터 고립된 느낌을 받았다. 이유를 알 수 없었다. 모든 것이 그대로인데 왜 모든 것이 달라졌는지.

그러다가 옛 친구의 전화를 받았다. 손님 없는 사무실에 멍하게 있다가 친구들 생각이 나서 전화를 돌리는 중이라고 했다. 너무 오랜만이라서 오히려 이야깃거리가 없었다. 연신 반갑다는 말만을 주고받고 겨우 가족의 안부를 묻고는 통화를 끝냈다. 그런데 이 짧은 통화가 명의가 처방한

약처럼 내 증상을 호전시켰다.

　그러고는 알게 되었다. 나는 혼자였을 때도 혼자가 아니었다는걸. 다만 의식에 떠올리지 못했을 뿐이다. 생각해보면 내 더듬이는 언제나 주변 사람들을 느끼고 있었다. 방에서 혼자 글을 쓴다고 했지만 학교를 다녀온 아이가 "아빠" 하고 문을 여는 시간을 기다리고 있었다. 혼자서 산책할 때도 사람들과 표정을 나누었으며, 이따금씩 들르는 카페의 주인은 언제부턴가 주문하기 전부터 내가 마실 커피를 알고 있었다.

　감염을 막기 위해 서로에게 멀어지라는 정부의 지침이 내려진 이후 나는 혼자 지내는 삶과 격리된 삶의 차이를 알게 되었다. 산책하는 사람들은 줄어들었고 그나마도 표정 없는 KF80, KF94들뿐이다. 게다가 사람들은 멀리서부터 미묘하게 간격을 유지한 채 걸어왔다. 카페에는 어느 날엔가 중국인 관광객의 출입을 제한한다는 문구가 붙었고, 다음에는 손님들이 보이지 않았고, 그다음에는 2주간 문을 닫는다는 문구가 붙었다. 답답하고 우울한 기분이 든 이유가 여기에 있었다. 혼자 지낼 수는 있지만 격리된 채 살기는 어려운 것이다.

　코로나19 바이러스에 감염되어 죽은 첫 번째 환자는

격리 지침이 내려지기 훨씬 전부터 격리된 삶을 살았던 사람이다. 그는 사방이 막혀 있고 창문마저 철망으로 덮여 있는 폐쇄 병동에 있었던 사람이다. 그에게는 연고자도 없었다. 모든 끈이 끊어진 채 20년을 갇혀 지내고는 죽은 뒤에야 42킬로그램의 삐쩍 마른 몸으로 그곳을 간신히 벗어날 수 있었다. 정신장애인 창작예술단 '안티카'의 한 단원은 그의 혼을 달래며 쓴 글에 이렇게 적었다. "당신을 죽음으로 몰고 간 것은 어쩌면 그 안에서의 20년이었을지도 모르겠습니다." 거기서 이미 죽은 사람이 이제야 죽어 거기서 나왔다는 뜻이다.

　무려 20년 전부터 철저한 격리 상태에 있던 장애인들이 왜 바이러스의 첫 번째 희생자가 되었을까. 그것은 이들이 바이러스로부터 격리되었던 것이 아니라 바이러스로서 격리되었기 때문이다. 그게 아니라면 최소한 못 쓰게 된 물건처럼 눈에 띄지 않는 어딘가에 치워져 있었기 때문이다. 그렇게 방치된 사람들이었으니 바이러스에 감염된 것도 이상할 게 없다. 몇 년 전 시설 실태 조사를 나갔을 때 나는 세상과의 끈이 끊어진 채 방과 거실에 잔뜩 모여 있는 사람들을 보았다. 우리를 맞이한 생활 교사들은 방 구석구석을 윤이 나도록 쓸고 닦았다. 그러나 거기 사람들의 삶에 내려앉은 곰팡이는 그들로서도 어쩔 수가 없었다.

함께 사는 곳에서는 잠시 떨어져 지낼 수 있고 얼마든지 혼자 사는 것도 가능하다. 언제든 연락할 사람, 연락해오는 사람이 있는 곳에서는 잠시 연락을 끊고 지낼 수도 있다. 하지만 격리된 채 고립된 사람들은 살 수가 없다. 제아무리 강한 사람도, 제아무리 큰 도시도 이것을 버틸 수는 없다. 우리는 함께 살아야 한다.

공동 격리를 자원한 활동가

어느 날 미국의 한 연구자로부터 메일을 받았다. 코로나 시
대 시민들의 상호부조와 연대에 대한 책을 함께 쓰고 싶다
고 했다.* 이 끔찍한 상황에서도 세계 곳곳의 사람들이 어떻
게 서로를 돕고 있는지, 물리적으로 떨어져 있을 때조차 연
대를 구축하기 위해 얼마나 애쓰는지를 모두에게 알리자
는 것이었다. 위험하고 열악한 환경에서도 생명을 살리기
위해 헌신하는 의료진과 자원봉사자들에 대한 이야기부터,
발코니에 나와 노래하고 연주하며 서로를 위로하고 격려하
는 사람들에 대한 이야기까지. 그는 가능한 한 빨리, 가능한

한 많은 이야기를, 가능한 한 많은 사람들과 나누어야 한다고 했다.

인간이 다른 존재에 대해 형성하는 어떤 표상들은 바이러스 이상으로 전파력도 크고 치명적이다. 특히 인간은 공포를 느낄 때 심리적 면역력이 크게 떨어진다. 이런 때 사람들은 평소라면 차마 입에 담지도 못할 말들을 쏟아내고 터무니없는 폭력을 공공연히 자행한다. 지금이 바로 그렇다. 세계 곳곳에서 외국인에 대한 혐오와 차별이 나타나고 주류 미디어에서조차 이를 조장하는 말들이 심심치 않게 흘러나온다.

아우슈비츠 생존자인 프리모 레비는 『이것이 인간인가』에서 죽음의 수용소란 우리 영혼의 밑바닥에 전염병처럼 잠복해 있던 타인에 대한 표상이 떠오른 결과라고 했다. '이방인은 모두 적'이라는 표상이 그것이다. 평소에는 증상이 나타나지 않으므로 사람들은 자신이 감염된지도 모를 수 있다. 그러다가 면역력이 급격히 떨어지는 순간, 이를테면 공포를 느끼는 순간에 이 표상은 사람들의 머릿속을 뒤덮는다. 그러면 이방인이 적으로 보이는 환각 작용이 일어난다.

이런 일들은 대개 비상사태에서 나타나지만, 이때 비

상은 정상으로부터의 일탈이 아니라 정상에 대한 폭로인 경우가 많다. 실제로 방역 모델은 근대적 주권 모델과 무척 닮았다. 두 모델에 전제된 타인에 대한 표상이 특히 그렇다. 안전을 위해 타인을 무증상 감염자로 간주하라는 방역 지침과 타인을 본성상 늑대로 간주하고 안전책을 도모하는 사회계약론은 멀리 있지 않다. 타인에 대한 이런 표상은 사람들을 혼자 떨어져 무력하게 만든다. 서로를 불신하기에 사람들은 국가를 믿는다. 근대 사회계약론은 이런 식으로 국가 출현을 정당화했다. 원자화된 인간이 절대주의 국가의 토대가 되어준 것이다.

　세상에는 '인간은 인간에게 늑대다'라는 말이 있는가 하면 '인간은 인간에게 신이다'라는 말도 있다. 둘 중 어떤 표상이 더 현실에 부합하는지를 증명하는 것은 불가능하다. 아마도 우리는 우리가 가진 표상에 따라 저마다의 현실을 갖게 된다고 말하는 편이 옳을 것이다. 외국인이 적군처럼 보이는 사람은 실제로 외국인에게 적군처럼 행동하고, 타인을 바이러스덩어리로 보는 사람은 그 자신이 타인에게 그렇게 다가가며, 방역 마스크 재고량이 부족하다는 뉴스를 듣자마자 타인을 마스크의 잠재적 약탈자로 보는 사람은 그 자신이 약탈자처럼 마스크를 먼저 집어 들 것이다. 불행히도 세계 곳곳에서 우리는 이런 현실을 목격하고 있다. 나라는 나라에 갇혔고, 도시는 도시에 갇혔으며, 사람들은 저마다의 집에 갇혀 있다. 최고의 방역을 위해서라면 아예 모두를 1인 1실에 가두어야만 할 것 같기도 하다.

그러나 내게 메일을 보낸 연구자가 말하듯 우리에게는 다른 이야기가 있다. 그의 메일을 받자마자 내게 떠오른 사례는 중증 장애인들과의 공동 격리를 자원한 장애인 활동가들의 이야기였다. 방역 당국은 코로나19에 감염됐거나 감염이 의심되는 모든 사람에게 자가 격리를 명령했지만 중증 장애인은 자가 격리된 채로는 살 수 없다. 활동 지원사가 없다면 생활 자체가 불가능하기 때문이다. 정부가 이 문제에 대해 아무런 해결책도 내놓지 못하고 있을 때, 대구와 서울의 장애인 활동가들이 장애인 감염자들과의 공동 격리를 자원했다.

이들은 요즘 흔히 하는 말로는 영웅이지만 내가 말하고 싶은 게 영웅담은 아니다. 나는 이들이 지켜낸 타인에 대한 표상과 우리 삶의 안전에 대한 진실을 말하고 싶다. 이번 코로나19 사태로 가장 먼저 희생당한 사람들은 시설에 수용된 중증 장애인이었다. 오랫동안 우리 사회는 시설 수용을 중증 장애인의 안전을 위한 최고의 선택지처럼 말해왔

사람을 목격한 사람

다. 그러나 이번 사태는 이것이 최악의 선택지였음을 보여주었다. 공동 격리를 택한 활동가들, 방호복을 입고 중증 장애인 옆에 나란히 선 활동가들의 모습은 우리가 함께 사는 존재임을 일깨워준다. 삶이 가장 축소된 순간에도 우리는 혼자가 아니며 혼자여서는 안 된다는 것 말이다. 혼자는 삶의 단위가 아니다. 삶의 최소 단위는 함께이며, 작은 함께가 모여 큰 함께를 이룬다. 나는 공동 격리를 자원한 장애인 활동가들에게서 그것을 보았다.

• 나는 개인 사정으로 집필에 참여하지 않았지만 이때 기획한 책은 다음 제목으로 출간되었다. Marina Sitrin & Colectiva Sembrar(eds.), *Pandemic Solidarity: Mutual Aid during the Covid-19 Crisis*, Pluto Press, 2020.

이 겨울의 방어 태세

이 겨울(2020)에 들어서면서 우리가 이렇게 말이 없어도 되는 건지 모르겠다. 나라가 조용하다는 건 아니다. 사실은 아주 소란스럽다. 상대 정파의 지지율을 1퍼센트라도 낮추기 위해 혹은 자기 콘텐츠의 구독자 수를 한 명이라도 늘리기 위해, 소리를 지르고 글을 써대고 영상을 제작하는 이들이 얼마나 많은가. 모두가 '좋아요'와 '싫어요'를 원하는 한가한 말들뿐이다. 내가 행방을 찾고 있는 것은 생존 위기에 처한 '우리들'의 말이다. 도대체 이 겨울을 어떻게 날 것인지. 아니, 그 전에 어떻게들 살고 있는지. 한탄이라도 함께했으면 좋겠는데 말을 나눌 사람도, 기회도 없다.

이 겨울, 우리는 어떻게 해야 하는가. 물론 당국으로부터 지침은 받고 있다. 매일 신규 확진자 수와 사망자 수를 통보받고, 거리 두기 단계가 어떻게 조정되었는지를 통보받는다. 가게 영업시간을 통보받고, 몇 명이 모일 수 있는지를 통보받고, 우리들의 품행이 어떠해야 하는지를 통보받는다. 그러나 이것은 포고령이지 말이 아니다. 대답할 수도 없고 대답이란 게 애초부터 의미가 없는 말이다. 우리가 대답을 하든 말든 상관이 없는 말, 토를 달 수 없는 말, 사물들이 법칙을 지키듯 그저 따라야만 하는 말은 말이 아니다.

서구 언어에서 '동사verb'는 본디 '말'이다. 바꾸어 말하면 '말'은 '동사'다. 말이란 움직임에서 나오고 움직임을 포착하는 것이다. 그러므로 지정된 자리에 가만히 있으라는 명령 속에서는 말이 생겨나기 어렵다. 명령과 통보, 지침은 공기를 얼어붙게 한다. 그리고 공기가 얼어붙는 곳에서는 말이 싹틀 수 없다. 지금 우리 처지가 그렇다. 속수무책의 상황, 극단적인 수동의 상황에서 별말 없이 이 겨울을 맞고 있는 것이다.

그러나 '우리들' 중 상당수는 이런 식으로는 겨울을 날 수 없는 사람들이다. 지난겨울의 끝자락에서 우리는 첫 번째 주검들을 보았다. 시설에서 말을 빼앗기고서 오랜 시간 격리된 채로 지내온 장애인들이었다. 지난봄 우리는 장애인 자식을 죽이고 자살한 어머니도 보았다. 물리적 거리 두기 강화로 학교와 복지관이 문을 닫고 활동 지원사조차 일을 그만두자, 어머니는 확진자도 아닌 자식을 죽이고 자신도 따라 죽었다. 그런데 다시 겨울이 오고 있다. 장애인을 비롯해 우리 시대의 가난한 사람들이 버텨낼 수 없는 계절이 오고 있다. '그냥 버텨보자'는 말은 그냥 버틸 수 있는 사람들의 말이다. 그리고 이들의 버틸 수 있는 삶은 사실 버틸 수 없는 사람들을 방치해 가능한 것이다.

그래서 무섭다. 이 겨울, '방콕'의 요령을 가르치는 사람들, 집에서 혼자 즐길 수 있는 영화, 혼자 만들어 먹을 수 있는 요리를 소개하는 사람들이 무섭다. 심지어는 정치적 다툼을 중계하는 데 온 지면을 쓰는 언론들이 무섭다. 제 자신은 이 겨울을 날 수 있는 만반의 준비를 갖춰놓고는 '모두 버텨보자'며 무책임한 말을 흥청대는 사람들이다.

이 겨울, 우리들의 말을 할 수 있어야 한다. 우리가 어떻게 지내고 있는지, 어떻게 지낼 생각인지, 어떻게 해야 지낼 수 있다고 생각하는지, 가능한 한 여러 곳에서 말을 해야 한다. 고분고분해서는 이 계절을 무사히 넘기기 어렵고, 이 겨울을 이대로 보내면 봄날에도 우리들의 봄은 오지 않을 것이다.

그래서 이 겨울, 우리에게는 무엇이 필요한가. 도미야마 이치로冨山一郎의 『시작의 앎』에서 그것을 찾았다. 바로 '난로'다. 1960년대 말 독일 하이델베르크대학 의학부 정신과에는 '사회주의 환자동맹'이라는 단체가 있었다고 한다. 이들은 '다초점적 확장주의'라는 말을 내놓았는데, 여기서 '초점Fokus'이라는 단어가 흥미롭다. 이 단어는 한편으로 정신병의 병소病巢를 가리킨다. 말하자면 접근이 '금지'된 영역이다. 하지만 다른 한편으로는 사람들이 모여드는 장소로서 '난로'를 뜻하기도 한다.

도미야마에 따르면 이들은 금지된 곳을 사람들이 모이는 장소(난로)로 만들었다. 배제와 폭력의 장소에서 함께 '방어 태세'를 구축한 것이다. 아마도 지난봄 모두에게 격리 명령이 내려졌을 때, 이런 식으로는 중증 장애인들이 살 수 없다며, 기꺼이 공동 격리, 동행 격리를 택한 장애 활동가들과 같은 사람들이 아니었을까 싶다.

이 겨울, 우리 사회 곳곳에 '금지=난로'를 피우자. 말들이 얼어붙은 곳에 난로를 놓고 공기를 데우자. 당국의 지침만이 존재하는 곳에 말들의 장소를 확보하자. 작게라도, 마

스크를 쓰고서라도 모이자. SNS상에서라도 함께 모여 말을
나누자. 함께 방어 태세를 구축하자.

그가 시설에 남은 이유

국회에서 열린 토론회에 참석했다. 중증 장애인 공공 일자리 확대 방안을 모색하는 자리였는데 주관 단체 이름이 눈에 띄었다. '약자의 눈.' 의원들이 만든 연구 단체인데 지난달(2020. 7.) 출범했다고 하니 채 한 달이 되지 않았다. 소개 리플릿에는 노인과 어린이, 장애인 등 사회적 약자의 행복권을 실현하기 위해 노력한다는 당찬 포부가 담겨 있었다. 그리고 겉면에는 큰 글씨로 이렇게 쓰여 있었다. "정치는 '약자의 눈'을 통해 '미래의 눈'이 되는 것입니다." 단체 소개 문장을 내가 이렇게 뚫어져라 본 적이 있던가.

약자의 눈. 이 말을 몇 번인가 되뇌었더니 한 사람이 떠오른다. 이종강 선생. 가톨릭사회복지회가 운영하는 장애인 시설에서 지내는 최중증 장애인이다(그의 이야기는 『나, 함께 산다』에 실려 있다). 열아홉 나이에 열차 연결 통로에서 떨어져 몸이 으스러지고 목 위로만 생명을 건졌다. 퇴원 후 마리아수녀회가 위탁 운영하던 갱생원에서 지냈다. '세상의 맨 끝'이라고 불리던 그곳에서 그는 부랑인, 알코올의존자들과 수십 년을 지냈다. 나중에 해당 시설이 가톨릭사회복지회로 이관되고 전문 요양 시설로 바뀐 뒤에도 그는 그대로 남았다.

이상한 말이지만 그는 탈시설 장애인으로서 시설에 남은 사람이다. 그는 2007년 탈시설 생활에 대한 이야기를 처음 들었다. 장애인 시설 실태 조사를 나온 사람이 명함을 건네며 생각이 있으면 연락을 달라고 했다. 누군가 몸을 옮겨주고 뒤집어주고 떠먹여주어야만 살 수 있는 사람. 그때까지 그는 시설을 떠난다는 생각을 한 번도 해본 적이 없었다. 그러나 2년의 시간 동안 탈시설이라는 말이 자라나 머리를 완전히 덮어버렸다. 2009년 그는 명함에 적힌 번호로 전화를 걸었다. 탈시설 활동가들로부터 장애인 인권에 대해, 그리고 무엇보다 '시설 밖 세상'에 대해 들었다. "뭐랄까요……

박살 난 느낌?"

그런데도 그는 지금 시설에 남아 있다. "하하. 이런 몸이다 보니." '이런 몸'으로는 시설을 나가도 치료받는 일에 시간을 다 써야 할 거라고 했다. 휠체어를 타기 위해 몸을 조금만 일으켜도 고산병 같은 증상이 나타났다. 항상 누워 지내기에 몸을 세우면 어지럽고 곧잘 호흡곤란 상태에 빠져들었다.

그러나 그가 시설에 남은 이유가 '이런 몸' 때문만은 아니다. 탈시설을 열망한다고 전화했을 때도 그의 '몸'은 '이런 몸'이었다. 그의 이야기를 들어보면 시설에 남은 더 중요한 이유, 어쩌면 시설 밖 세상과 장애인 인권을 알고 난 뒤에 더 강력해진 이유를 짐작할 수 있다.

"[여기 남은 이유요?] 저는 (…) 여기 동산 어느 모퉁이에 던져진 돌멩이 같은 사람이 아닐까……." 울창하고 아름다운 저 성모동산은 갱생원 시절의 부랑인들, 알코올의존자들이 꽃나무를 심어 봉헌한 곳이다. 폐지를 줍고 봉투를 접은 돈으로 묘목들을 직접 사서 심었다. "그 사람들이 하나씩 떠나가는 모습을 이곳에 심어진 나무 한 그루, 던져진 돌멩이 하나가 다 지켜보았겠죠." 거기 나무와 돌멩이만 본 게 아니다. 그는 눈을 가진 나무, 기억을 가진 돌멩이였다. "여기서, 잊지 않고, 이 사람들을 기억하는 일이, 세상에 온 제 역할이 아닐까 하는 생각을 합니다."

그러고 나서 이유를 하나 더 말한다. "비록 저 모퉁이의 돌멩이 하나로 굳어진 나이지만, 모든 걸 지켜보았잖아요? 또 [활동가들을 통해 장애인 인권에 대해] 알게 되었잖아요?" 모든 것을 보고 많은 것을 새로 알게 된 돌멩이. "저는, 여기서 환영받는 존재가 아닙니다. (…) 관리자들에게 저는 불편한 사람이에요. 그런데 그 불편이 바로 제가 여기에 있어야 한다고 생각하는 하나의 존재 이유라고 생각해요." 시설에서 일어나는 일을 목격하는 눈으로서, 또 장애인 인권과 탈시설에 대해 알지 못하는 동료들에게 앎을 전하는 머리로서, 그리고 무엇보다 "자신을 말하지 못하는 동료" 곁에서 함께 말하는 입으로서, 그는 시설에 남기로 했다.

이것이 누군가 옮겨놓아야만 장소를 이동할 수 있었던 사람 이종강이 자기 의지로 시설에 남겠다고 한 이유이다. '약자의 눈'이란 이만큼이나 강한 것이다. "정치는 '약자의 눈'을 통해 '미래의 눈'이 되는 것입니다." 근사한데 모호한 문장이다. '눈'을 통해 '눈'이 된다는 게 무슨 말인가. '약자의 눈'에 '미래의 눈'까지, 좋은 눈 두 개를 더해 문장은 화려해졌는데 뜻은 되레 선명함을 잃었다. 그냥 '약자의 눈'만 있어도 좋은 정치이고 어려운 다짐이다. 의원들의 연구 단체 '약자의 눈'에 이종강 선생의 이야기를 출범 축하 선물로 보낸다. 부디 이 눈을 연구하고 이 눈으로 연구하길 바란다.

맥스는 내 벗은 몸을 보았다

발가벗은 내 모습을 미동도 하지 않은 채 빤히 바라보던 고양이. 자크 데리다는 『그러므로 나인 동물L'Animal que donc je suis』에서 벗은 몸을 집요하게 응시하던 고양이와 그 앞에서 부끄러워한 자신의 경험을 이야기했다.

보통 우리는 타인의 시선을 받을 때, 즉 그 시선의 주체가 동물이 아니라 인간일 때 이런 감정을 느낀다. 타인은 그 출현만으로도 내 세계를 흔든다. 새나 고양이가 나타난 것과는 다르다. 내가 어떤 못난 행동, 이를테면 열쇠 구멍으로 누군가의 방을 훔쳐보고 있을 때, 누군가 그런 내 모습을 보고 있다는 걸 깨닫게 되면 더욱 그렇다. 그때 나는 메두사의 눈이라도 본 듯 돌덩어리가 될 것이다. 남의 방이나 엿보는 놈으로 비친 데에 부끄러워 몸 둘 바를 모를 것이다. 사실은 작은 소리만으로 충분하다. 나는 깜짝 놀라 문에서 눈을 떼고는 그런 내 모습에 부끄러워할 것이다. 장 폴 사르트르가 한 이야기다.

그러나 사르트르가 말한 이 시선은 인간적인 것이다. 바꾸어 말하면 우리는 인간만이 시선을 가졌다고 생각한다. 동물원의 고릴라에게 바나나를 던지고는 한번 해보라는 듯 가슴을 두드리는 관람객은 고릴라가 본다는 것은 알지만 시선을 느끼지는 않는다. 고릴라에게 자신이 어떻게 비칠지는 생각하지 않는 것이다. 인간에게 고릴라는 그런 존재가 아니다.

이 점에서 고양이의 시선에 대한 데리다의 부끄러움은 우리가 의식하는 타자에 대한 중요한 문제 제기라고 할 수 있다. 그런데 내게도 데리다의 고양이처럼 나를 응시하던 동물이 있었다. 그리고 나는 무척이나 부끄러웠다. 지금도 그 시선을 떠올리면 몸이 얼어붙는 것만 같다.

그의 이름은 맥스였다. 어린 시절 좋아했던 TV 시리즈 〈소머즈〉에서 주인공과 함께 활약한 셰퍼드의 이름을 땄다.

당시 동네에서 흔히 볼 수 있는, 크지도 작지도 않은 개였다. 사람들은 〈소머즈〉의 맥스와 털색만 같다고 했지만 내 눈에는 그 맥스 이상으로 영리하고 다부졌다.

낯선 곳에서 가족 모두가 새로운 삶을 시작해야 했던 때, 어머니가 시장에서 데려온 강아지 맥스도 낯선 우리와의 삶을 시작했다. 도시 변두리라 논밭이 많았고 우리 집은 외진 곳에 있어서 하굣길이 멀었다. 혼자서 책가방을 메고 터벅터벅 동네 어귀에 접어들면 맥스가 논밭을 가로질러 쏜살같이 달려왔다. 매일 보는데도 몇 년을 떠나 있던 연인을 보는 듯 언제나 맹렬히 달려와서 와락 안겼다. 그렇게 매일 껴안고 비비면서 맥스는 어른 개가 되었고 내게도 변성기가 찾아왔다.

그러던 어느 날 맥스가 뛰어오지 않았다. 집 앞에는 군청색 트럭 하나가 서 있었다. 가슴은 쿵쾅거리고 발걸음은 떼어지지 않았다. 지금은 왜인지 기억을 못 하지만 당시의 나는 알고 있었음에 틀림없다. 어머니가 가족들에게 사정을 이야기하지 않았을 리가 없고, 그 트럭을 한눈에 알아보았다는 건 내가 알고 있었다는 뜻이다. 그러고 보면 그때는 며칠째 땅만 보고 걸었던 것 같기도 하다.

맥스가 뛰어오지 않은 단 하루, 그날 나는 집을 향해 천

천히 걸었다. 짐칸에 서 있던 맥스가 목줄을 하고 있었던가, 철창에 있었던가, 이상하게 기억이 나지 않는다. 그러나 시선만은 수십 년이 지난 지금도 잊히지 않는다. 맥스는 꼬리를 흔들지도, 짖지도 않았다. 그저 나를 빤히 바라보고만 있었다. 트럭은 너무 느리게 지나갔고 나는 고개를 떨군 채 얼어붙어 있었다. 맥스는 그날 처음으로 내 발가벗겨진 몸을 보았을 것이다.

다시 맥스의 눈을 떠올린 건 최근에 본 짧은 영상 때문이다. 백신 개발을 위해 작은 마카크 원숭이들의 코에 코로나19 바이러스를 강제 주입하는 장면이라고 했다. 육중한 기계에 머리와 사지를 결박당한 채 원숭이들은 나란히 늘어서 실험자들을 빤히 바라보고 있었다. 순간 나는 맥스의 눈빛을 느꼈다. 나는 다시 발가벗겨지고 다시 얼어붙었다. 인간은 비인간 동물 앞에서 무슨 짓을 하는가. 온갖 짓을 한다. 우리에 가둬두고 그 앞에서 가슴을 두드리며 꽥꽥거리는 것부터, 사지를 묶어두고 태연히 코에 바이러스를 주입하는 것까지. 동물이 보기는 하겠지만 동물에게 비치지는 않는다고 생각하기에.

그때 맥스는 왜 나를 보고 뛰어내리려 하지 않았을까. 미동도 없이 왜 보고만 있었을까. 혹시 그를 포기한, 고개를 떨구는 나를 보았기 때문은 아닐까. 혹시 내가 소리를 지르거나 최소한 엉엉 울며 쫓아가기라도 했다면 나를 향해 뛰어오지는 않았을까. 혹시 '나인je suis 동물'은 '내가 쫓던je suis 동물', 아니 내가 쫓아가야 했던 동물은 아니었을까.

거짓 새들의 둥지

삶에는 몇 개의 변곡점들이 있다. 내게는 2006년이 그런 변곡점들 중 하나이다. 연구자들의 공동체에서 그런대로 행복하게 지내던 삶이 그때 틀어졌다. 그해 우리의 식탁은 한·미 자유무역협정, 평택 미군 기지 건설, 새만금 방조제 공사에 관한 이야기로 뒤덮였다.

미군 기지 건설을 위해 농부들을 내쫓고 집을 부수는 모습, 새만금 방조제 완성을 위해 갯벌 생명체의 마지막 숨구멍에 콘크리트를 쏟아붓는 모습은 그대로 지켜보기가 너무 힘들었다.

그전까지만 해도 평생 공부만 했으면 좋겠다 싶었는데 그렇게 공부한다는 게 뭔지 갑자기 알 수 없게 되었다. 그래서 사람들과 이야기를 나눠보기로 했다. 어민들, 농민들, 이주 노동자들, 장애인들. 그해에 참 많은 사람을 만났고, 참 많은 이야기를 들었다. 지금의 내 공부 주제와 장소는 그때 만들어졌다. 지금도 2006년에서 뻗어 나온 시간을 살고 있는 셈이다.

새만금은 그해 우리의 걷기가 시작된 곳이다. "처음에는 물과 흙과 바람이 소수자였습니다. 처음에는 새만금의 조개와 천성산의 도롱뇽만이 소수자였습니다. 처음에는……." 나는 태어나서 처음 써본 선언문을 계화도 갯벌에서 읽었다. 그날 밤 그곳 어민으로부터 떼죽음당한 백합들의 이야기를 들었다. 바닷물이 들어오지 않아 갯벌이 바싹 말라가던 때 비가 내리자 수많은 백합들이 뛰쳐나와 일제히 입을 벌린 채 죽었다고 했다. 다음 날 나는 '생명에게 웃음을'이라는 문구를 목에 걸고, 떼죽음당한 백합 이야기를 품은 채 서울까지 걸어서 올라왔다.

방조제는 완성되었고 백합들은 죽었다. 지난 17년간 나는 그렇게 알고 있었다. 그런데 사실이 아니었다. 최근 지인으로부터 수라 갯벌에 대한 이야기를 들었다. 아직 철새들이 날아들고 농게와 백합들이 숨을 쉬는 갯벌이 남아 있다고 했다. 방조제가 완성된 후 정말로 많은 생명이 사라졌지만 여전히 많은 생명이 마지막 갯벌 하나를 붙들고 있다고. 그런데 이 갯벌 또한 매립될 예정이라고 한다. 2006년의 날들이 17년이 지난 뒤에도 계속되고 있는 것이다.

시민 생태조사단이 찍어 올린 영상들을 보니 반가움과 안타까움이 동시에 밀려온다. 죽음의 수용소에서 뛰노는 아이들처럼 매립이 예정된 땅에서 고라니가 폴짝폴짝 뛰어다니고 검은머리갈매기의 아기가 아장아장 걷고 있었다. 멸종 위기종이라는 저어새, 황새를 비롯해서 정말로 많은 새가 매립을 앞둔 땅을 거닐고 있었다.

저 땅을 매립해서 무엇을 하려는 것일까. 신공항이 들어선다고 했다. 새만금 개발이 시작된 이래 계속되는 부끄러운 말들이다. 수십 년째 개발은 무조건이었고 목적은 그때그때 생각해냈다. 쌀이 넘쳐나던 때 거대 농지를 조성하겠다고도 했고, 근처 산업 단지가 텅 비어 있던 때 거대 산업 단지를 육성하겠다고도 했다. 자기부상열차가 상상 속에서 갯벌 위를 떠다닌 적도 있었다.

이번에는 전기차 배터리 산업을 유치하고 수소 생산 클러스터를 조성한다고 한다. "탄소 배출이 없는 친환경 그린 수소" 산업의 토대를 만들겠다고. 거대한 탄소 흡수원인 갯벌을 매립하면서 말이다. 그러고는 탄소 배출원으로 지탄받는 비행기들이 오가는 공항을 건설하겠단다. 지난 세월 그대로다. 말들은 모순투성이고 돈 벌 생각만이 일관된다.

신공항이 완공되면 먼 데서 오는 새들은 착륙할 수 없고 거짓 새인 비행기만이 날아들 것이다. 멸종 위기의 새들을 몰아내고 거짓 새의 둥지를 만드는 일이 올해부터 시작된다. 그리고 개발을 자축하는 행사가 열린다. 생태 환경을 생각하는 걷기 대회와 자전거 대회가 열리고, '동물들의 친구'임을 자처하는 이들의 최대 행사인 잼버리 대회가 열린다. 생명을 죽이면서 생명을 생각하는 저 수십 년의 위선을 어떻게 해야 하는가.

새만금에서 살고 있는 생명들을 보기 위해 인터넷을 검색했더니 투자가 활기를 띤다는 기사만 넘쳐난다. 대통령이 확고한 의지를 보여준 덕분이라고 한다. 당선인 시절 그는 새만금에 내려와 이곳을 "기업들이 바글바글거리는, 누구나 와서 마음껏 돈을 벌 수 있는 지역으로 만들어보자"고 했다. 활기란 살아 있는 것들의 기운이다. 그런데 마음껏 돈을 벌게 해주겠다고 하니 생명은 죽고 거짓 생명들이 활기를 띤다.

우리에게 할 일이 남아 있을까. 17년 전의 나는 함부로 판단했고 잘못 알고 있었다. 그러나 어떤 사람들은 패배한 뒤에도 거기 남아 싸웠고, 생명들은 죽어가면서도 긴 시간을 살아냈다.

끝까지, 아니 끝을 넘어서까지 진실을 전해야 한다. 그렇게 하지 않는다면 거짓 새들은 계속해서 우리 곁에 둥지를 틀 것이고, 사라진 새들을 흉내 내며 우리의 하늘을 마음껏 날아다닐 것이다.

아픈 사람들의 독서 코뮌주의

*

어떤 '고독'과
'우정'에 대하여

1.

니체는 가장 나쁜 독자들이란 '약탈하는 군인'처럼 행동하는 사람들이라고 했다. 자신들에게 쓸모 있는 몇 가지를 챙긴 뒤 나머지를 엉망진창으로 만들어놓고는 전체를 비방한다는 것이다. 지금 이 글은 일종의 독후감인데, 니체의 경구처럼 일종의 '약탈' 행위를 하고 있는 건 아닌지 걱정이다.

그럼에도 쓴다. 내가 읽은 어떤 코뮌에 대한 이야기가 이국적이면서도 너무 매혹적이기 때문이다. 이렇게 써놓고 보니 벌써부터 '이국적', '매혹적'이라는 말이 걸린다. '이국적'이라는 말은 이 코뮨을 신비한 외국으로 만들어놓은 것 같아서(내가 결코 속하지 않는, 나와는 전혀 다른 사람들의 공동체처럼 타자화한다는 점에서) 그렇고, '매혹적'이라는 말은 아픈 사람들의 공동체를 낭만적으로 묘사하는 것 같아서(현실적 고통을 비현실화한다는 점에서) 그렇다.

내가 읽은 글은 『새벽 세 시의 몸들에게』 속 메이 작가의 「'병자 클럽'의 독서: 아픈 사람의 이야기를 읽는 아픈 사람들」이다. 그러니까 앞서 내가 너무 매혹적이라고 말한 코뮨은 이 책의 제목에 들어 있는 병자들의 독서 클럽이다. 단지 고통을 겪는 게 아니라 '고통을 살아간다'고 말하는 사람들의 공동체, 그중에서도 '아픈 사람의 이야기를 읽는 아픈 사람들'의 공동체라고 할 수 있다.

그렇다고 이 코뮨이 특정 조직이나 단체인 것은 아니다. 오히려 구성원 대부분은 자기만의 외딴섬에서 혼자 앓는 사람들이다. 그런데도 이들은 분명히 코뮨이다. 이들은 자신들이 읽는 책의 문장에서 동료들을 알아보며, 쓰기와 읽기 속에서 동료들을 느낀다. 서가에 함께 꽂힌 책들이 이들이 함께 있다는 표식이다. 이것은 매우 독특한 독서론이자 서재론이며, 동시에 매우 독특한 존재론(철학)이자 공동체론(정치학)이다.

2.

나는 메이 글의 첫 단락에서부터 밀쳐냄(이국성)과 끌어당김(매혹)을 함께 느꼈다. 첫 소절의 제목은 '아프다는 것을 아는 문장들'이다. 그리고 바로 프랑스 소설가 알퐁스 도데의 글에서 따온 짧은 문장이 제시된다.

> 내 고통, 너는 내 모든 것이어야 한다. 너로 인해 방문할 수 없을 그 모든 이국의 땅을 네 안에서 발견하게 해다오. 내 철학이 되어다오, 내 과학이 되어다오.

그다음 저자의 첫 문장이 시작된다. "통증에 시달려본 사람이라면 이 구절에 멈춰 있을 수밖에 없을 것이다."

그러니까 세상에는 '아프다는 것을 아는 문장들'이 있고 그것을 '알아보는 사람들'이 있다. 여기서 나는 밀려난다. 평이한 한글 문장인데도 마치 한글 자모만을 갓 배운 외국인처럼 나는 문장을 소리 내 읽을 수 있을 뿐, 의미는 전혀 모르는 사람이 된다. '내 고통, 너는 내 모든 것이 되어야 한다.' 내, 고통, 너, 모든 것, 되어야 한다, 내가 안다고 생각한 이 모든 단어가 갑자기 외국어가 되는 것이다.

나는 내가 이 독서 클럽의 이방인이라는 것, 이 세계의 외국인이라는 것을 인정할 수밖에 없다. 그런데도 이 문장들은 나를 당긴다. 이 이해할 수 없는 문장들을 이해하는 것이 내 삶에 관한 중요한 진실을 이해하는 일이라도 되는 양, 그리고 이 독서 클럽의 사람들이 말하는 '고통의 땅', '지독히 어둡고 깊은 곳'이 내 삶의 가장 안쪽에 있는 세계, 가장 깊은 곳에 들어앉은 세계라도 되는 양, 나는 문장들을 읽고 또 읽는다.

'아픈 사람'은 아프다는 것을 아는 문장을 알아보고는 기뻐한다.

> 자신의 경험을 알고 있는 이 문장들에 감격하여 밑줄을 긋고 페이지 모서리를 접어두며 스티커 책갈피를 붙인다. 수첩과 포스트잇 위에 필사한다.

그런데 '아픈 사람'이 아닌 나 역시 여기에 밑줄을 긋고 모서리를 접어둔다. 이를테면 도데의 다음 문장에 밑줄을 긋는다.

> 통증의 실제 느낌이 어떤지를 묘사할 때 말이라는 것이 조금이라도 쓸모가 있는가? 언어는 모든 것이 끝나버리고 잠

잠해진 뒤에야 찾아온다. 말은 오직 기억에만 의지하며, 무력하거나 거짓이거나 둘 중 하나다.

그러고는 "아픈 사람은 이런 문장들을 발견하고 기뻐한다"는 저자의 문장이 들어 있는 페이지 모서리를 접는다. '아픈 사람'이 아닌 나는 왜 이런 일을 하는가. 혹시 아픈 사람이 내 어딘가에 거주하는 건가. 혹시 그가 내 어딘가를 다녀간 건가.

3.

조금 전에 나는 아픈 사람의 문장들이 자신을 알아보지 못하는 사람을 이방인으로 만든다고 했지만 현실은 그 반대다. 아픈 사람의 문장을 알아보는 아픈 사람들이야말로 이 세계를 이방인으로서 살아가기 때문이다. 저자는 이렇게 말한다.

가장 아팠던 시기에 나는 내가 '이곳'에 없다고 느꼈다. (⋯) 이곳이 아닌 곳에 있다는 감각, 혹은 황무지를 끝없이 걷고 있다는 감각, 그건 오직 나만 겪고 나만 아는 것이라고 생각했다. 이걸 아는 사람이 세상에 아무도 없다……. 외로움은 센티멘털한 것이 아니라 혹독한 것이었다.

나는 예전에 『우리가 아는 장애는 없다』라는 책에서 '다발경화증' 환자가 진단을 받은 후의 심적 충격을 표현한 문장을 읽은 적이 있다. 그때 그는 이렇게 썼다.

> [진단 결과를 들은 후] 나는 홀로 그 고요한 건물을 떠나야 했다. (…) 나는 누구와도 이 두려운 진실을 공유할 수 없을 거라는 생각에 휩싸인 채 무망하게 허공을 응시했다. (…) 전적으로 나 혼자뿐이구나.

이 글을 읽을 때도 나는 어떤 끔찍한 사건을 목격한 사람처럼 밑줄을 그었다. 그때 나는 누군가 혼자되는 순간, 혼자서 터벅터벅 다른 길로 걸어 들어가는 사람을 보았다.

아픈 사람의 외로움은 아픔의 고립적 성격, 즉 아픔을 소통할 수 없다는 사실과 관련된다. 도데가 썼듯이 '아픔을 묘사할 때 말이라는 것은 별 쓸모가 없다'. 작가인 멜러니 선스트럼Melanie Thernstrom은 이렇게 썼다고 한다. "통증의 한 가지 저주는 통증이 없는 사람에게 거짓말처럼 들린다는 것이다." 아픈 사람은 자신의 행성에서 혼자 사는 사람이다. 그는 한글을 쓰지만 아프지 않은 사람들은 그것을 읽지 못한다. 그의 언어는 외계어다.

4.

메이는 아픈 사람의 질병 이야기는 여행기와 같다고 했다. 아픈 사람은 고통을 삶에 대립하는 것으로서가 아니라 삶의 일부로서, 더 나아가 삶의 기본 조건으로 받아들인 채로 낯선 영토 속으로 걸어 들어간다. 그의 표현을 빌리자면 아픈 사람의 서가에 있는 책들은 '여행 가이드북'이다. 그런데 이 가이드북의 첫 페이지는 외로움, 그것도 "센티멘털한 것이 아니라 혹독한" 외로움이고, 이 책이 소개하는 여행지 역시 외로운 행성('론리 플래닛')이다.

혼자서 혼자를 향해 떠나는 여행. 아픈 사람의 삶은 철저히 고독한 여행이다. 나 혼자서 떠나는 여행이라서 그렇고, 나 자신으로 침잠하는 여행이라서 더욱 그렇다. 아픈 사람의 여정을 알리는 '나침반'인 고통은 항상 나만을, 내 몸만을 가리킨다. 그래서 아픈 사람의 자아는 좀처럼 자신의 몸을 벗어나지 못한다.

사람을 목격한 사람

우리 몸이 자아의 전부이자 운명의 전부가 되는 때가 있다. 나는 내 몸일 뿐 다른 무엇도 아니다. (⋯) 내 몸은 (⋯) 나의 재앙이었다.

내 몸은 누구보다 자신을 돌볼 것을 내게 요구한다.

그런데 나는 이 글에서 철학의 오랜 요구, '너 자신을 알라', 즉 '너 자신을 돌보라'는 요구가 얼마나 독특한 색깔로 변용되는지를 보고 놀랐다. 아픈 사람은 세상의 말이 아니라 내 몸의 말을 들어야 하고, 나 자신의 고통, 나 자신의 병을 연구해야 하며, 나만의 '앓는 법=사는 법'을 설계해야 한다. 저자로서 아픈 사람은 자신만의 스타일과 템포를 찾아야 하며, 독자로서 아픈 사람은 자신의 스타일에 맞는 책을 자신의 템포로 읽어야 한다. 요컨대 아픈 사람은 자기 자신을 찾아야 하고 자기 자신에 이르러야 한다.

자기 자신에 이르는 고독한 여정의 어느 순간엔가 아픈 사람은 이런 문장에 닿는다고 한다.

다시 겪으라면 차라리 안 살고 만다. 하지만 지금의 내가 예전의 나보다 마음에 든다.

이 문장에서 나는 또 한 번 밀쳐냄과 끌어당김을 느낀다. 감당할 수 없는 길, 겁에 질린 마음은 도망치려 하면서도 눈을 떼지 못하고 결국 이 문장에도 진한 밑줄을 긋는다.

5.

이 글의 끝에서 나는 아픈 사람의 고독한 여정이 얼마나 독특한 우정에 이르는지를 목격했다. 아픈 사람은 아픈 사람의 글을 읽으며, "황량한 바다와도 같은 방"에 처박힌 채로 거대한 코뮌의 일원이 된다. 이 코뮌은 앞서 말한 독서 클럽이다. 아픈 사람은 책 속에서 친구를 알아보고 기뻐한다. 그런데 이 우정과 기쁨은 통상적인 게 아니다. 내가 이 글에서 본 것은 고독을 극복한 우정이 아니라 고독한 자의 우정이고, 고통이 사라진 기쁨이 아니라 고통스러운 자의 기쁨이다. 저자의 표현을 쓰자면 이것은 "아픈 몸이라는 고립에서 자라나는, 다른 아픈 이들과 한 무리라는 감각"이다. 이들은 책에서 아픔을 아는 문장들을 알아보고 아픈 동료들을 알아본다.

황량한 바다에서 같은 배를 탄 사람은 없지만 모든 배들은 서로를 알아본다. "아픈 사람들은 혼자 걸어가야 하지만 혼자만 이렇게 걷고 있는 것은 아니다." 책 속에서 내가 고통을 아는 어떤 문장을, 고통을 살아가는 누군가를 알아보는 것처럼, 누군가는 멀리서 나를, 내 문장을 알아볼 것이다. "우리는 모두 서로 볼 수는 없지만 하나의 공동체였다."

이때 비로소 내 몸은 너무나 무거워 빛조차 잡아두는 블랙홀이기를 그만둔다.

몸 하나만 남게 되는 세계의 수축이 아프다는 경험이라면, 이걸 알고 있는 내 몸 바깥 누군가의 존재는 그 자체로 수축에 맞서는 힘이다.

모든 빛을 삼키는 무거운 블랙홀이 아니라 등대처럼 스스로 빛을 내는 별. 밤하늘의 별들이 홀로 빛나면서 함께 반짝이듯이, 아픈 사람은 고독을 풀지 않은 채로, 오히려 자신만의 고독한 빛을 발산하면서, 친구를 발견한다.

책에서 자신이 찾고 싶은 정보를 발견하지 못해도 좋다. 아픈 사람은 아픈 사람이 쓴 책, 아픔을 아는 문장이 담긴 책을 소중하게 읽는다. 거기에는 아픈 몸을 견디고 돌보며 살아온 사람, 고통의 삶을 자기만의 방식으로 구체적으로 살아낸 사람의 이야기가 들어 있기 때문이다. 아픈 사람은 거기서 "공감, 연민, 조언, 기술, 지식, 지혜, 계시"를 발견한다. 다시 말하지만 그는 거기서 "내 고통, 너는 내 모든 것이어야 한다"는 문장을 알아본다. 이것이 이들의 우정이다. 이것이 이들의 코뮨이다.

여담이지만, 철학자 니체는 몇 년간 지독한 통증, 몇 번이나 자살을 떠올렸을 정도로 극심했던 통증을 겪은 후 갑자기 어떤 책, 어떤 한 사람을 동료로서 알아보게 되었다. 그는 1881년 7월 말에 요양을 하고 있던 실스마리아에서 친구인 프란츠 오버벡에게 엽서를 썼다.

> 나는 깜짝 놀랐고 완전히 매혹되고 말았네! 나는 한 사람의 선구자를, 그것도 진정한 선구자를 만났다네! 나는 [그동안] 스피노자를 거의 몰랐다고 해도 과언이 아니야. 지금 나를 그에게 이끄는 것은 '본능의 작용'이네. 그의 전체 성향이 내 것과 똑같을 뿐만 아니라 (…) 그의 이론 중 다섯 가지 점에서 나는 나 자신을 발견했어. (…) 요컨대 나의 고독Einsamkeit은 (…) 최소한 이제 친구Zweisamkeit를 갖게 되었다네.

참 흥미로운 말이다. 고독이 해소되지 않고 다만 친구를 갖게 되었다니. 그런데 이제야 나도 책을 읽은 후 생겨난

이 수수께끼 같은 고독과 우정을 조금은 알 수 있게 된 것
같다.

제6부

싸우는 사람

죽은 사람의 죽지 않는 말

말한 사람이 떠난 세상에 남아 이 사람 저 사람을 붙드는 저 말의 정체는 무엇인가. 새로 나온 책들을 일별하다가 어느 책의 표지에 박힌 말을 보고는 아는 사람을 확인하듯 눈이 커졌다. "나의 주위 계신은 동료 여러분에게 부탁이 있읍니다. 네 이루어지지 안는 것들을 꼭 이어주십시요. 나의 시신은 화장해서 두망강에 뿌려주세요. 준호야 사랑한다. 꼭 너하고 사려고 해는데, 준호야 준호야 네가 보고 싶군나." 익숙한 글씨, 맞춤법을 어긴 채 포복하듯 비뚤배뚤 나아가는 글자들. 어떻게 당신을 몰라볼 수 있겠는가.

『유언을 만난 세계』. 이 책에는 말하는 사람이 때로는 노트에, 때로는 누군가의 기억 속에 내맡긴 말들이 담겨 있다. 세상을 떠난 사람이 떠날 수 없는 원통함에 남겨두었거나 보낸 사람이 보낼 수 없는 원통함에 붙잡아둔 말들이다. 책의 부제가 '장애해방열사, 죽어서도 여기 머무는 자'이다.

'열사'라고 했지만 이 책의 주인공들은 기념관과 기념일을 가진 영웅이 아니다. 이들은 현인도, 성자도, 위인도 아니다. 책 표지의 말을 유서로 남긴 최옥란을 비롯해 김순석, 최정환, 이덕인, 박흥수, 정태수, 박기연, 우동민. 그 이름을 불러준다고 해도 세상의 많은 사람들에게는 여전히 익명인 존재들이다. 생을 마감하며 남긴 말들도 그렇다. 이들은 소크라테스처럼 '너희 자신을 돌보라'는 식의 유언을 남기지 않았다. 이들이 마지막 숨을 아껴 내뱉은 말은 "복수해달라"(최정환)였다.

이들이 벌인 투쟁들도 그렇다. 똑같이 법을 어기고 목숨도 걸었지만, 이들은 진실한 삶이 무엇인지 보여주기 위해 국가의 명령을 어긴 소크라테스와 다르고, 민족해방과 노동해방을 부르짖으며 감옥에 끌려간 1980년대 민주 투사들과도 다르다. 이들이 파출소에 끌려간 것은 법적으로 금지된 곳에서 길을 건넜거나 불법 노점을 벌였기 때문이다.

이들이 어긴 법은 국가보안법이 아니라 도로교통법이었고, 이들을 단속한 이들은 공안 검사가 아니라 구청 공무원이었다.

이들의 요구 또한 영웅적인 것이 아니었다. '도로의 턱을 없애달라'거나, '기초생활수급비를 현실화해달라'거나, '장애인의 노동권을 인정해달라'거나, 하다못해 '노점을 할 수 있게 허락해달라'거나, 그도 아니면 제발 '빼앗아 간 스피커와 배터리라도 돌려달라'는 것이었다. 몇 날 며칠을 이런 문제들을 가지고 싸웠다. 이들은 이 싸움에 목숨을 걸었다.

턱이 있어 건널 수 없던 횡단보도 대신 다른 도로를 무단으로 건넜다고 파출소에 끌려갔다 돌아온 김순석은 서울시장에게 '거리의 턱을 없애달라'는 편지를 쓴 후 음독자살했고, 최정환은 노점 물건을 찾으러 간 구청에서 "병신 새끼"라는 말을 듣고는 몸에 불을 붙였으며, 이덕인은 노점을 지키기 위한 망루 투쟁 중에 "두 손목이 밧줄에 묶인 채" 인천 앞바다에 떠올랐고, 최옥란은 한 달치 기초생활수급비를 들고 복지부 장관 집을 찾아가 "28만 원으로 살아보라"는 쪽지를 남기고는 며칠 후 음독자살했다. 밑바닥 장애인들을 어떻게든 조직하려고 했던 박흥수와 정태수, 우동민의 심장은 어느 날 갑자기 멈추었고, 박기연은 자신의 휠체어를 달려오는 지하철에 밀어 넣었다.

현인도, 성자도, 위인도 아닌 사람들, 심지어 대학생, 노동자도 되지 못한 사람들. 그래도 이들은 노래했다고 한다. 이덕인은 〈늙은 군인의 노래〉를 개사한 곡을 불렀다. "나 태어나 이 강산에 무엇이 됐냐. 처자식 먹여 살리려 노점상이 되었단다." 술에 취한 정태수는 〈의연한 산하〉를 흥얼거리곤 했다. "가슴이 빠개지도록 사무치는 이 강산에, 머리끝에서 발끝까지 거부한다던, 복종을 달게 받지 않겠다던……."

한국 장애 운동사에서는 이들 '안티히어로(반영웅)'가 '열사'이다. 이들의 이름만큼이나 생소한 장한협(장애인한가족협회), 장청(장애인운동청년연합회), 전장협(전국장애인한가족협회), 장자추(장애인자립추진위원회) 등의 조직이 모두 이들로부터 태어났다. "이루어지지 안는 것들을 꼭 이어주십시요", "복수해달라". 맞춤법도 틀렸고 품위도 없는 유언들, 때로 찌들고 피로 물든 이 얼룩들이 지금 한국 장애 운동의 바탕 무늬이다.

죽은 자들이 남긴 죽지 않는 말들이 이 사람 저 사람을 붙들고 운동을 이만큼이나 키워온 것이다. 이 말들에 귀를 기울이고 이 말들을 모두 담아 펴낸 사람들에게 고마움을 전한다.

가난한 자, 불쌍한 자, 위험한 자

서구 장애의 역사에서 중세는 독특한 시기다. 장애 관념은 시대마다 독특하기에 이 말이 얼마나 이상하게 들릴지 알고 있다. 그럼에도 중세를 독특한 시기라고 말한 데는 그만한 이유가 있다. 중세에는 장애 관념이 없었다. 앙리−자크 스티케는 『장애: 약체들과 사회들』에서 이렇게 썼다. 장애의 역사를 탐구하는 이들은 중세에 이르러 "역사의 긴 침묵"과 마주하게 된다고.

그러나 침묵이 의견을 표하는 일이고, 누군가의 빈자리가 그의 존재를 보여주는 일일 때도 있지 않던가. 중세적 장애 관념의 독특함은 여기에 있다. 장애에 대한 중세의 침묵과 부재는 장애에 대한 발언이자 존재라고 볼 수도 있다. 장애 관념이 존재하지 않았고, 장애인이 다른 사람들과 구분되지 않았다는 데서 중세의 독특함을 읽어낼 수도 있다는 말이다.

스티케에 따르면 서구의 중세는 장애아의 탄생을 신의 경고로 해석했던 고대 그리스와 달랐고, 정상과 비정상을 낮과 밤처럼 나누었던 근대(고전주의 시기)와도 달랐다. 중세적 '정상성'은 단색이 아니라 다색이었다. 오늘날 장애인으로 묶이는 다양한 사람들은 여러 색깔들 중 하나에 해당했고, 그런 한에서 '비정상인'이 아니었다. 그렇다고 장애인들이 대접을 받으며 잘 살았다는 이야기는 아니다. 장애인들은 사회의 변두리에 자리한 '가난한 자'의 무리 속에 있었다. 불구자, 병자, 부랑자, 극빈자 등이 뒤섞인 무리였다.

세상의 모든 존재들은 신의 뜻에 따라 존재하며, 기형의 인간일지라도 신이 지휘하는 "거대한 심포니"에는 꼭 필요한 소리라는 게 중세인의 사고였다. 게다가 중세적 사고의 근간인 성경은 (장애 관념이 포함된) 가난에 대해 적극적인 의미를 부여하고 있었다. 복음서들은 구원의 길이 부자보다는 가난한 자에게 더 넓게 열려 있다고 말하고 있었다.

교부와 성자들은 예수와 제자들의 청빈하고 금욕적인 삶을 일종의 이상으로 찬양했다.

이 점에서 브로니슬라프 게레멕Bronislaw Geremek은 『빈곤의 역사』에서 중세 사회가 "양립할 수 없는 두 개의 계명"을 가졌다고 했다. 하나의 계명은 자기부정의 영웅적인 삶에 대한 요구이다. 신의 아들이면서도 권력과 부를 버린 예수처럼 자발적 가난과 고행의 길을 걸어야 한다는 것이다. 다른 하나의 계명은 빈민을 구제하라는 요구이다. 성경에 따르면 신은 "부자들의 죄를 용서하기 위해 이 세상에 빈민들을 존재하게 하셨다". 부자는 빈민에게 적선함으로써 속죄해야 한다. 그러나 이 두 계명은 양립할 수 없다. 첫 번째 계명을 이행하기 위해서는 부를 포기해야 하지만, 두 번째 계명을 이행하기 위해서는 부가 필요하기 때문이다.

쉽게 짐작할 수 있지만 부자들은 대부분 첫 번째 길로 가지 않았다. 그 길은 소수 영웅들의 길이었다. 다수의 부자들이 택한 것은 후자의 길이었다. 더욱이 후자의 길은 부를 정당화하는 해석을 가능케 했다. 신이 '부자의 죄를 사하기 위해 빈민을 두었다'는 말은 '빈민을 구제하기 위해 부자를 두었다'는 말로도 읽을 수 있기 때문이다. 이렇게 읽으면 부자는 신의 빈민 구제 사업에 참여하는 존재가 된다. 적선을 통해 부자는 영혼의 구원을 얻을 뿐만 아니라 현실의 부를 정당화하고 미화할 수도 있게 되었다. 그리고 부에 대한 미화가 가능하다면 가난한 자에 대한 경멸로 나아가는 것도 어렵지 않을 것이다. 교리상으로는 가난이 찬양의 덕목이었지만, 현실의 빈민은 부자의 적선에 의존하는 '불쌍한 자'에 불과했다.

왜 부자의 적선이 빈민의 삶을 개선시킬 수 없었는가. 일단은 중세 기독교의 빈곤에 대한 찬양이 영적인 것이었지 현실적인 것은 아니었기 때문이다. 자발적 가난 및 고행에 나선 사람과 현실의 빈민은 아무런 관련도 없었다. 게레멕은 이 점에 유의해야 한다고 했다. "의복과 삶의 방식 등의 외적 유사성 때문에 사람들은 이따금 성인聖人 개념을 빈민들까지 확장"하였지만, 실제로 "자발적 가난의 찬미자들과 빈곤한 상황에 처한 사람들 사이에는 아무런 관련성도 없었다". 기독교 교리에 따라 자발적 가난의 길을 택한 사람들은 숲속의 은자가 될지언정 빈민과 어울려 살지 않았다. 수도사들은 청빈하고 금욕적이었지만 그들의 수도원은 부유했다. 그들의 청빈과 금욕은 개인적인 삶의 결단이었지 빈민들과 나눔의 실천이 아니었다.

물론 예외적인 인물들도 있었다. 이를테면 아시시의

성자 프란체스코가 그랬다. 그는 정말로 가난한 자들'처럼' 살았고 가난한 자들과 '함께' 살았다. 그는 가난한 자의 공동체에서 세상 구원의 길을 찾고자 했다. 중세의 주류 집단은 그의 행동을 위험천만한 짓으로 간주했다. 그것은 적선이 아니었다. 스티케에 따르면, 프란체스코의 아버지도 아시시 당국도 그의 행동을 견딜 수 없어 했다. 적선 시스템은 부자와 가난한 자, 동정하는 자와 동정받는 자의 구분 위에서만 가능한 것인데, 프란체스코의 행동은 이 구분을 허물어뜨렸기 때문이다.

여기서 중세의 적선이 교회만 살찌우고 빈민의 삶을 개선시키지 못했던 근본적인 이유가 드러난다. 적선 시스템이 가능하려면 '가난한 자'가 '불쌍한 자'로 남아 있어야 했다. 다시 말해 가난한 자가 동정의 대상에 머물러야 한다. 그런데 프란체스코의 행동은 가난한 자를 선의를 베풀어야 하는 대상이 아닌 주체로 만들고 있다.

실제로 중세의 적선 시스템은 중세 후기 곳곳에서 일어난 가난한 자들의 봉기로 고장 나버렸다. 가난한 자들이 자신의 처지를 타개하기 위해 일어서자 적선 이데올로기가 더 이상 작동할 수 없게 되었다. '가난한 자'가 '불쌍한 자'에 머무르지 않고 '위험한 자'로 돌변했기 때문이다. 가난에 대한 신비로운 찬미는 사라졌고 가난한 자들에 대한 공포가 만연했다.

점차 가난은 영혼의 구원이 아니라 현실의 치안(공안) 문제가 되었다. 대체로 15세기 이후부터 가난한 자들에 대한 구분이 치안의 관점에서 이루어졌다. 특히 노동할 수 있는 자와 없는 자의 구분이 중요해졌다. 노동할 수 있는 자는 노동을 통해 체제에 순응하도록 훈육되었고, 노동할 수 없는 자는 진정한 동정의 대상, 그러나 인간으로서의 주체성이나 존엄성이 전혀 없는 그런 존재로 전락되었다. 이렇게 해서 다른 가난한 자들과의 연결 고리가 끊어진 존재, 또 노동과의 관계가 끊어진 존재로서 장애인이 등장했다. 이렇게 해서 중세가 끝났고 근대가 시작되었다.

내가 이 짧은 글에 중세 장애의 역사를 일별한 것은 우리 시대에도 그것의 잔향이 남아 있기 때문이다. 과거에 생겨난 진동도 현재의 사물을 흔들 수 있듯이, 적선의 논리는 오늘날에도 장애와 관련해서 무시하지 못할 영향력을 행사한다. 교회나 사찰 등 종교 기관이 운영하는 시설들에는 적선 시스템이 아직도 작동한다. 적선을 통해 부자들은 마음의 구원을 얻고, 시설은 부를 얻으며, 불쌍한 자는 삶을 얻는다. 다만 불쌍한 자가 얻는 삶이란 불쌍한 자의 삶이다.

우리 사회 장애인 시설에서 오랫동안 통용되어온 적선 시스템은 현재 위기에 봉착한 것처럼 보인다. 그 이유도 중세의 시스템이 무너진 이유와 같다. 적선의 대상인 장애인들이 감히 목소리를 내기 시작했기 때문이다. 다시 말해 '가난한 자'가 '불쌍한 자'로서 연명할 생각을 하지 않고 '위험한 자'가 되는 것을 마다하지 않았기 때문이다.

죄 없는 시민은 죄가 없는가

2022년 3월, 서울 지하철 4호선 혜화역에서 장애인들의 출근길 지하철 행동이 50일 넘게 계속되고 있다. 휠체어 장애인들 여럿이 승강장 한 곳에서 줄지어 타기를 반복한다. 이로 인해 지하철의 운행이 역마다 몇 분씩, 전체로는 몇십분씩 늦어졌다. 대선 후보 TV 토론회에서도 언급되었지만 SNS상에서는 시위 시작 때부터 난리가 났고 장애인 단체에는 항의와 협박 전화가 빗발쳤다.

　사정은 이렇다. 지난 국회에서 '교통약자 이동편의 증진법 개정안'이 통과되었다. 버스를 대차하거나 폐차할 때

저상 버스 도입을 의무화하고 국가가 운영비를 지원할 수 있게 했다. 2001년 '버스를 타자'며 장애인들이 뛰쳐나온 지 21년 만에 통과된 법이었다. 그런데 이 기쁜 소식은 그렇게 기쁜 소식이 아니었다. 문구와 실행 사이에 그놈의 문턱이 또 있었던 것이다. '지원할 수 있다'는 규정은 '지원하지 않을 수도 있다'는 규정임을 기획재정부가 일깨워주었다. 예산을 아끼려는 마음이 차별에 대한 무지와 결합하면 이런 결과가 나온다. 기본권에 대한 심각한 박탈인 이동권 문제를 예산에 여유가 있을 때 제공하는 서비스로 생각한 것이다. 지난 50일의 출근길 시위는 21년을 이어온 이동권 투쟁이 무력화되는 상황을 막기 위한 것이었다. 그러므로 이 투쟁은 50일의 투쟁이 아니라, '21년 하고도 50일'이 된 투쟁이다.

출근 시간을 건드릴 생각을 하다니 장애인들도 보통 각오는 아니었을 것이다. 평상시 장애인들은 출근 시위는 커녕 이 시간에 버스나 지하철을 타는 것조차 피하고 싶어한다. 전동 휠체어를 탄 장애인이 만원 버스나 지하철 안으로 들어오는 모습을 상상해보라. 만장일치로 유죄를 선고하는 그 원망 어린 시선을 어떤 장애인이 견딜 수 있겠는가. 그런데 이번에는 기어 나오는 것만으로도 유죄인 시간에 시위까지 하고 말았다.

욕을 바가지로 먹는다는 게 이런 말인가 보다. "출근길에 왜 이러세요? 하지 마세요!" "왜 죄 없는 시민들의 발목을 잡아요? 우리가 무슨 죄예요?" 이 정도면 양반이다. "병신 새끼, 죽고 싶냐?" "아예 팔까지 장애인으로 만들어줘?" 지인들이 전하는 말도, 영상에서 확인하는 말들도 참혹하기 이를 데 없다. 청와대 홈페이지에는 국민 청원까지 올라왔다. "'사회적 약자'라는 타이틀을 빙자하여 소수의 이익을 챙기려는 행위를 방치할 수 없"다며, "거대한 사회적 폐단을 저지르는" 장애인 단체를 처벌해달라고 했다.

나는 선량한 시민들로부터 욕설을 뒤집어쓴 이들을 오랫동안 존경해왔다. 이들이 착한 장애인이어서가 아니다. 이들 중에는 '나쁜 장애인'을 자처하는 사람도 있고 전과자도 있다. 특히 이번 시위 주도자 중 한 사람은 무려 전과 27범이다. 그는 경찰서에서 조사를 받는 중에도 점거 농성을 벌였다. 그곳 화장실에 장애인 편의 시설이 없었기 때문이다. 법적으로 시위가 금지된 경찰서에서 농성을 벌인 이 나쁜 장애인 덕분에 해당 경찰서는 수십 년간 문제를 인식하지도 못했던 화장실을 수리했다. 지금은 고인이 된 한 장애인 학생은 내게 "착한 장애인으로 살았다면 여기까지 오지 못했을 것"이라고 했다. 착한 장애인으로 살아온 삶에 대한 반성에서 그는 공부를 시작했다. 그의 '성깔'은 배움과 각성의 표시였다.

이번 일을 장애 시민과 비장애 시민의 '불행 배틀'로 보지 말아야 하며, 문제는 장애인 이동권 제약을 해결하지 않는 정부에 있다는 지적에 공감한다. 그럼에도 선량한 시민들이 쏟아내는 참혹한 욕설들을 듣고 있노라면 내 안에서 오래된 질문 하나가 뛰쳐나오는 걸 막을 수가 없다. 죄 없는 시민은 죄가 없는가. 선량한 시민은 저 전과 27범의 장애인, 그러니까 기본 일상을 누릴 권리를 얻어내기 위해 스물일곱 차례나 유죄 선고를 받아야 했던 장애인 앞에서 저렇게 당당해도 좋은가. 과연 장애인들이 죄 없는 시민의 발목을 잡았는가. 오히려 시민들이야말로 장애인들의 발목을 잡아온 건 아닌가.

악의 평범성. 한나 아렌트가 유대인 학살자 아이히만을 지칭하면서 쓴 표현이다. 그런데 아렌트는 악이란 누구에게나 있다는 식으로 이 말이 오해되는 걸 우려했다. 그는 오히려 아이히만이 얼마나 터무니없는 인간인지를 말하고 싶어 했다. 흔하디흔한 편견에 놀아나면서 무리에 동조하는 인간. 소수자들의 처지를 조금만 생각해보았다면 "그 입장에서는 누구라도 그런 식으로 행동할" 수밖에 없다는 걸 알 수 있는데도 도무지 생각이란 걸 하지 않는, 터무니없이 어리석은 존재였다는 것이다. 그래서 아렌트가 말한 '악의 평범성'은 '평범성의 악'에 가깝다. 시인 레너드 코언Leonard Cohen도 「아돌프 아이히만에 대해 알아야 할 모든 것」에 이렇게 적었다. "눈: 보통 / 모발: 보통 / 체중: 보통 / 특징: 없음 / 손가락 수: 10개 / 발가락 수: 10개 / 지능: 보통." 요컨대 장애인이 아니라는 말이다. 제 작은 이익에 눈이 멀어 남의 인권을 함부로 침해한 존재는.

약자에서 탈락하다

오세훈 서울시장은 신년(2023) 기자회견에서 "전장연을 사회적 약자라고 생각하지 않는다"고 밝혔다. 전장연을 강자로 승격시킨 게 아니라 약자에서 탈락시킨 것이다. 오 시장은 '약자와의 동행'을 시정 철학으로 내세우고 있다. 쓰고 다니는 마스크에도 새겨놓았다. 그런 사람이 누군가에게 '넌 약자가 아니야'라고 말했다면 그건 '넌 동행 자격이 없어'라는 뜻이다. 놀랍게도 오 시장은 지하철을 타게 해달라고 수십 년을 외쳐온 장애인들을 탈락시키는 대신 이번 시위로 지하철 이용에 불편을 겪은 '시민들'을 약자로 규정했다. 그

사람을 목격한 사람

러다 보니 '약자와의 동행'이 그다지 약해 보이지 않는 자들과의 동행, 사실상 '시민과의 동행'이 되고 말았다. 그와 더불어 '넌 약자가 아니야'도 '넌 시민이 아니야'에 가까워졌다.

처음에는 정부나 서울시가 장애인 권리 예산에 대해 이토록 부정적인 것이 재정에 대한 보수적 관념 때문인가 싶었다. 작년 기획재정부 장관이 "장애인들의 요구까지 들어주면 나라 망한다"고 했을 때 10여 년 전의 오 시장이 떠올랐다. 그는 학교 무상 급식을 "망국적 복지 포퓰리즘"이라고 즉 모든 학생에게 급식을 제공하면 '나라가 망한다'고 외쳤던 사람이다. 기재부 장관이 나라를 지키기 위해 국회가 늘려준 장애인 관련 예산을 걷어차버린 것처럼 당시 그는 나라를 지킨다며 시장직을 내던졌다. 그래서 처음에는 돈 문제를 두고 두 사람의 애국하는 방식이 장애인들의 권리 요구와 충돌한 건가 싶었다.

그런데 요즘 들어 문제가 더 근본적인 데 있다는 생각이 든다. 돈이 아니라 눈에 의심이 간다. 서울시장의 눈에 비친 장애인은 어떤 존재일까 하는 의문이 드는 것이다. 브라질의 인류학자 카스트루Eduardo Viveiros de Castro 방식으로 말하자면, 사람 눈에 재규어인 것이 재규어 눈에는 재규어가 아니고, 사람 눈에 사람인 것은 재규어 눈에 사람이 아니다.

과연 장애인은 재규어일까 사람일까.

오 시장이 "엘리베이터가 설치되지 않은 지하철역사의 비율은 5퍼센트 정도에 불과하다"는 사실을 자랑스럽게 내세웠다는 점을 단서로 삼아보자. 300개 역사 중 5퍼센트라면 15개쯤 되는 셈이다. 과연 그는 비장애 시민에게도 이런 말을 할 수 있을까. '당신은 서울의 15개 역을 이용할 수 없습니다. 전체 역사들 중 5퍼센트에 불과하죠. 이 정도면 훌륭한 거 아닌가요?' 누구나 이용하지만 내게는 허용되지 않는 역이 있다면 단 1개여도 문제가 아닐까. 정부든 서울시든 당장 문제를 시정할 것이고, 당장 해결할 수 없다면 책임자가 머리를 조아리며 사과할 것이다. 그러나 장애 시민들에게는 그렇지 않다. 시민이 아니라고 차마 말하지는 못하겠지만 시민이라고 보기에는 많이 모자란 존재인 것이다.

그래서 이동하고, 학교 가고, 노동하고, 동네에서 함께 살아가게 해달라는 게 떼쓰는 것으로 보인다. 기본권에 대한 요구를 복지에 대한 요구로 받아들인다. '피가 모자라 죽을 것 같다'는 말이 '맥주를 마시고 싶어 죽겠다'는 말로 들리는 것이다. 처음에는 피가 아까워서 그러는 줄 알았다. 그런데 아닌 것 같다. 장애인이 시민으로 보이지 않는 것이다.

약자와 동행하려는 자선가들의 문제가 여기에 있다. 약

자와 동행하기 위해서는 동행하는 자가 약자여야 한다. 불쌍한 사람이 고개를 숙이지 않고 당당하면 이 모델은 파탄 난다. 오 시장은 '한 푼 줍쇼' 하는 사람에게 지갑은 물론이고 겉옷까지 덮어주려 했을 수 있다. 하지만 '내 권리 달라'고, '내 돈 내놓으라'고 달려드니 참을 수가 없었을 것이다. 돈이 아까워서가 아니다. 지하철에서 쏟아지는 욕설 중 하나로 말하자면 "이것들이 보자 보자 하니까"인 것이다.

"그래도 시민들의 공감을 얻는 방식으로 시위하는 게 낫지 않을까요?" 책 읽기 모임에 전장연의 박경석 대표를 초대했을 때 누군가 물었다. "그래요, 그런 식으로 하면 모두가 공감해줄 겁니다. 장애인들이 차별받지 않는 세상, 누구나 고개를 끄덕여줄 겁니다. 그런데 그걸로 끝이에요. 뭐랄까, 지나가는 바람 같아요." 기분 좋은 그러나 스쳐 갈 뿐인 바람. 그는 차라리 욕설을 먹는 게 낫다고 했다. 귓전을 스치는 바람에는 기다림 말고 할 수 있는 게 없는데 귓속에 박히는 욕설은 우리가 행동했다는 뜻이라고. 외로움이나 슬픔보다 무서운 것은 무감각이라고도 했다. 그런데 욕설은 적어도 우리의 상처, 우리의 고통을 일깨워준다고.

"상처에 의해 정신이 성장하고 힘이 솟는다." 니체가 투쟁하는 자로서 자신의 좌우명으로 삼은 문구이다. 강한 사람은 상처받지 않는 사람이 아니라, 상처에서 생겨난 힘을 가진 사람이다. 오 시장이 약자에서 탈락시킨 전장연은 애초에 오 시장이 동행을 꿈꾸며 떠올리는 약자가 아니었다. 전장연의 힘에 '리스펙'!

"우리는 미쳤다"

미친 사람. 돌이켜보면 나는 그를 자주 만났다. 가까운 친척
도 있었고, 다정하게 이야기를 나누던 동료도 있었고, 우러
러보던 선배도 있었고, 내 수업을 듣던 학생도 있었다. 그는
갑자기 전화를 걸어와 믿을 사람이 당신밖에 없다며 제발
도와달라고 했다. 의사와 가족들이 서로 짜고 자신을 병원
에 집어넣으려 한다고. 또 다른 그는 길거리에 서서 국가기
관이 자신을 감시한다며 모순과 비약으로 점철된 이야기를
외치고 있었다.

　미친 사람. 그런데 나는 그를 만난 적이 없다. 친척이 도

움을 청했을 때는, 말은 듣지 않고 좋은 의사를 구해준다며 여기저기 전화를 돌렸다. 발병한 동료가 복도를 뛰어다녔을 때는 빨리 119를 부르라며 소리쳤다. 거리에서 모든 국가기관이 자신을 감시한다고 소리치던 선배를 보고는 눈시울을 붉히며 고개를 떨군 채 지나쳤다. 내 수업을 듣던 학생에게는 제발 그만 말하라며 손을 잡고 주저앉혔다. 나는 그가 말하기 전에도, 말하는 동안에도, 말한 후에도 말을 듣지 않았다. 눈앞에 있었지만 보지 않았고, 수화기를 댔지만 듣지 않았고, 손을 잡았지만 주저앉혔다. 무슨 위험이라도 닥친 듯 도망치기 바빴다.

최근 정신장애인 당사자들의 연극 〈우리는 미쳤다〉(손성연 작)를 보고서야 알았다. 내가 여기서 처음으로 미친 사람을 만나고 있다는 것을. 이 연극을 통해 나는 처음으로 미친 사람의 자기소개를 받았고, 그의 고통과 슬픔, 기쁨과 소망에 대해 들었다. 급박한 사건이 아니라 차분한 일상에서 '나는 나'라고 말하는 정신장애인들을 처음 만난 것이다.

'나는 나이고, 나로서 늙어가고 싶다.' 책에서 발견한 문장이라면 밑줄을 그었을 것이고, 비장애인의 말이라면 그 빛나는 '프라이드'에 눈이 부셨을 텐데, 정신장애인이 말하니 그의 '매드 프라이드'가 정신 나간 소리처럼 들린다. 정신

장애인이라면 '너는 결코 너여서는 안 되기' 때문이다. 우리 사회가 정신장애인을 대하는 태도가 이런 것이다. 네 정신은 제정신이 아니며, 약으로 네 정신을 묶어둘 수 없다면 너는 병원에 묶여 있어야 한다.

이 연극을 통해서 알게 되었다. 정신장애인들이 사회적으로 살아남기 위해 얼마나 필사적으로 연기하고 있는지. 배우가 관객 앞에 서기 전 무대 뒤에서 여러 번 심호흡하듯이 이들은 사람들을 만나기 전 골방에 들어가 마음을 여러 번 쓰다듬는다. 그러나 서툰 연기 때문에, 아니 처음부터 불가능한 배역 때문에 이들은 정체를 금세 들킨다. 그래서 연기를 할 때는 가면을 쓰기도 하고, 그걸로 힘들다고 판단되면 아예 투명 망토를 뒤집어쓰기도 한다. 담임선생님도 그 반 학생인지를 확신할 수 없을 정도로, 동료들도 그가 모임에 참석했는지 기억하지 못할 정도로 철저히 숨는 것이다.

마치 방해물 없이 혼자 자라는데도 가지가 구불구불한 나무 같다고 할까. 목을 맬 나무를 찾던 극중 인물 '휴일'은 이렇게 말한다. "이 나무는 좀 달라요. 사방에 나무들이 있어 혹시라도 닿을까 봐, 닿으면 괜히 그 나무가 햇볕을 쬘 때, 비를 맞을 때, 눈을 맞을 때, 혹시라도 방해될까 봐 꾹 참

고 아슬아슬하게 자랐어요. 그래서 모든 가지들이 구불구
불해요."

　　사람들에게 닿을까 봐 필사적으로 자신을 억누르고 감
추다 보니 가지들이 뒤틀린 것이다. 혼자 남는 게 누구보다
두려운 사람들인데도 혼자 있기 위해 애쓴 결과 이들은 혼
잣말을 하는 사람이 되었다. 세상이 이들을 혼자로 만들기
에, 혼자인 이들은 방에 들어가 둘, 셋, 넷을 만든다. 누구도
말을 걸어오지 않기에 자신에게 말을 걸어줄 둘, 셋, 넷을
만들고, 누구도 이야기를 들어주지 않기에 마음을 털어놓
을 둘, 셋, 넷을 만든다. 세상이 건네는 것은 약뿐이다. 그런
데 약은 이들을 다시 혼자로 되돌려놓는 일만 한다. 조현정
동장애를 가진 '해인'이 친구인 '환청'에게 말하듯. "이상해,
널 없애는 약은 많은데, 너의 빈자리를 채우는 약은 없다니."

　　연극이 끝날 즈음 이들은 금을 밟지 않기 위해 몸을 바
둥바둥 떠는 일을 그만둔다. 그러고는 힘을 내서 말한다.
"저는 아직도 똑같은 실수를 반복합니다. 이런 저를 부르는
호칭은 많습니다. 정신병자, 사이코, 미친 새끼, 정신 질환
자, 엉망진창…… 이런 제가 매드 프라이드를 생각합니다.
저는 계속 외치려고 합니다. 우리는 미쳤다."

　　세상 바깥 혼자만의 방에서 둘, 셋, 넷을 만들어낸 이

들이 누구보다 세상 안에서 둘, 셋, 넷을 갈구했던 사람들인 것은 사실이다. 그러나 이들에 따르면 분명히 해둘 것이 있다. 당신이 둘, 셋, 넷이 되어주겠다고 뛰어오는 것은 고마운 일이다. 하지만 그 전에 알고 있어야 한다. 우리는 당신에게 양해를 구하는 사람들이 아니고, 당신이 함부로 오해해도 좋은 사람들이 아니라는 것을. "우리는 미쳤다."

봉쇄된 건물의 창문 앞에서

1977년 미국의 장애인들이 정부를 향해 재활법 504조에 서명할 것을 촉구하며 보건교육복지부를 점거한 적이 있다. 재활법 504조는 연방 정부로부터 재정 지원을 받는 기관이나 프로그램에서 장애인 차별을 금지하는 조항이다. 정부 예산으로 운영되는 공공 기관은 물론이고 예산 지원을 받는 대학 등 수많은 기관과 프로그램이 적용 대상이었다. 의회에서 재활법이 통과될 때만 해도 이 조항을 눈여겨본 사람은 별로 없었다고 한다. 그저 공적인 영역에서 누구도 차별받으면 안 된다는, 아름답지만 식상한 문구 정도로 생각했던 모양이다. 그런데 장애인들이 이 문구를 진지하게 받아들이자 정부가 발을 빼기 시작했다. 지금 이 나라의 정부처럼 당시 미국 정부도 장애인들에게는 문구만 주고 예산은 다른 데 쓰고 싶었던 것이다.

2023년 작고한 장애 운동가 주디스 휴먼Judith Heumann의 책 『나는, 휴먼』에서 이때의 일을 읽다가 뭉클한 대목을 만났다. 당시 미국 정부는 장애인들의 점거 행동에 인내하면서 합리적 제안을 내놓은 듯 언론 플레이를 했지만, 실제로는 건물을 폐쇄하고 점거자들을 강력하게 압박하고 있었다. 온수 공급을 끊었고 음식과 약품의 반입도 허용하지 않았다. 무엇보다 전화를 쓸 수 없게 만들었다. 스마트폰이 없던 시절, 점거자들의 입장과 처지를 바깥에 알릴 방법을 없애버렸다. 적어도 정부는 그렇게 생각했다. 목소리를 차단함으로써 말을 봉쇄했다고.

그러나 음성을 차단한 방벽을 몸짓이 뚫었다. 점거자들 중에는 청각장애인들이 있었다. 그들은 광장이 내려다보이는 창가에 섰다. 그러고는 수어로 말하기 시작했다. 결연한 투쟁 성명과 간절한 연대의 호소가 소리 없이 또박또박 전달되었다. 건물 바깥에 있던 청각장애인과 수어 통역사들이 그것을 전달했다. 블랙팬서 등 여러 단체에서 음식과 의약품을 들고 찾아왔고 언론도 메시지를 받아 보도했다. 결국 정부는 건물 봉쇄에 실패했고 한 달이 채 되지 않아 재활법 504조의 실행 규정에 서명할 수밖에 없었다.

휴먼은 수어를 자신들의 비밀 병기 중 하나였다고 했지만 정작 그것을 비밀 병기로 만들어준 것은 비장애인들의 편견이었다. 음성 언어만이 언어이고 수어란 기껏해야 유사 언어에 불과하다는 편견이 창문이 돼 외부와의 통신선을 구축해준 셈이다. 나 역시 해방의 언어를 함성으로만 생각했지 몸짓으로 생각해본 적은 없었던 것 같다. 머리로는 수어를 다른 언어와 동등한 언어라고 생각했지만 어떻든 수어는 '그들'의 언어였다. 잘하는 언어가 아님에도 대학에서 영어로 이루어진 강연을 들은 적이 있고 영어로 강연을 한 적도 있지만, 수어로 이루어진 학술 강연에 참여하거나 강연을 한 적은 없다. 청각장애인 선생님의 강연을 들어본 적도 없고, 청각장애인 학생의 질문을 받아본 적도 없다. 그런 걸 상상해본 적이 없다.

그런데 얼마 전 철학 강의를 하면서 내가 그동안 봉쇄된 건물 안에서 공부해왔음을 깨달았다. 강의 내용은 철학자 칸트의 사유에서 지적장애가 배제되거나 방치된 이유를 살펴보며 거기 깃든 인간 개념의 폭력성을 비판하는 것이

사람을 목격한 사람

었다. 강의실에는 수어 통역사가 있었다. 그는 철학 개념이 난무하는 내 말들을 손짓과 표정으로 번역했다. 아이러니하게도 칸트는 청각장애에 대해 꽤나 고약한 언급을 했다. 그는 『실용적 관점에서의 인간학』에서 음성 언어를 사용할 수 없는 청각장애인은 "기껏해야 이성의 유사물에 이를 뿐"이고 개념을 형성할 수 없다고 했다. 또 자신의 생각을 나누고 검토할 수 있는 사교나 공론의 장에 참여할 수 없어 "고독의 저주에 떨어진다"고도 했다. 지성과 사교성을 인간다움의 핵심으로 간주하는 그에게는 청각장애인이 인간다움에 큰 결함이 생긴 인간으로 비쳤을 것이다. 수어 통역사는 이 모든 이야기를 통역했다. 수어로는 개념을 형성할 수 없다는 말을 통역했고, 청각장애인은 고독의 저주에 떨어질 것이라는 말을 사람들, 특히 강의실 어딘가에 있을 청각장애인들과 나누었다.

이날 나는 봉쇄된 철학 건물의 창문 앞에 서 있는 사람을 본 것 같았다. 나는 목소리의 세계 안에서만 공부를 해왔다. 사실은 봉쇄된 세계에 갇혀 있는 줄도 몰랐다. 창문 앞에 서서 건물의 봉쇄를 뚫고 메시지를 전하는 이날의 위대한 몸짓을 보기 전까지는 말이다.

이반 일리치는 서구의 독서 경험에서 일어난 큰 변화

를 언급하면서 12세기경 페이지들이 '악보'에서 '텍스트'로 바뀌었다고 말한 바 있다. 읽는다는 것은 애초에 노래였는데 눈으로 읽는 텍스트가 되었다고. 하지만 나는 읽는다는 것은 애초에 춤이 아니었을까 생각해본다. 사실 어느 것이 먼저든 상관없다. 내게는 이제 하나의 믿음이 생겼다. 우리의 읽기는 노래만큼이나 춤일 수 있으며, 노래와 춤이 있는 한, 우리의 언어, 우리의 공부, 우리의 투쟁은 어떻게든 봉쇄를 뚫을 것이다.

지은이 이규식

『이규식의 세상 속으로』. 2023년 봄 출간된 이 책은 하나의 사건이자 문제 제기이다. 무엇보다 '지은이 이규식'이 그렇다. 서울 지하철 혜화역 2번 출구 앞에는 그의 이름을 새긴 동판이 있다.

장애인 이동권 요구 현장. 1999. 6. 28. 혜화역 장애인(장애인 이동권연대 투쟁국장 이규식) 휠체어 추락 사고 이후, 여기서 이동권을 외치다.

그는 지하철역 리프트 추락 사고 피해 당사자이자 장애인 이동권 쟁취를 위해 싸워온 투사이다. 우리 사회에서 지난 20여 년간 계속되고 있는 이동권 투쟁의 출발점에 그의 이름이 있다.

그런데 내가 '지은이 이규식'을 통해 말하고자 하는 사건은 조금 다른 것이다. 나는 '장애인 이동권 투쟁'이 아니라 '지은이 이규식'이라는 사건에 대해 말하고 싶다. 말하자면 '지은이 이규식' 자체가 하나의 중요한 사건이다. 이 책의 '집필 활동 지원사'로 참여한 배경내의 표현을 빌리자면 "이 책은 한국 사회에서 단 한 번도 등장한 적 없는 중증 뇌병변 장애인의 생애사다". 사실 이 말만으로는 사건의 의미가 충분히 전달되지 않는다. 중증 장애인이 자기 이야기를 책으로 펴냈다고? 대단하다! 이런 말을 하려는 게 아니다. '지은이 이규식'은 책과 관련해서 더 깊은 차원에 일어난 사건을 가리키고 있다. 철학자 미셸 푸코의 문구를 빌리자면 '지은이 이규식'에는 '저자란 무엇인가'와 관련된 중요한 문제 제기가 담겨 있다. 배경내는 이어 말한다.

이규식은 손을 거의 움직이지 못한다. 왼손을 간신히 움직여 전동 휠체어의 기어를 조작하고 숟가락을 들거나 한다. 그런 그가 혼자서 컴퓨터 자판을 하나하나 두드려가며 책을 집필하기란 매우 어렵다.

이규식은 대부분 구술을 했을 것이다. 그런데 그에게는 언어장애가 있다. 말을 해야 할 경우 온몸을 비틀어 몇 마디를 짜낸다. 그런데 이 몇 마디 말도 붙잡기가 쉽지 않다. 들었다고 해서 바로 알아들을 수 있는 말이 아니다. 그에 따르면 지하철 선로 점거 시위로 경찰서에서 조사를 받았을 때 "물어보는 대로 정직하게 대답했"는데도 경찰이 작성한 조서는 "완전 소설"이었다. 경찰이 그의 말을 전혀 알아듣지 못한 것이다.

그렇다면 매끄러운 문장과 탁월한 표현, 감동적 내용이 가득한 이 책의 정체는 무엇인가. 세 사람의 집필 활동 지원사가 달라붙었다고 한다. 이규식과 9년간 함께 생활한 활동 지원사 김형진, 장애인자립생활센터에서 함께 일한 김소영, 오랜 지인이자 그와 함께 깊은 이야기를 나눈 인권 활동가 배경내. 이들은 이규식의 이야기를 받아쓰기도 하고 되묻기도 하고 심지어는 다른 표현을 제안하며 문장을 함께 만들었다. 이들은 이규식의 말이 의미하는 바를 두고 이규식과 토론까지 벌였다고 한다.

이규식은 저자인가. 호주의 뇌병변장애인 앤 맥도널드 Anne McDonald가 『애니의 커밍아웃Annie's Coming Out』이라는 책을 펴냈을 때 이것에 대한 논란이 있었다. 애니는 의사소통 조력을 받아 책을 집필했다. 이 책이 애니의 것인지에 대한 논쟁은 소송으로까지 이어졌다. 호주 대법원은 의사소통 조력을 받은 애니의 말을 애니의 것으로 인정했다. 하지만 일부 학자들은 조력자의 개입 가능성을 배제할 수 없다며 애니의 말을 애니의 것으로 인정할 수 없다고 주장했다.

이규식은 힘들지만 필요한 말을 하는 사람이고, 느리지만 컴퓨터 자판으로 글도 쓸 수 있다. 집회에서 자주 연설도 한다. 한마디로 애니와 같은 상황은 아니다. 하지만 집필 활동 지원을 받지 않았다면 그도 이런 책을 쓸 수는 없었을 것이다. 그런데 이것은 그가 살아온 삶의 성격이기도 하다. 이 책에 소개된 그의 삶은 온통 의존투성이다. 대소변조차 혼자 처리할 수 없기에 그는 어렸을 때부터 지금까지 타인에게 엉덩이를 까 보이며 살아왔다. 그가 세상 속으로 뛰어들기 위해 해야 했던 일, 그가 탁월하게 잘 해낸 일은 '의존하기'였다. 여러 존재들에 대한 의존 속에서 그는 장애 운동가가 되었고, 전동 휠체어 튜닝 전문가가 되었고, 바다 수영을 즐기고 스쿠버다이빙을 꿈꾸는 자가 되었으며, 비인간 동물을 돌보는 사람이 되었다.

이규식은 저자인가. 하지만 저자란 무엇인가. '지은이 이규식'은 그 자체로 하나의 물음이다. 자립성과 독립성, 개인성으로 이루어진 저자라는 신화에 대한 문제 제기다. 세상의 검문소에서 그는 혼자서 할 수 있느냐는 물음을 숱하게 받아왔다. 혼자 밥을 먹을 수 있는지, 혼자 옷을 입을 수 있는지. 마치 의존 없는 삶이 세상살이의 자격이라도 되는 것처럼 말이다. 이 이야기는 당신 혼자 지은 것인가. 이 삶은 당신 혼자 살아낸 것인가. 그렇지 않다. '지은이 이규식'은 이규식 혼자서는 불가능했던 삶, 그가 다른 이들에게 의존함으로써 만들어낸 눈부신 삶, 그리고 그것에 관한 세상에 하나뿐인 이야기에 붙여놓은 고유명사일 따름이다.

"한 번은 아무것도 아니다"

*

한 혁명가의
어린 시절 이야기

1.

비평가 발터 베냐민의 『사유 이미지』에는 제목이 동일한 두 편의 글이 있다. '한 번은 아무것도 아니다Einmal ist keinmal.' 그는 이 제목으로 돈 후안과 트로츠키에 대해 토막글을 한 편씩 썼다. 말하고자 하는 메시지는 제목 그대로다. '한 번은 아무것도 아니다.' 돈 후안과 트로츠키 모두 이 진리를 실천한 사람들이다. 한 사람은 연애에서 그랬고, 또 한 사람은 혁명에서 그랬다.

'한 번은 아무것도 아니다'라는 말은 '단 한 번이면 된다'는 말과 대립한다. '단 한 번이면 된다'는 말은 노름꾼의 말이다. 패만 한번 맞아떨어지면, 숫자 하나만 걸리면, 한 방에 역전할 수 있다는 생각. 꼭 돈이 아니어도 이런 노름꾼은 곳곳에 있다. 전세를 역전시킬 단 한 방을 기대하며 손을 크게 휘두르는 권투 선수도 그렇고, 모든 것을 한꺼번에 되찾을 혁명을 기대하며 모험적 행동에 뛰어드는 혁명가도 그렇다.

그렇게 해서는 설령 비슷한 행운을 잡는다 해도 구원이나 해방에 이르지 못한다. 오히려 로또 당첨으로 인생을 망친 사람처럼 되기 쉽다. 베냐민은 이것을 글쓰기에 비유했다. 멋진 구절을 떠올려놓고는 바로 그 구절 때문에 글을 망치는 경우가 많다는 것이다. 그 구절이 너무 멋져서 다음에 이을 구절을 찾는 게 쉽지가 않다. 차라리 그 구절을 버리면 수월할 텐데 너무 아까워서 놓지를 못한다. 그러나 놓지 못하는 것은 붙잡힌 것과 같다. 황금으로 만든 족쇄라고 해서 족쇄가 아닌 것은 아니다. 그는 멋진 구절을 떠올리는 데 성공했으나 그것이 다음의 성공을 막았다는 점에서 아주 나쁜 성공을 거둔 셈이다.

물론 '단 한 번이면 된다'고 말했다고 해서 노름꾼이 노름을 한 판만 하는 것은 아니다. 만화가 허영만의 작품

『48+1』에서처럼 그는 마음속 화투 한 장이 나올 때까지 노름을 멈출 수 없다. 아마도 그 한 장은 평생 나오지 않을 것이다. 그리고 평생 나오지 않기 때문에 평생 마음에서 사라지지도 않는다. 그저 블랙홀처럼 노름꾼을 계속해서 빨아들일 뿐이다. 노름꾼은 상황을 종료시킬 한 방을 꿈꾸지만 그 꿈 때문에 나쁜 상황은 종료되지 않는다.

노름의 이런 생리와 대비되는 것이 노동이다. 한 판에 대한 꿈으로 노름을 할 수는 있지만 그런 식으로 노동을 할 수는 없다. 매일의 노동을, 한 방을 기대하며 마구잡이로 주먹을 내지르는 권투 선수처럼 할 수는 없다(그런 사람은 권투 선수로서도 성공할 수 없을 것이다). 일을 잘하는 사람은 '한 번은 아무것도 아니다'라는 것을 안다. 한 번 하고 말 일이 아니라면 말이다.

2.

'한 번은 아무것도 아니다.' 베냐민에 따르면 이 말이 담고 있는 지혜를 파고들어가는 데 성공한 사람이 혁명가 트로츠키다. 명시적으로 밝히지는 않았지만 아마도 '영구 혁명' 개념을 염두에 두고 한 말일 것이다.

사람을 목격한 사람

트로츠키의 영구 혁명은 독특한 반복 구조를 하고 있다. 그에게 혁명은 독립적이지도 않고 단계적이지도 않다. 한 혁명을 수행한 후에 그다음 혁명에 도전하는 식이 아니다. 그는 반대로 접근했다. 이상한 말이지만, 다음 혁명이 먼저다. 미래 혁명을 추구하는 속에서만 현재 혁명을 수행하기 때문이다.

이런 특성 때문에 트로츠키의 영구 혁명은 시간적으로는 연속 혁명이 된다. 당시 러시아는 사회주의는커녕 자본주의에도 이르지 못한 봉건적 사회였다. 이런 사회에서 혁명가들은 무엇을 해야 하는가. 단계론적으로 접근한다면 일단은 부르주아 민주주의 혁명에 집중하고 그다음에 사회주의 혁명을 도모해야 할 것이다. 하지만 트로츠키는 그렇게 접근하지 않았다. 그는 사회주의 혁명을 위한 투쟁 속에서만 프롤레타리아들이 부르주아 민주주의 혁명이 선사하는 권리들도 얻을 수 있다고 보았다. 미래 혁명이 현재 혁명을 끌고 가는 구조인 것이다.

시간적으로만 그런 게 아니라 공간적으로도 그렇다. 현재와 미래가 맺는 관계는 일국과 세계가 맺는 관계와 같다. 이 경우 영구 혁명은 국제 혁명이 된다. 혁명이 러시아에서 먼저 일어난다고 해도 그 성패는 다음에 국제 혁명이 일어나느냐에 달려 있다. 미래 혁명이 현재 혁명을 구원하듯 국제 혁명이 일국 혁명을 구원한다. 그러므로 사회주의 혁명가는 미래 혁명의 추구 속에서 현재 혁명을 수행하고, 국제 혁명의 추구 속에서 일국 혁명을 수행해야 한다.

요컨대 다음번이 없는 한 번은 의미가 없다. 도래하는 혁명이 없을 때 현재의 혁명은 혁명이 아니다. 마르크스와 엥겔스가 쓴 표현을 빌리자면, 현재의 혁명은 항상 "다가올 혁명극의 제1막"으로 다루어져야 한다(마르크스와 엥겔스는 1850년 3월 공산주의자동맹 회원들에게 보내는 호소문에서 이 표현을 썼다. 흥미롭게도 이들은 호소문의 끝을 이렇게 맺었다. "노동자들의 전투 구호는 이런 것이어야 한다: 영구적인 혁명Die Revolution in Permanenz").

3.

그런데 영구 혁명에 대한 탁월한 해설자로 베냐민을 끌어들인 것은 조금 다른 측면을 말하기 위해서다. 앞서도 말했지만 베냐민은 트로츠키에 대한 자신의 언급이 영구 혁명에 대한 것이라고 하지 않았다. 그는 이렇게 말했다.

노동은 '한 번은 아무것도 아니다'가 옳음을 입증한다. 다만 아무도 이 지혜가 뿌리내린, 실천과 실행의 토대를 뚫고 들어가는 데 성공하지 못했다. 그런데 트로츠키가 이 일을 해냈는데, 아버지가 들판에서 일하는 모습을 떠올리며 적은 몇 개의 문장을 통해서다.

베냐민이 트로츠키에게서 감탄한 지점은 영구 혁명의 사유나 논리가 아니다. 트로츠키의 성공은 그 사유의 이미지, 그것도 실천적인 이미지를 제시한 데에 있다. 그런데 베냐민은 그것을 의외의 장소에서 찾았다(이것이 내가 베냐민에게서 감탄하는 지점이다). 그것은 트로츠키가 어린 시절에 본 아버지의 낫질하던 모습이다.

내가 이것을 '의외의 장소'라고 한 것은 두 가지 이유 때문이다. 하나는 이것이 트로츠키가 혁명가로서의 삶을 살기 훨씬 전인 아주 어린 시절의 이야기라는 점에서이고, 다른 하나는 이것이 마르크스주의자들이 통상 혁명의 주력군으로 묘사하는 도시 노동자가 아니라 시골 농민에 대한 묘사이기 때문이다. 말하자면 베냐민은 트로츠키의 영구 혁명의 실천적 이미지를 나이 든 농부의 낫질에서 본 것이다.

트로츠키가 쓴 자서전 『나의 생애』의 내용은 대강 이

렇다. 열 살이 되던 해에 그는 고향 야놉카Yanovka를 떠나 도
시인 오데사Odessa에서 학교를 다녔다. 그러고는 첫 여름방
학 때 시골집에 내려왔다. 어린 마음에 시골 사람들에게 좀
으스대고 싶었던 것 같다. 그는 놋쇠 버클이 달린 가죽 벨트
를 차고 빛나는 노란 배지가 달린 흰 모자를 쓰고서 멋을 부
린 채 아버지를 따라 들판에 나갔다. 들판에서는 허름한 옷
차림의 일꾼들이 밀을 베고 있었다. 아버지는 그들의 일하
는 모습이 시원찮아 보였는지 안으로 걸어 들어갔다. 그러
고는 밀의 상태나 한번 보겠다며 낫을 빌렸다.

> 나는 들뜬 마음으로 아버지를 지켜봤다. 아버지는 단순하
> 고 편안하게 움직였다. 그래서 실제로 일하는 게 아니라 그
> 냥 일을 시작할 준비를 하는 것처럼 보일 정도였다. 발걸음
> 또한 더 나은 낫질 장소를 찾기라도 하는 것처럼 살살 살펴
> 가면서 가볍게 내디뎠다. 아버지의 낫 또한 단순하게 움직
> 였고, 아무런 잘난 척함 없이, 심지어 확신에 차 있지도 않은
> 채 — 혹은 그렇게 보였다 — 움직였다. 하지만 아버지는 밀
> 의 맨 아래쪽을 아주 균일하게 베어나갔으며, 낫으로 벤 이
> 삭들을 왼편에서 돌고 있는 벨트로 재빨리 옮겼다.

베냐민은 여기서 "매일 매번 낫을 휘두를 때마다 새로 시작하는 법을 배운 노련한 자의 방식을 보게 된다"고 썼다. '한 번은 아무것도 아니다'라는 혁명의 진실을 실천하는 노련한 혁명가의 이미지를 본 것이다. 항상 새로 시작하는 법을 아는 노련한 자는 어떻게 하는가. 한 번에 특별한 힘을 쓰지 않는다. 단 한 번의 일도 언제나의 일처럼 처리한다. 아무런 과장 없이, 살살 살펴가면서 그렇게 처리한다. 그리고 이미 잘라낸 것, 이미 이룩한 것을 오래 쥐지 않고 재빨리 한쪽으로 치워놓는다. 다시 베냐민을 인용하자면, "그러한 손들만이 가장 손쉬운 일들을 조심스럽게 처리하기 때문에 가장 어려운 일도 노는 듯이 해치울 줄 안다".

4.

트로츠키가 이때의 기억을 영구 혁명과 관련지은 적은 없다. 자서전을 쓰며 어린 시절 기억 한 가지를 길어 올린 것뿐이다. 물론 이 기억을 떠올린 곳에 이렇게 적어두기는 했다.

시골 생활의 많은 것들이 이윽고 기억에서 사라지거나 무의식 속으로 들어가버린 것처럼 생각되었지만, 인생에 전기가 찾아올 때마다 이런저런 작은 추억들이 되살아나고, 그것들이 종종 나를 크게 도와주곤 했다.

사실 아버지의 낫질이 나중에 영구 혁명을 떠올리던 때에 되살아나 어떤 도움을 주었는지는 알 수 없지만 그것이 그렇게 중요한 것도 아니다. 아버지의 낫질은 그가 명시적으로 인정하든 그렇지 않든, 해방을 염원하며 계속해서 싸워가는 사람들에게 좋은 실천적 이미지를 제공한다. '한번은 아무것도 아니다.' 이 말을 비장하게 외칠 필요는 없다. 몸에 힘이 들어가서는 안 된다. 일을 하는 듯 마는 듯 자연스럽게 움직이며, 발을 내디딜 때는 살살 살펴가며 가볍게 디딜 것. 낫을 돌릴 때는 부드럽게, 벨 때는 단호하게, 벤 다음에는 재빨리 옆으로 치우고 다음 자리로 이동할 것. 이것이 노련하고 원숙한 혁명가의 모습이다.

5.

덧붙여. 아버지의 낫질은 이렇게 끝나지만 실은 이야기가 조금 더 있다. 아버지가 떠난 후 어린 트로츠키가 낫질을 하겠다며 나섰다. 일꾼 한 사람이 요령을 일러주었다. "얘야

발뒤꿈치로 딛고서 베야 한다. 발가락 쪽은 힘을 빼고 그냥 둬. 발가락을 누르면 안 돼." 참고로 이 낫은 우리가 쓰는 작은 낫과는 다르게 생겼고 쓰는 법도 다르다. 하지만 어린 트로츠키는 흥분해서 자기 발뒤꿈치가 지금 어디에 놓여 있는지도 몰랐다. 낫을 세 번쯤 휘둘렀을 때 힘을 주지 말라고 했던 발가락은 이미 땅 깊숙이 박혀 들어갔다. "아이고 맙소사! 이런 식으로 계속했다가는 낫을 전혀 쓸 수 없게 된다고. 아무래도 아버지에게 좀 더 배워야겠구나." 일꾼에게 가벼운 핀잔을 듣고 창피했던 트로츠키는 황급히 밀밭을 빠져나왔다. 그때 "배지가 달린 모자 밑으로 땀이 줄줄 흘러내렸다". 옷을 멋지게 차려입고 낫을 호기롭게 돌렸지만, 발에 힘이 너무 들어갔고 심지어 흥분해서 자신이 어디를 딛고 있는지도 몰랐으니, 세 번은 고사하고 한 번의 낫질도 제대로 할 수 없었던 것이다.

(　제7부　)

연대하는 사람

한국 장애인들의 투쟁 형상은 어디서 왔을까[*]

*

장애해방열사들의 가난과 무지,
품격 없는 유언에 대하여

1. 지난 20년, 참 처절하게 싸웠다

지금 이 자리에서 저는 편안함과 긴장감을 함께 느낍니다. 많은 장애인 활동가들, 운동가들이 와 계신데요. 모두가 현재 진행 중인 투쟁에 참여하고 있는 분들이고, 몇 분은 20여 년 전의 이동권 투쟁부터 지금까지 계속 투쟁을 이어온 분들입니다. 오늘 제가 하려는 이야기를 가장 잘 이해할 분들이기도 하고, 제가 함부로 허튼소리를 하기 힘든, 장애인 운동사의 증인들이기도 합니다.

2021년 12월 3일 시작된 장애인들의 출근길 지하철 행동이 지금도 계속되고 있습니다. 출근길에 나선 것만 400일이 넘었는데요. 그냥 농성장 하나 차려놓고 버티는 투쟁도 아니고, 일주일에 한두 번 벌이는 투쟁도 아닙니다. 매일 아침 8시, 지하철 탑승을 시도했고 선전전도 벌였습니다. 그리고 매일 아침 비장애 시민들로부터 쏟아지는 욕설들, 입에 담을 수 없는, 가만히 듣고만 있어도 정신이 붕괴될 것만 같은 욕설들을 듣고 있습니다.

이런 아침을 400회 넘게 보내고 있습니다. 정말로 필사적으로 싸우고 있습니다. 141일의 아침에 177명이 삭발을 이어간 적도 있고, 발달장애인 당사자와 가족 500여 명이 집단으로 삭발한 적도 있습니다. 어떤 날은 경찰과 지하철 보안 요원들의 방패를 휠체어로 밀치면서 탑승을 시도했고, 어떤 날은 휠체어에서 내려 객실을 향해 필사적으로 기어가기도 했습니다. 또 어떤 날은 무정차로 통과하는 열차들을 13시간 가까이 바라보고만 있어야 했습니다.

오늘 강연 제목이 '한국 장애인들의 투쟁 형상은 어디서 왔을까'인데요. 제가 하려는 이야기는 말 그대로 '투쟁 형상'에 대한 것입니다. 당사자들이야 "투쟁은 원래 이렇게 하는 거 아냐?"라고 물을 수 있지만, 한 걸음 옆에서 제가 본 장애인들의 투쟁 모습은 여느 투쟁과 많이 다릅니다. 대단

한 물리력을 행사하는 투쟁도 아니고 그렇게 '폼 나는' 투쟁
도 아닙니다. 대체로 몸을 난간에 묶거나 도로나 열차 객실
바닥을 기어가는 투쟁입니다. 그런데 참으로 비타협적입니
다. 어떤 경고나 위협, 욕설에도 굴하지 않습니다. 그렇다고
큰 대의를 내건 것도 아닙니다. 민주주의나 조국 통일, 인류
평화 같은 요구는 없습니다. 요구 사항 대부분이 그야말로
시시콜콜한 것들입니다. 대중교통을 이용하고, 학교에 가
고, 일을 하고, 동네에서 함께 살게 해달라는 것 등입니다.
이런 시시콜콜한 것들을 얻기 위해, 출근길 시민들의 욕을
먹으며, 몸을 묶고 바닥을 깁니다. 한마디로 처절합니다.

　　도대체 이런 투쟁 형상은 어디서 온 걸까요. 저는 오늘
이 형상의 주요한 유래 중 하나를 말하고자 합니다. 지금 이
자리가 '장애해방열사배움터'인데요. 제가 지목하는 하나의
유래는 바로 열사들입니다. 제가 지켜보기에, 지난 20여 년
장애인들의 투쟁에서는 산 자만큼이나 망자의 비중이 큽니
다. 그런데 이 망자들은 어떤 독특한 형상, 지난 시절 한국
사회의 민주화 운동이나 통일 운동, 노동 운동 등에서는 좀
처럼 보기 힘든 형상을 하고 있습니다. 오늘 저는 장애인 운
동에서 산 자들이 불러내는 망자들(혹은 산 자들을 붙들고 있
는 망자들)의 형상에 대해, 그리고 망자들이 함께하는 투쟁의

성격에 대해 이야기해보려고 합니다.

사실 어떤 망자들을 '열사'라고 부르고 그들의 이름으로 투쟁하는 것이 역사적으로 새로운 일은 아닙니다. 1980~90년대 민주화 운동에서 곧잘 볼 수 있었던 풍경입니다. 민주화 투쟁은 많은 억울한 죽음, 분한 죽음을 낳았고, 그 앞에서 사람들은 망자의 뜻을 이어가겠다고 다짐하며 전사가 되었습니다. 그러나 어떻든 이것은 옛날이야기입니다. 이제 주류 민주화 운동에서는 열사도, 전사도, 이들의 유대도 없습니다. 투쟁 중에 죽은 사람은 있지만 그는 의로운 시민이지 열사는 아니며, 투쟁하는 사람도 자신의 빼앗긴 권리를 주장하는 시민이지 체제 변혁을 원하는 전사는 아닙니다. 과거 열사들의 기일에 모인 사람들도 추모객이지 전사가 아니죠.

그런데 장애인 투쟁에는 주류 민주화 운동에서 사라진 열사와 전사의 유대가 존재합니다. 가장 상징적인 것이 '420투쟁'입니다. 매년 4월 20일 '장애인차별철폐의 날(장애인의 날)'에 맞춰 시위가 벌어지는데요. 한 해 일어나는 시위 중 규모와 강도가 가장 큽니다. 이 투쟁은 3월 26일에 시작되어 한 달 가까이 진행됩니다.

왜 장애인들은 매년 '420투쟁'을 3월 26일에 시작할까요. 이 자리에 있는 우리 모두가 알듯이 이날은 최옥란 열사의 기일입니다. 최옥란 열사의 영혼을 부르는 일, 말하자면 '초혼'이 투쟁의 시작입니다. 매년 망자의 영혼을 부르고 나서 투쟁을 시작합니다. 매우 상징적이죠. 사실 최옥란 열사가 아니어도, 무려 5년간 지속되었던 광화문역 지하 농성장을 비롯해서, 투쟁을 위한 장기 농성장이 차려지면 열사 내지 죽은 동지들의 영정이 자리했습니다.

최근 장애인 언론 『비마이너』가 3부작으로 기획해서 펴낸 책들이 많은 사람의 주목을 받았는데요. 2021년 첫 번째 책 『유언을 만난 세계』가 나왔고 2023년 두 번째 책 『전사들의 노래』가 나왔습니다. 전자는 장애해방열사 8인의 이야기를 담았고, 후자는 지금도 싸우고 있는 장애인 운동가 6인의 이야기를 담았죠. 세 번째 책은 비장애인 운동가의 이야기를 담을 예정이라고 합니다.

이 책들을 기획한 『비마이너』의 강혜민 편집장은 『전사들의 노래』에서 열사의 이야기에서 전사의 이야기로 이어지는 기획에 대해 이렇게 말합니다.

[출근길 지하철 행동 이후] 사람들의 관심은 급작스러웠지만, 전장연은 늘 해오던 투쟁을 여전하게 하고 있을 뿐이다. (…)

사람을 목격한 사람

열사는 살아 있는 자들의 응답이 있을 때만 존재할 수 있으며, 열사의 삶과 죽음을 아는 것은 진보적 장애인 운동의 기원을 아는 것이기 때문이다.

그는 장애인들의 지난 20여 년 투쟁을 열사와 전사의 유대, 망자에 대한 산 자의 응답이라는 관점에서 정리할 필요가 있다고 생각한 겁니다. 장애인들의 지난 투쟁을 지켜본 사람들이라면 이 말을 충분히 납득할 수 있으리라고 생각합니다.

오늘 제가 하려는 이야기도 이와 비슷합니다. 크게 두 가지를 말하고 싶은데요. 하나는 일반적으로 산 자의 투쟁에 함께하는 망자인 '열사'에 대해, 그리고 이들의 개입 형식에 대해 이야기해보려고 합니다. 다른 하나는 장애해방열사들의 독특한 형상에 대한 것인데요. 이들은 영웅이라기보다 '반영웅(안티히어로)'에 가깝습니다. 너무나 가난하고(대체로 노점상을 했다) 무지했으며(맞춤법에 맞는 문장을 구사하지 못했다) 품격 없는 유언을 남긴 사람들이죠. 그런데 지금 장애인들의 투쟁은 이들의 삶과 투쟁, 유언을 계승하고 있습니다. 이 가난하고 무지하며 품격 없는 유언을 남긴 사람들을 이어받는 투쟁이 어떤 의미를 갖는지 살펴보려고 합니다.

2. 불가능한 장례 혹은 떠나지 않는 망자들

제가 이 주제에 관심을 두게 된 계기는 2014년 정태수 열사[*] 12주기 추모제에 참석하면서입니다. 이 추모제는 제가 대학 시절 보았던 추모제와 비슷했습니다. 진행 방식, 무대 전면에 걸린 현수막, 심지어는 추모 문구를 적은 서체도 비슷했습니다. '아직도 이런 게……'라는 생각을 하며 주변을 살폈습니다. 그런데 거기 참석한 장애인들의 시선이 좀 달랐습니다. 망자에 대한 이야기와 사진을 듣고 보는 표정들이 마치 그 망자가 곁에 있다는 듯이 짓고 있다는 생각이 들었습니다. 거리감이 별로 없는 듯했죠. 망자가 죽은 지 오래되지 않아 생전의 그를 기억하는 사람이 많았기 때문이기도 하겠지만, 그의 투쟁이 아직도 진행 중이라는 느낌이 들었습니다. 화면 속 죽은 그가 뛰쳐나와 이야기를 해도 하나도 어색하지 않을 것 같았습니다.

3년 후 '장애해방열사_단'이라는 단체에서 주관하는 장애해방열사배움터에 강사로 초대받았습니다. 당시 장애인들이 공공 일자리를 요구하며 장애인고용공단 서울지부를 점거하고 있었는데 그 자리에서 김순석 열사의 삶에 대해 이야기해달라고 했죠.[**] 사실 저는 그를 모르는 사람이었습니다. 아마도 강연을 부탁하는 방식으로 제게 열사들에 대해 공부하기를 바랐던 게 아닌가 싶습니다. 그 강연을 준비하며 김순석 열사의 삶을 공부했고 그때 처음으로 '산 자의 투쟁에 개입하는 망자'에 대해 생각하게 되었습니다.

열사란 누구인가. 제 생각에 이들은 '사후死後를 살아가는 사람들'입니다. 내세來世에서의 삶을 말하는 것이 아니라 현세現世에서의 삶을 말하는 겁니다. 죽어서도 여기 머무르는 사람들이죠. 어떤 이들을 열사로 만드는 것은 그가 '죽었다'는 사실이 아니라, 죽었음에도 '여기 머문다', 이렇게 말해도 좋다면, 죽어서도 여기 '살아 있다'는 점 때문일 겁니다.

그는 왜 죽어서도 여기 머무는가. 그것은 그가 살았던 삶 때문입니다. 그의 죽음에서 사람들은 그의 삶을 기억합니다. 그가 살고자 했던 삶, 그가 살았던 삶, 그가 살리고자 했던 삶을 기억합니다. 그러나 그가 모범적인 삶, 완성된 삶을 살았다는 뜻은 아닙니다. 이 점에서, 제가 종종 대비하는 예입니다만, 열사들은 소크라테스와 다릅니다. 말하자면 소크라테스는 열사가 아닙니다. 어찌 보면 그도 억울한 죽음을 당했지만 열사는 아닙니다. 그의 삶은 죽기 전에 완성 내지 치유되었기 때문입니다. 소크라테스가 크리톤에게 남긴 그 유명한 유언, "아스클레피오스에게 닭 한 마리를 빚졌네. 내 빚을 갚아주게. 잊지 말게"가 그것을 말해줍니다. 의술의

신인 아스클레피오스에게 빚을 갚아야 한다는 말은 죽음을 앞두고 삶이 모두 치유되었다는 뜻입니다.

열사는 죽어서도 여기 머문다고 했는데요. 소크라테스는 아무런 미련 없이 떠납니다. 크리톤이 어떤 식의 매장을 원하느냐고 묻자 소크라테스가 웃으며 되묻습니다. 자네들은 정말로 나를 붙들어둘 수 있다고 생각하느냐고. 그러고는 말하지요. "나는 더 이상 자네들 곁에 머물지 않고, 저 축복받은 자들의 행복한 세상으로 떠나가게 될 것"이라고요.

열사들의 삶과 죽음, 유언은 이와 다릅니다. 열사는 완성된 삶을 살지 못했습니다. 그에게는 어떤 '못다 함'이 있습니다. 육신의 소멸로 사라지지 않는 어떤 '한 맺힘'이 있습니다. 이 때문에 이들은 '축복받은 자들의 행복한 세상'으로 떠나지 못합니다. 이들은 죽어서도 여기에 머뭅니다. 그래서 유언이 소크라테스처럼 고상하지 않습니다. 장애해방열사들은 한결같이 자신이 못다 한 무언가에 대해 함께해달라고 요구합니다. 최정환 열사는 "복수해달라"라고 했죠.

이것 때문에 열사들의 장례식에서는 소크라테스의 죽음에서 보이는 슬프지만 평온한 장면이 연출되지 않습니다. 평온하기는커녕 격렬한 투쟁이 일어납니다. 망자가 떠나길 거부했고 산 자가 보내길 거부하기에, 망자를 저 세계로 배응하는 의미에서의 장례는 실패하고 맙니다. 열사의 장례는 실패한 장례, 불가능한 장례입니다. 그래서 매년 장례식이 반복됩니다. 더 정확히 말하면 실패의 반복, 불가능의 반복입니다. 이 실패, 이 불가능, 다시 말해 '망자를 이대로 떠나보낼 수 없음'이야말로 망자의 요구에 부합하는 것이기도 합니다. 바꾸어 말하면 여기서는 망자를 떠나보내지 않은 장례만이 가능합니다. 투쟁으로서 애도, 애도로서 투쟁이 나타나는 겁니다.

더글러스 크림프Douglas Crimp가 1989년에 쓴 「애도와 투쟁」이라는 글이 있습니다. 1980년대 에이즈 위기를 배경으로 한 글입니다. 게이에 대한 혐오가 절정에 달했던 때죠. 게이들은 속수무책의 상황에 있었습니다. 여기저기서 자신의 동료와 연인이 사회적 혐오와 주변의 외면 속에서 죽어가는 것을 보아야 했습니다. 많은 게이들이 극심한 우울 상태에 빠져들었죠. 당시 크림프는 에이즈 문제에 정부가 개입할 것을 촉구하고 동료들에게도 탄압에 맞서 다양한 형태의 직접행동을 전개할 연대 조직을 만들자고 호소했습니다. 이런 호소에 부응하여 게이와 레즈비언 활동가의 연대체가 만들어졌는데요. 바로 '액트업ACT UP'입니다.

크림프의 글 그리고 액트업 투쟁의 독특함은 어디에

있을까요? 이들은 별개의 것, 심지어 상반되는 것으로 간주되어온 두 가지를 결합했습니다. '애도'와 '투쟁'입니다. '더 이상 슬퍼하지 말고 투쟁하라'는 말이 있죠. 애도는 개인의 정서 반응이고 투쟁은 공적 운동입니다. 전자가 사적이라면 후자는 공적이고, 전자가 심리적이라면 후자는 정치적이며, 전자가 정서적이라면 후자는 이성적입니다. 그런데 크림프는 둘을 따로 보지 않았습니다. 액트업 운동에서는 개인의 감당할 수 없는 슬픔을 공적 공간에서 상연하는 형식으로 투쟁합니다. 견딜 수 없는 슬픔, 해결되지 않는 트라우마를 공적 공간에서 정치적으로 표출합니다.

보통 사람들은 슬픔에서 벗어나기 위해서는 과거를 떨쳐내야 한다고 말합니다만, 이들은 과거를 떨쳐내지 않습니다. 사부 코소의 『뉴욕열전』에 따르면, 오히려 "과거에 대해 계속 고집하는 것, 죽은 자와 함께 존재하는 것이 이 운동의 힘의 원동력"입니다. 1992년 10월, 액트업이 벌인 '정치적 장례식' 투쟁이 좋은 예입니다. 워싱턴에서 에이즈로 죽은 고인들을 추모하는 전시가 열렸는데 액트업은 이때 '애시즈 액션Ashes Action'에 나섰습니다. '애시즈 액션'이란 시신을 화장한 재를 뿌리는 행동입니다.

이 행동은 그해 죽은 영화감독 데이비드 워나로비치

David Wojnarowicz가 상상했던 것이기도 합니다.

> 나는 이런 상상을 해봤다. 연인이나 친구, 그리고 그 밖의 사
> 람들이 이런 병으로 죽을 때마다 연인과 친구, 그리고 이웃
> 들이 차에 시체를 쌓고서, 시속 100마일로 워싱턴에 달려가
> 백악관 문을 부수고, 현관 앞에서 목이 째져라 소리를 지르
> 고, 입구 계단에 사체를 던져버리면 어떨까 하고.

그런데 워나로비치가 죽었을 때 그가 상상했던 일이
일어났습니다. 이 행동에는 8000명 가까운 사람들이 참여
했는데요. 경찰 저지선을 뚫고 죽은 친구나 가족을 화장한
재를 들고 와서 백악관 잔디밭에 뿌렸다고 합니다.

여기 계신 분들은 이 심정을 짐작할 수 있으리라 생각
합니다. 그냥 아프고 그냥 화가 납니다. 소리를 마구 질러대
고 싶습니다. 물론 이런 식으로 해서는 아무것도 바꿀 수 없
다는 것도 압니다. 정신을 가다듬고 이성적으로 대처해야
겠지요. 논리를 세우고 조직을 만들어야 합니다. 하지만 동
료들의 죽음 속에서 우울하고 무력해져만 갑니다. 그런데
액트업의 정치적 장례식은 엉엉 울고 화내고 소리 지르는
행동을 투쟁에서 내버리지 않았습니다. 오히려 거기서 출

발했습니다. 아픔과 분노, 답답함, 먹먹함. 이 모든 정서를 이성의 언어로 바꿔버리는 대신, 그 정서에 귀를 기울이고 그것들을 돌보고 때로는 쏟아낸 것입니다.

　세상에서 배제되거나 주변으로 밀려난 존재들, 장애인과 같은 소수자의 경우에는 이것이 정말로 중요합니다. 세상에 존재하지 않는 듯, 죽은 채로 지내온 사람들, 그런 동료가 자기 곁에서 사라지는 것을 지켜보는 일은 정서적으로 너무나 받아들이기 힘듭니다. 죽은 채로 지내온 사람이 정말로 죽어버린 것, 세상에 존재하지 않은 듯 살았던 사람이 정말로 존재하지 않게 되는 사건을 겪게 되면 심각한 우울증이 찾아들 수 있습니다. 이성과 논리, 조직, 제도만으로는 이 문제를 풀어내기 어렵습니다. 장례 투쟁, 즉 애도와 투쟁의 결합이 필요한 이유가 여기에 있습니다.

　'죽은 사람은 죽었고 산 사람은 살아야 한다'는 말은 옳은 말이지만 마음에 닿지 않는 말입니다. 장애인들의 장례 투쟁을 보면 '그는 살지 않았으므로 죽을 수 없다' 혹은 '그는 좀 더 산 뒤에만 죽을 수 있다'는 메시지가 읽힙니다. 죽은 자를 그냥 떠나보내지 않아야 살 수 있는 힘이 생깁니다. 2014년 송국현의 장례식 때가 생각납니다. 그는 오른쪽 팔과 다리를 쓸 수 없고 언어장애를 가진 탈시설 중증 장애인이었습니다. 하지만 그는 활동 지원 서비스를 제공받지 못했습니다. 장애 등급 3급 판정을 받았기 때문입니다. 이 판정이 얼마나 어이없는 것이었는지는 며칠 후 드러났죠. 아주 끔찍한 사건으로. 장애인심사센터를 찾아가 심사의 부당함을 호소하고 돌아온 사흘 뒤 그의 집에 화재가 났습니다. 타인의 지원 없이는 걸을 수 없었던 그는 침대에서 그대로 불타 죽었습니다.

그의 시신을 곁에 둔 채로 참 치열하게 싸웠습니다. 그 결과 활동 지원 서비스 신청 자격이 3급까지 확대되었고 이후 장애 등급제 폐지 쪽으로 나아가게 되었습니다. 일정한 합의가 이루어진 뒤 장례식이 거행되었습니다. 운구 행렬이 시청 앞에 왔을 때입니다. 거기서 간단한 노제를 진행하는가 싶더니 시청 앞 광장에 시신을 담은 관을 내려놓았습니다. 아무리 장례 투쟁이라고 해도 관을 직접 내려놓는 경우는 없습니다. 빈 상여를 두거나 빈 관을 퍼포먼스로 내려놓는 경우가 있기는 합니다만. 그런데 그날은 실제 시신이 든 관을 내려놓고 곡을 했습니다. 난리가 났죠. 경찰들이 이를 막기 위해 뛰어들었습니다.

저는 이 장면을 이렇게 읽었습니다. 송국현을 이대로 보낼 수는 없다는 거죠. 그에게는 서울시장에게 할 말이 있습니다. 여기서 그 말을 하라는 겁니다. 여기서 더 따져야 하고 더 싸워야 하고 더 외쳐야 합니다. 한마디로 더 살아야 합니다. 이대로 보낼 수는 없습니다. 결국 끝나지 않은 장례식입니다. 비단 송국현의 장례식만이 아닙니다. 지난 장애인들의 투쟁을 보면 죽은 자를 그대로 보내지 않고 계속 잡아둔다는 것을 알 수 있습니다. 저는 지난 20여 년간 장애인들이 긴 장례 투쟁 중에 있다고도 생각합니다.

3. 망자의 요구와 맹세

우리는 왜 이미 떠난 사람들을 붙드는가. 그런데 이번 강연을 준비하면서 저는 그것이 우리의 의지만은 아니라는 생각이 들었습니다. 우리가 그들을 떠나지 못하게 붙드는 듯이 말하지만 사실은 우리가 그들에게 붙들린 건 아닌가, 우리는 그들이 죽어서도 우리와 함께하기를 바라지만 사실은 그들이야말로 우리에게 함께하기를 요구하는 건 아닌가 하는 생각이 들었습니다.

열사들, 즉 산 자의 투쟁에 개입하는 망자에 대해 생각하며 전태일 열사의 유서를 다시 읽어보았습니다. 그는 유서에 이렇게 적었습니다.

사랑하는 친우여, 받아 읽어주게. / 친우여, 나를 아는 모든 나여. / 나를 모르는 모든 나여. / 부탁이 있네. 나를, 지금 이 순간의 나를 영원히 잊지 말아주게. / 그리고 바라네. 그대들 소중한 추억의 서재에 간직하여주게. (…) 그대들이 아는, 그대 영역의 일부인 나. / 그대들의 앉은 좌석에 보이지 않게 참석했네. / 미안하네. 용서하게. 테이블 중간에 나의 좌석을 마련하여주게. / 원섭이와 재철이 중간이면 더욱 좋겠네. / 좌석을 마련했으면 내 말을 들어주게. / 그대들이 아는, 그대들의 전체의 일부인 나. / 힘에 겨워 힘에 겨워 굴리다 다 못 굴린, 그리고 또 굴려야 할 덩이를 나의 나인 그대들에게 맡긴 채, / 잠시 다니러 간다네. 잠시 쉬러 간다네. / 어쩌면 반지의 무게와 총칼의 질타에 구애되지 않을지도 모르는, 않기를 바라는, 이 순간 이후의 세계에서, / 내 생애 못다 굴린 덩이를, 덩이를, 목적지까지 굴리려 하네. / 이 순간 이후의 세계에서 또다시 추방당한다 하더라도, / 굴리는 데, 굴리는 데, 도울 수만 있다면, / 이룰 수만 있다면.

전태일 열사의 유서를 보면 우리의 '잊지 않겠다' 이전에 열사의 '잊지 말아주게'가 있습니다. 그리고 우리의 '곁에 머물러달라' 이전에 열사의 '나의 좌석을 마련하여주게'가 있습니다. 또한 우리의 '끝까지 투쟁하겠다' 이전에 투쟁에 대한 열사의 다짐, 즉 '잠시 쉬러 가지만' 거기서도 계속해서 '목적지까지 굴리려 한다'는 다짐, '다시 추방된다 하더라도' 계속해서 굴리겠다고 하는 다짐이 있습니다. 그가 먼저 요구합니다. 그가 먼저 다짐합니다.

열사란 누구인가. 저는 이렇게 생각합니다. 그는 죽은 뒤에도 우리에게 잊지 말 것을 요구하는 사람이고, 우리 곁을 떠난 뒤에도 우리에게 곁을 내어달라고 말하는 사람입니다. 우리가 말하기 이전에 그가 말하고, 우리가 다짐하기 이전에 그가 다짐하며, 우리가 맹세하기 이전에 그가 맹세합니다. 결국에 열사의 말, 열사의 의지를 계승하겠다고 말하는 사람은 열사의 맹세에 따라서 맹세하는 사람, 그로써 망자와 언약을 맺게 된 사람입니다.

'장애해방열사_단'에서 제게 요청한 강연 주제는 '열사 추모의 의미와 계승'이었습니다. 참 딱딱한 말이지요. 추모하고 계승한다는 것, 그것은 아마도 응답일 겁니다. 열사의 잊지 말라는 요구, 곁을 내어달라는 요구, 그대들 전체의 일부로 나를 받아들여달라는 요구, '나의 나'가 되어달라는 요구에 대한, 그리고 돌아오겠다는 다짐과 맹세에 대한 응답 말입니다.

응답한다는 건 뭘까요. 전태일 열사의 유서를 놓고 이야기해볼까요. 그것은 망자에게 곁을 내어주는 것, 자리를 내어주는 것이 되겠지요. 우리의 일부로서 그를 인정하는 겁니다. 그는 우리를 향해 '나의 나'라고 불렀습니다. 그렇다면 응답은 그를 향해 '나의 나'라고 부르는 일이 될 겁니다. 그가 '나의 나'임을 받아들이는 겁니다.

응답한다는 것은 그를 불러오는 일이 아닙니다. 그는 우리가 소환한 유령이 아닙니다. 우리의 요구와 상관없이 그는 여기에 있기 때문입니다. 전태일이 친구들에게 "용서하게"라고 말한 것은 그런 이유겠지요. 그는 우리 허락 없이 이미 우리 곁에 와 있는 사람입니다. 그는 이렇게 말합니다. "그대들의 앉은 좌석에 보이지 않게 참석했네. 미안하네. 용서하게." 여기 있는 것은 그의 의지입니다. 그렇다면 그는 우리에게 무엇을 요구하는 걸까요. 바로 '자리'입니다. 곁을 내어달라는 것, 함께하게 해달라는 것, 우리의 일부로, 나의 일부로 자신을 받아들여달라는 것, 그래서 우리와 함께, 우리로서 투쟁할 수 있게 해달라는 것이죠. 열사를 계승한다는 것은 이런 요구에 응답하는 것입니다.

저는 『전태일 평전』을 세 번쯤 읽었습니다. 처음 읽은 것은 대학 신입생 때입니다. 당시에는 신입생을 위한 일종의 시각 교정 프로그램이 있었습니다. '언러닝unlearning'이라고 하나요. 고등학교 때까지 배웠던 것, 군사정권 시절 주입된 교육을 모두 지우고 새로 배우는 겁니다. 이를 위해 많이 읽었던 책들 중 하나가 『전태일 평전』이었습니다. 제가 읽은 것은 개정되기 이전의 책인 『어느 청년 노동자의 삶과 죽음』인데요. 제게 전태일은 위대한 성자처럼 느껴졌습니다. 1960년대 처참했던 노동환경과 여공의 삶에 대해서도 알게 되었고요. 하지만 어떤 거리감이 있었습니다. 이 위대한 성자는 너무 숭고해서 제가 그 삶을 도저히 흉내 낼 수 없었고, 1960년대의 혹독한 현실은 역사여서 1990년대의 제게는 현재가 아니었습니다.

이듬해 저는 『전태일 평전』을 다시 읽었습니다. 후배를 지도하는 선배로서 읽었습니다. 그때 제 마음은 무척 어두웠습니다. 제게는 딱지가 채 떨어지지 않은 마음의 상처가 있었습니다. 그해 이른 봄에 있었던 국회의원 선거에서 어느 노동자 후보의 선거 운동을 도왔는데요. 제가 하는 일은 홍보물을 시민들에게 나눠주거나 대문에 꽂아두는 것이었습니다. 어느 날 퇴근 시간에 구로공단역에서 홍보 활동을 했습니다. 보통은 선배들이 연설하고 저는 홍보물을 돌리는데요. 그날은 제게 노동자들 앞에서 연설을 해보라고 했습니다. '못 할 것도 없지' 하는 마음으로 선배들의 말을 흉내 내며, 노동자의 정치 세력화가 필요하다고, 그러려면 노동자 후보를 찍어야 한다고 외쳤습니다. 그때 얼굴이 불쾌해진 한 분이 비틀거리며 다가오더군요. 그러더니 제 뺨을 후려쳤습니다. 그러면서 말했습니다. "네가 노동자를 알아?" 선배들이 상황을 수습했습니다만, 유세는 거기서 끝났고 저는 완전히 기가 꺾이고 말았습니다. 그날 이후 선거 운동을 어떻게 했는지 기억이 나지 않습니다.

선거 결과는 좋지 않았습니다. 캠프를 해단하며 회식을 했습니다. 술을 마시는데 옆자리에 앉은, 제가 '누나'라고 부르던 여성 노동자의 손이 화상 자국으로 덮여 있는 것을 보았습니다. 저를 보더니 "아, 고무장갑……" 하며 사연을 말해주더군요. 의류 공장에서 일을 했다는데요. 추석 대목 같은 때에는 며칠 밤을 새워 일한다고 합니다. 그럴 때는 각성제인 '타이밍'을 한 알 먹는데 그날은 두 알을 먹었답니다. 약을 먹는다고 힘이 솟구치는 건 아닙니다. 그냥 깨어만 있을 뿐 몸이 무감각해집니다. 일을 마치고 숙소에 돌아와 머리를 감았답니다. 뜨거운 물을 부었는데도 뜨겁지 않아 계속 부었답니다. 그때 룸메이트 친구가 머리 감는 그를 보며 말했답니다. "너는 무슨 고무장갑을 끼고 머리를 감아."

그 자리에 있던 젊은 노동자는 원양어선을 탈 거라고 말했습니다. 노동조합을 만들다 해고되었고 몇 년째 복직 투쟁을 벌여왔는데요. 복직 가망이 없고 어차피 블랙리스트에 올라 다른 곳에 취업할 수도 없을 거라고 했습니다. 그래서 이번 선거만 돕고 원양어선을 탈 생각이라고 했죠. 원양어선을 탄다는 것은, 탄광에 빗대자면 '막장'에 간다는 뜻입니다.

타이밍과 고무장갑, 원양어선. 그것은 1960년대 이야기가 아니었습니다. 당시 제게 '현재'의 이야기였죠. 제 정신은 그때 뺨을 맞았고, 타이밍과 고무장갑, 원양어선이라는 이름의 흉터가 남았습니다. 개강 즈음해서 대학에 돌아왔는데, 마음에 불이 꺼진 듯 무척 어두웠습니다.

그해 후배들이 서울 신대방동에 가자고 했습니다. 지금은 아파트 단지가 들어섰지만 빈민들이 살던 곳이었습니다. 제가 갔을 때는 이미 많은 철거민들이 회유와 탄압을 못 이기고 이주한 뒤였지요. 그래도 수십 가구가 남아서 농성장을 차려놓고 싸우고 있었습니다. 용역이나 경찰과 직접적인 충돌은 없었습니다. 뒤늦게 결합한 저희가 한 일이라고는 밥 먹고 아이들 공부를 챙겨주고 함께 노는 것, 그리고 어른들과 술잔을 기울이며 위로하는 것 정도였죠. 이듬해가 투쟁은 별 성과 없이 끝났습니다. 이런 투쟁에서는 마지막 시간이 참 힘듭니다. 오랜 투쟁으로 감정이 메말라 푸석푸석해진 상태에서, 가장 마지막까지 남은 사람들, 서로에 대해 마지막까지 믿음을 지킨 사람들이 서로 싸우게 되니까요. 결국에 제가 한 일이라고는 그곳 대표로서 끝까지 자리를 지켰던 '신대방 삼촌'과 술잔을 몇 차례 기울인 것이 전부였습니다.

저는 대학으로 돌아왔고 대학원에 진학했습니다. 대학원에서 사회과학자, 철학자의 책을 읽고 글 쓰고 강의하며 그렇게 지냈습니다. 타이밍과 고무장갑, 원양어선, 신대방 삼촌…… 이 모든 것은 기억의 다락 어딘가에 던져놓고 돌아보지 않았습니다.

시간이 많이 흘렀습니다. 2009년에 『전태일 평전』을 다시 읽게 되었습니다. 전태일 열사 39주기를 맞아 개정판이 발간되었고, 이를 축하하는 자리에 강연자로 초대되었습니다.** 17년 만에 이 책을 다시 읽은 것인데요. 이유는 모르겠지만 책이 그렇게 어둡게 느껴지지 않았습니다. 무엇보다 전태일이 '부스러기'라고 불렀던 존재들, 부와 권력의 세계('덩어리')에서 추방된 존재들에 눈이 갔습니다. 전태일은 그들을 자신이 "위로해야 할 나의 전체의 일부"라고 불렀습니다. 다리 아래서 잠을 청하는 노숙인, 껌팔이, 신문팔이, 학교에 다니지 못한 무학자, 집을 잃을 철거민, 공사판 날품팔이, 장시간 저임금 노동자 같은 이들이죠. 전태일은 자기 눈앞의 이들을 자기 안에 있는 존재로 느꼈습니다. 그는 그들을 겪었고 그들에게서 자신을 보았습니다.

생각해보면, 이들이야말로 전태일이 남긴 유서의 수신인들입니다. 그가 "사랑하는 친우여, 받아 읽어주게"라고 했을 때 그 '친우'입니다. 전태일은 이들 중 한 사람이고("그대들의 전체의 일부인 나"), 이들은 전태일의 일부("나의 전체의 일부")입니다. 전태일이 "나를 아는 모든 나여, 나를 모르는 모든 나여"라고 부를 때 그 부름을 받는 사람들이라고 할 수 있습니다. 전태일 이전에도 있었고 전태일 이후에도 있을 이들은 전태일이 말하는 '나의 일부'이고, 전태일이 일부로 받아들여달라고 말하는 '그대들'입니다. 빈민, 노숙인, 노점상, 철거민, 무학자, 여성, 노동자들 말입니다.

2009년 강연을 준비하며 놀라운 경험을 했습니다. 『전태일 평전』을 읽는데 17년 전의 타이밍과 고무장갑, 원양어선, 신대방 삼촌 등이 자동으로 떠오르는 걸 느꼈습니다. 제가 어디에 방치했는지조차 모르는 저의 일부가 전태일의 부름을 듣고 맹렬히 고개를 쳐들고 있음을 느꼈습니다. 왜 이들이 떠올랐는지 모르겠습니다. 다만 저는 이들이 전태일이 제게 들어와 있는 곳, 말하자면 전태일의 영역임을 직감합니다. 저는 열사를 계승한다는 것은 이처럼 그의 자리, 그의 이야기, 그의 요구와 더불어 벌겋게 달구어지는 어떤 영역을 자기 안에서 확인하는 일이 아닐까 생각합니다.

4. 품격 없는 유언

이 점에서 장애인 운동에서 열사를 추모하고 계승하는 일은 열사를 영웅으로 만드는 일일 수 없다고 생각합니다. 언제부턴가 한국 사회에서는 영웅이라는 말이 유행하고 있습니다. 독립운동가부터 한국전쟁 참전 군인까지 모두가 영웅 칭호를 받습니다. 좌우 막론하고 자신들이 존경하는 인물의 가슴에 영웅이라는 말을 훈장처럼 달아줍니다.

과연 장애해방열사들은 영웅일까요. 영웅이란 비범하게 뛰어난 자, 평범한 사람은 결코 살 수 없는 인생을 사는 자, 비범한 능력으로 다른 사람을 구원하는 자입니다. 장애해방열사들은 그리고 전태일 열사는 그런 존재일까요. 우리는 이들을 그렇게 간주해야 할까요.

니체는 『안티크리스트』에서 예수를 '영웅'으로 그렸던

에르네스트 르낭을 강하게 비판한 적이 있습니다.

> 무언가 복음에 맞지 않는 게 있다면 그것은 바로 영웅 개념
> 이다. (…) '기쁜 소식'이란 무엇을 의미하는가? 참된 삶, 영원
> 한 삶이 발견되었다는 것. (…) 이런 삶은 거기, 너희 안에 있
> 다는 것. (…) 누구든지 다 신의 자식이다 — 예수는 결코 자
> 기 자신에게만 적용되는 것은 아무것도 없다고 주장한다 —
> 신의 자식으로서 누구든 다 서로 동등하다…… 그런데 [이
> 런] 예수를 영웅으로 만들어놓다니!

니체는 예수를 '천재'로 그리는 것에도 반대했습니다.
그에 따르면 예수는 차라리 '순진한 바보'였다고 할 수 있습
니다. 생각해보십시오. 2천 년도 더 된 이야기입니다. 게다
가 예수는 예루살렘이 아닌 나사렛에서 목수의 아들로 태
어났습니다. 그는 소위 '문화' 내지 '문명'을 모르고 지냈습니
다. 니체에 따르면 그는 단지 '내면의 빛', '내적인 기쁨과 자
기 긍정'만을 가졌던 사람입니다. 그것으로 충분했습니다.
그는 그것으로 율법, 공식, 신앙에 맞섰던 인물입니다. 이를
테면 아픈 사람을 보았으면 설령 그날이 주일이었다 해도
의사로서 치료해주는 것이 사는 법에 맞습니다. 율법에 주

사람을 목격한 사람

일의 노동이 금지되어 있다고 해도 말이지요. 사는 법을 아는 것과 법대로 사는 것은 다릅니다.

니체에 따르면 예수는 신을 만나기 위한 어떤 공식도, 어떤 의례도 필요로 하지 않았습니다. 공식이니 의례니 하는 따위는 엘리트, 지식인이나 잘 아는 것이죠. 예수는 오직 '신의 자식'임을 느끼기 위한 실천, '천국'을 느끼기 위한 실천만을 알았습니다. 구원에 필요한 것은 '새로운 변화'이지 '새로운 신앙'이 아니라고요. 말하자면 니체가 바라본 예수는 천재나 영웅이 아닙니다. 어떤 점에서 그는 바보, 전태일의 용어로 말하자면 부스러기입니다. 그런데 이 바보가 율법을 멈추었고, 이 부스러기가 덩어리를 해체한 겁니다.

장애해방열사에 대해서도 똑같은 말을 할 수 있다고 봅니다. 이들은 결코 우리가 숭배해야 할 영웅이 아닙니다. 그런 영웅은 전태일의 유서에 나오는 "원섭이와 재철이 중간"에 앉을 수 없습니다. 원섭이나 재철이 같은 사람, 그들의 일부가 될 수 있는 사람이 아니니까요.

제게 강연을 의뢰한 '장애해방열사_단'의 김종환에 따르면, 장애해방열사들의 경우 '민족민주열사추모연대' 등이 매년 진행하는 범국민 추모제 안장 명단에 들어가기가 처음엔 쉽지 않았다고 합니다. '도대체 장애인 운동이라는 게 뭐냐? 그런 운동을 해도 열사냐? 겨우 먹고살기 위해 발버둥 치다 죽은 것 아니냐?'라는 식의 말을 들었다고 했습니다. 이들이 민족과 민중의 대의를 위해 영웅적 행동을 한 것은 아니라는 의미일 겁니다.

기분 나쁜 말이지만 가히 틀린 말도 아닙니다. 장애해방열사들, 이를테면 『유언을 만난 세계』에 그 삶이 소개된 김순석, 최정환, 이덕인, 박홍수, 정태수, 최옥란, 박기연, 우동민 열사는 사람들이 통상적으로 생각하는 영웅 기준에 한참 모자란 사람들입니다. 대부분이 가난한 노점상이었고 못 배운 사람들이었죠. 이들이 남긴 유서의 문장들은 맞춤법에 맞지 않고 글씨도 비뚤배뚤 제멋대로입니다. 최옥란 열사가 노트에 적은 유서 한 대목을 볼까요. "나의 주위 계신은 동료 여러분에게 부탁이 있읍니다. 네 이루어지지 안는 것들을 꼭 이어주십시요. 나의 시신은 화장해서 두망강에 뿌려주세요."

이들은 품위 있는 유언도 남기지 못했습니다. 최정환 열사가 남긴 말은 "복수해달라"였지요. 이들의 요구 또한 그렇습니다. 이들은 민족 통일, 민중 해방을 외치며 죽은 사람들이 아닙니다. 이들이 죽음을 각오하고 혹은 죽어가며 외쳤던 것은 이런 것들입니다. '서울 거리의 턱을 없애달라',

'기초생활수급비를 현실화해달라', '노점이라도 할 수 있게 해달라', 그도 아니면 '단속 과정에서 빼앗아 간 스피커와 배터리라도 돌려달라'. 이들이 어긴 법도 그렇습니다. 국가보안법 같은 것이 아닙니다. 김순석 열사는 횡단보도가 아닌 곳에서 도로를 건너다 경찰에 붙잡혔고, 최정환 열사는 불법 노점 단속에 걸렸습니다. 말하자면 이들은 공안 사범이 아니라 경범죄 내지 과태료 등의 행정처분을 받은 사람들입니다.

여기 어디 영웅이 있습니까. 이들은 '히어로'가 아니라 '안티히어로'입니다. 이들은 우리가 범접하기 힘든 비범한 존재가 아닙니다. 오히려 평범에도 미치지 못하는 존재죠. 지금 이 자리에 참석한 분들과 다르지 않습니다. 사실은 닮아도 너무 닮았습니다. 이들은 "목을 축여줄 한 모금의 물을 마시려고 그놈의 문턱과 싸워야"(김순석) 하는 사람들이었고, 학교를 다니는 것이 거의 불가능한 사람들이었으며, 마땅한 일자리가 없어 노점이라도 해야 하는 사람들이었습니다. 이들은 현재의 장애인, 지금 여기 계신 분들이 좌절하는 그 일들로 좌절했고, 지금 여기 계신 분들이 분노하는 일들에 분노했으며, 지금 여기 계신 분들이 싸우고 있는 일들로 싸웠던 사람들입니다.

그러니까 열사들은 지금 여기 우리 같은 사람들, 말하자면 우리 부류, 우리의 일부입니다. 적어도 장애해방열사들은 그렇습니다. 이들은 현자도, 성자도, 위인도 아닙니다. 지금 이 순간 여기 어딘가에 앉아 있어도 이상할 게 없는 사람들입니다. 우리와 출근길 지하철 행동에 함께하고 있어도 어색할 게 없는 사람들입니다. 똑같이 못 배웠고 똑같이 가난한, 그리고 똑같이 분노하고 똑같이 투쟁했던 사람들입니다. 지난 20여 년간 우리는 이들과 함께, 이들이 되어, 이들로서 함께 투쟁했다고 할 수 있습니다.

김종환으로부터 '장애해방열사·희생자 표'라는 제목의 문서를 건네받았습니다. 이 문서에는 김순석에서 시작해 김동호로 끝나는 62인의 장애인 명단이 정리되어 있었습니다. 그런데 제목과 달리 명단에는 '열사'와 '희생자' 표기가 따로 없었습니다. 제목에는 '열사·희생자'라고 되어 있는데 명단 중 몇 번까지가 '열사'이고 몇 번까지가 '희생자'인지 알 수 없었죠. 그 이유를 짐작하기란 어렵지 않습니다. 둘의 구분이 사실상 불가능하니까요. 그것은 장애인 운동에서 어디까지가 생존이고 어디부터가 투쟁인가를 나누는 것만큼이나 어려운 일입니다.

장애해방열사들의 투쟁은 생존과 깊이 연관되어 있고

삶의 의지는 투쟁의 의지와 깊이 연관되어 있습니다. 사회로부터 사실상 삶을 거부당한 자가 필사적으로 살고자 한다면 그 생존에 대한 열정은 사회변혁에 대한 열정과 무관할 수 없습니다. 물론 이것은 민족이나 계급의 대의를 위해 자기 삶을 희생한 위인의 것과는 다릅니다. 현인이나 위인, 성자와 달리 이들은 이 사회에서 살아보겠다고 분투해온 사람들입니다. 그런데 저는 이런 이들이 열사인 것이 자랑스럽습니다. 지금의 장애인 운동이 이들을 열사라고 부르는 것이 자랑스럽습니다. 우리만큼 못 배웠고 우리만큼 가난한 이들, 내 곁에 있어도 좋을, 꼭 그럴 것만 같은 이들이 우리의 열사인 것이 자랑스럽습니다.

5. 억압받는 자들의 위대한 약력

여러 이유로 망설여집니다만 개인적인 이야기를 좀 할까 합니다. 작년(2022) 1월 어머니를 떠나보냈습니다. 그런데 어머니 통장에 얼마간의 돈이 있었습니다. 가족들끼리 이 돈을 어떻게 할지 고민하다 큰돈은 아니지만 의미 있게 쓰자고 했습니다. 어머니가 해보고 싶었지만 가난한 살림 때문에 하지 못했을 일을 해보자고요. 기부 같은 것 말입니다.

가난한 사람들이 대개 그렇습니다. 힘든 사람을 보면 그 처지를 알기에 눈물을 쏟으면서도, 적은 돈이라도 생기면 가족, 특히 자식을 생각해 손에 꼭 쥡니다. 저희 어머니도 그러셨습니다. 적은 돈이라도 생기면 제 호주머니에 몰래 찔러넣으셨지 가난한 누군가에게 건네본 적이 없을 겁니다. 저희는 어머니 돈의 일부를 김포장애인야학에 기부했습니다.

그런데 야학에서 어머니 정귀덕의 이름으로 장학금을 만들고 매년 학생들에게 수여하겠다고 했습니다. 그러면서 어머니 약력을 보내달라고 했죠. 약력을 어떻게 써야 할지 난감했습니다. 어머니에게는 약력이라고 내세울 만한 것이 없었으니까요. 학교를 마친 것도 아니고, 사업을 한 것도 아니고, 번듯한 직장을 다니지도 못했고, 시민 단체에서 봉사활동을 한 경력도 없었습니다. 학력이라고는 식민지에서 해방되던 때 초등학교 2년을 다닌 것이 전부였지요. 어머니의 읽기는 느렸고 셈은 간단한 것만 가능했으며 어머니가 쓴 문장들은 맞춤법에 맞지 않은 게 많았습니다. 어머니는 20대 중반에 결혼해서 5남매를 낳았습니다. 땅이 없어서 친척들의 논을 소작했습니다. 40대 후반, 아이들을 어떻게든 교육시켜야 한다며 도시 변두리로 이사를 했습니다. 그곳의 돼지를 키우는 공장식 축산 농장에서 아버지와 농장 노동자로 일했습니다. 그곳은 동물에게는 말할 것도 없고, 노동자에게도 끔찍한 곳이었습니다. 3년이나 지났을까, 아버지가 쓰러지셨죠. 어머니는 다른 일자리를 구해야 했습니다. 식당 노동자로 일하셨죠. 이후 아버지가 돌아가실 때까지 간병을 하셨고요. 제가 어머니의 생몰연도 사이에 적은 약력이라는 것은 소작농, 농장 노동자, 식당 노동자, 간병인이 다였습니다. 어머니 세대 여느 가난한 민중과 다를 바 없는 삶이죠. 그런데 이 약력을 적고 보니 그 누구의 것보다 위대한 약력으로 보이는 겁니다.

사실 제가 어머니의 약력에서 위대함을 본 것은 언젠가 최옥란 열사의 약력을 보았을 때의 감정이 떠올랐기 때문입니다. 제가 신문에 처음 고정 칼럼을 쓴 것이 20년 전인데요. 그때 첫 칼럼의 제목이 '최옥란을 기억하며'였습니다.•• 당시 저는 장애인 운동에 대해 아무것도 모르는 젊은 연구자였습니다. 다만 최옥란 열사의 이야기를 TV에서 보았고, 그의 죽음을 전후하여 몇몇 신문 기사를 읽었을 뿐입니다. 『한겨레』에 실린 그의 약력입니다.

그는 경기도 파주 미군기지촌 주변 빈민의 딸이었다. 그는 정규교육이라고는 초등학교 1학년까지밖에 받지 못한 뇌성

마비 1급 장애인이었다. 편모슬하에서 성장한 그는 결혼한 뒤에는 양육권을 빼앗긴 이혼녀였다. 그는 또 일정한 벌이가 없어 정부로부터 생계비를 지급받는 기초생활 보장제 수급권자였다.

그런데 그는 또한 투사였습니다. 결혼 전부터 장애인 인권 운동에 나섰고, 결혼 후에도 장애인 이동권 보장과 국민기초생활 보장법 현실화를 위해서, 그리고 아들의 양육권을 되찾기 위해서 투쟁했던 사람이었습니다. 그는 살기 위해 분투했습니다.

최옥란. 바로 이 사람이 매년 '420투쟁'의 시작을 알리며 우리가 부르는 이름입니다. 그는 빈민의 딸이었고, 무학자였으며, 장애인이었고, 여성이었고, 이혼녀였으며, 양육권을 빼앗긴 엄마였고, 기초생활수급권자 즉 빈민이었습니다. 이것은 위대한 약력입니다. 이 약력에는 우리 이전에 존재했고, 지금 우리 곁에 존재하며, 우리 이후에 존재할 억압받는 자들의 형상이 들어 있습니다.

억압받는 자들의 약력, 억압받는 자들의 전통은 지금 싸우고 있는 사람들에게 그대로 전달됩니다. 『전사들의 노래』의 주인공들을 볼까요. 인천민들레야학교장인 박길연.

결혼 무렵 발병한 류머티즘으로 장애인이 되었습니다. 탈시설을 원하는 장애인이 있다는 말을 들으면 물불 가리지 않고 뛰어드는 운동가이지만, 그는 침대 매트리스에 발이 끼어 꼼짝 못 한 채 울고 있는 아이를 보면서도 몸을 까딱할 수 없어 종일 함께 울었던 엄마였습니다. 그는 민들레야학을 운영하기 위해 지하철에서 껌과 사탕을 팔기도 했지요.

장애인이동권연대 공동대표였던 박김영희. 초등학교 시절 선생님이 아이들에게 꿈을 물었는데 그에게만 묻지 않았다고 합니다. 피아노를 한 번도 쳐본 적 없지만 앉아서 할 수 있는 일, 곧 피아니스트가 되고 싶다고 말하려 했는데, 선생님은 그를 보더니 "다음에 하자꾸나" 하고 지나쳤다죠. 그는 자신이 "낮달 같은 존재"였다고 합니다. 떠 있는데 아무도 그곳에 그가 떠 있는 줄 몰랐다고.

이동권연대 투쟁국장이었고 지금은 서울장애인차별철폐연대 상임공동대표인 이규식. 그는 '투모사' 즉 '투쟁밖에 모르는 사람'으로 통합니다. 그는 산골 외진 시설들에서 젊은 시절을 보냈습니다. 서른두 살이 되어 처음으로 '놀이'라는 것을 해보았다고 합니다.

이 책에 소개된 현재 장애인 운동을 이끄는 사람들 대부분의 이력이 이렇습니다. 바로 '위대한 약력'의 소유자들입니다. 안티히어로들이죠. 하지만 이들은 차별받고 억압받는 사람에 머물지 않았습니다. 살기 위해 필사적으로 싸웠습니다.

이들이 선두입니다. 그리고 지금 선두의 얼굴은 더 변방으로, 더 영웅의 반대편으로 나아가고 있습니다. 이 책에서 박경석은 이렇게 말합니다.

> [새로운 관계를 만들] 씨앗은 바로 장애인, 그중에서도 최중증 장애인에게 있죠. 이들이 전사예요. 존재 자체가 혁명적이죠. 그 혁명의 씨앗을 발견해내고 그 씨앗을 심고 그것이 싹 틀 수 있도록 지원하는 것이 활동가의 역할이라고 생각해요. 농부처럼요.

이들이 도래할 전사, 아니 이미 도래한 전사들의 얼굴입니다. 이 책을 펴낸 홍은전은 이렇게 말합니다.

> 전사들은 콧줄을 낀 최중증 장애인이고, 무기는 발달장애인들이 제멋대로 추는 춤과 알아듣기 힘든 노래, 전선의 이름은 '누구도 남겨두지 마라'였다. 그런 괴상한 전장을 상상하니 왜인지 흐뭇해서 비실비실 웃음이 나왔다.

그런데 사실 이 괴상한 전사들의 형상은 빈민, 노점상, 무학자, 여성이었던 열사들의 형상 속에서 이미 예고된 것이었습니다. 1990년대 후반, 장애인 운동의 역사에서 정말로 중요한 결단, 정말로 중요한 분기가 이루어졌습니다. 당시 많은 민중 운동이 그랬지만 한국의 진보적 장애인 운동의 주류도 제도권 운동, 시민운동으로 나아갔습니다. 1998년 진보적 장애 운동을 대표하던 전국장애인한가족협회가 한국장애인연맹(한국DPI)으로 흡수 통합되었습니다. 현장 활동가들도 이탈하고 대중적 지지 기반이 무너져가는 상황에서 많은 장애인 운동가들이 이것을 불가피한 선택지로 받아들였습니다. 길바닥 운동 대신 시민들의 후원을 받고 제도권 정치 세력과도 연계해서 법과 제도를 개선해가는 세련된 투쟁을 하자는 흐름이 주류를 이루었습니다.

그런데 이런 생각에 동의하지 않는 소수의 장애인들이 있었습니다. 이들은 엘리트주의에 반기를 들었습니다. 이들은 청계천에서 노점상 하던 장애인들과 손을 잡았습니다. 바로 지금 장애해방열사들이라고 부르는 사람들의 전통을 선택한 겁니다. 박경석은 당시 상황을 이렇게 기억합니다.

1998년 전장협에서는 한국DPI와 통합하자는 움직임이 일었어요. DPI는 변호사나 교수 같은 엘리트 장애인들이 이끄는 국제 조직이었어요. 통합을 주장하는 사람들은 전장협의 투쟁 방식으로는 정치적 힘을 얻지 못하고 시대가 변했으니 그 흐름에 발맞춰야 한다고 했어요. 통합을 주도하던 사람은 B 씨였는데 1980년대 좌파 운동의 이론가로 유명한 사람이라고 했어요. 서울대 출신의 중증 장애인이었는데 외국에서 활동하다 그 시기 한국으로 돌아왔죠. (…) 1995년 장애인 노점상 최정환 열사가 구청의 단속에 저항해서 분신했어요. 그 사건을 계기로 전장협은 청계천 노점상들을 조직해 장애인자립추진위원회라는 기구를 구성해서 활동했어요. 흥수 형이 아주 열심히 조직했던 곳이었죠. B 씨는 장애인 운동과 빈민 운동은 다르다며 이 기구를 없애버려요. (…) 내로라하는 장애 운동가들이 다 DPI로 딸려 갔을 때 거기 줄 안 서고 따로 떨어져 나온 (…) 그 선택이 없었으면 이후에 이동권연대도 없었을 거고 전장연도 없었겠죠.

그러니까 지금 지하철 시위를 이끄는 장애 운동 그룹은 1990년대 시민운동으로 나아간 주류 장애 운동 그룹에서 떨어져 나온, 노점상 장애인들을 조직했던 바로 그들입니다. 지금의 장애인 운동 그룹은 가난하고 무지했으며 품격 없는 유언을 남겼던 그들의 전통에서 나온 사람들입니다. 이것이 바로 우리의 위대한 전통입니다. 감사합니다.

(노들야학, 2023. 9. 6.)

- 이 글은 '장애해방열사_단'과 '전장연 장애해방열사정신계승위원회' 등이 공동 주최한 '장애해방열사배움터'에서, 2022년에는 '우리의 열사들, 우리의 가난한 바보들'이라는 제목으로, 2023년에는 '장애해방열사들의 가난과 무지, 품격 없는 유언에 대하여'라는 제목으로 강연했던 것이다.

- 정태수 열사는 대중적 장애인 운동이 싹을 틔우던 1980년대 말에서 2000년대 초까지 청년 장애인 운동을 조직하고 각종 투쟁에 앞장섰던 운동가이다. 2002년 3월 서른여섯의 젊은 나이로 세상을 떠났다. 그의 투쟁 정신을 기려 매년 장애 운동에 헌신하는 개인이나 단체에 '정태수상'이 수여된다.

- 이날의 강연은 다음 책에 실려 있다. 고병권, 「김순석 열사, 그 사후의 삶에 대하여」, 『묵묵』, 돌베개, 2018.

- 이날의 강연 원고는 다음 책에 실려 있다. 고병권, 「헤아릴 수 없는 이름, 전태일」, 『"살아가겠다"』, 삶창, 2014.

- 이 글은 다음 책에 실려 있다. 고병권, 『고추장, 책으로 세상을 말하다』, 그린비, 2007.

우리가 살 땅은 어디입니까

*

장애인 지하철 행동 중
경복궁역에서의 연대 발언

안녕하세요. 고병권입니다. 노들야학 휴직 교사입니다. 오늘은 다른 모임 일원으로 참석했습니다. '읽기'에 대한 열정을 가진 사람들, 우리의 '읽기'가 세상을 조금이나마 낫게 만드는 데 기여하기를 바라는 사람들의 모임 '읽기의 집' 집사입니다. 오늘은 '읽기의 집' 회원들과 이 투쟁에 함께하는 마음을 전하기 위해 나왔습니다.

우리의 지하철 시위가 21년 하고도 100일을 향해가는 중인데요. 여기 21년 전의 박경석 대표 사진이 있습니다. 어제 토론회 때 보니 많이 늙으셨어요. 지금 우리가 외치고 있는 것은 저렇게 젊었던 사람이 이렇게 늙을 때까지 쉬지 않고 외쳐온 바로 그것입니다.

오늘 시위에 나오면서 떠오르는 사람이 있었습니다. 이번 시위를 이분이 보신다면 어떤 생각을 할까, 어떤 기분이 들까. 바로 김순석 열사입니다. 여기 장애인 동지들은 많이 아실 터이지만 비장애인들에게는 좀 생소한 이름일지도 모르겠습니다. 한국 노동 운동에 전태일 열사가 있다고 한다면, 한국 장애 운동에는 김순석 열사가 있다고 해도 좋을 그런 분입니다.

1952년 부산에서 태어나 1970년, 그러니까 열여덟 나이로 상경해서 조그만 액세서리 공장에 다녔습니다. 그러다가 1980년 교통사고를 당하고 3년간 투병 생활을 하셨어요. 휠체어 장애인이 되셨죠. 참 열심히 사셨습니다. 딱 1년 그렇게! 그러고는 서울시장 앞으로 편지 형식의 유서를 남기고 음독자살하셨습니다. "서울 거리 턱을 없애주시오", "우리가 살 땅은 어디입니까"라는 말을 남기셨죠.

이 편지에는 다른 사람들보다 낫게 살게 해달라는 말이 없습니다. 고작해야 '다닐 수 있게 해달라', '차별하지 말아달라'는 정도입니다. "왜 저희는 골목마다 박힌 식당 문턱에서 허기를 참고 돌아서야 합니까. 왜 목을 축여줄 한 모금의 물을 마시려고 그놈의 문턱과 싸워야 합니까." "왜 횡단보도를 건널 때마다 지나는 행인의 허리춤을 붙잡고 도움을 호소해야 합니까."

어제 박경석 대표가 토론에서 랩을 하셨습니다. 첫 구절이 이렇습니다. "내 모습, 지옥 같은 세상에 갇혀버린 내 모습!" 김순석 열사가 장애인이 된 순간 느낀 심정이 그랬을 것 같습니다. 물리적 문턱, 제도적인 문턱에 꼼짝없이 갇힌 자신의 모습. 물 한번 마시기 위해서도, 횡단보도를 건너기 위해서도, 옆 사람을 붙들고 부탁해야 했습니다. 겨우 물 한번 마시기 위해서도 시혜와 동정에 기대야 하고, 도로 한번 건너기 위해서도 낯선 사람에게 호의를 간구해야 하는 세상, 잘못한 것도 없는데 매번 눈치 보고 부탁하며 살아야 하는 세상이 지옥이 아니면 무엇이겠습니까.

많이들 아시듯 김순석 열사를 음독으로 내몬 결정적 사건은 도로를 무단 횡단하다가 걸린 일입니다. 횡단보도가 아닌 곳에서 도로를 건너다가 경찰에 잡혀 처벌받았습니다. 하루 유치장 신세를 졌지요. 지금이면 딱지 떼고 범칙금을 내는 수준이죠. 그런데 이 일로 그는 자살을 했습니다. 이게 그럴 일인가요? 범칙금을 내거나 하루 유치장 신세를 진 것, 비장애인들이라면 재수 없는 날이라고 투덜대며 끝날 일이죠. 그런데 이 일로 그는 목숨을 끊었습니다.

장애인들에게는 이런 일이 많습니다. 이를테면 최정환 열사는 불법 노점을 하다가 단속에 걸려 구청에 물품들을 압수당했는데요. 그 물품을 찾으러 갔다가 "병신"이라는 말을 듣고서 분신자살했습니다. 이게 분신까지 할 일인가요? 그런데 장애 운동의 역사에는 이런 일이 많습니다. 무단 횡단하다 적발되어 처벌받은 일로, 불법 노점으로 압수된 물건을 되찾으러 갔다가, 기초생활수급비 문제로 다투다가 사람이 분해서 죽습니다. 많은 장애해방열사들이 이런 일들에 분통을 터뜨리며 죽었습니다.

장애해방 운동이란 게 그렇습니다. 저는 역사에서 장애해방 운동만큼 소박한 요구를 담은 해방 운동을 본 적이 없습니다. 이 운동이 그리는 해방된 세상이란 어떤 세상인가. 목마를 때 물 마실 수 있고, 버스나 지하철 등 대중교통 자유롭게 이용하고, 학교에 가서 수업받고, 취업하고, 동네에서 사람들과 함께 사는 것, 그런 세상이 장애인들이 꿈꾸는 해방된 세상입니다. 비장애인들이 지금 누리고 있는 이 '일상'을 차별 없이 누리는 것, 이것이 장애해방의 목표입니다. 지금까지 장애인들은 겨우 이런 일들을 위해 죽었고, 겨우 이런 일상을 해방이라고 불러온 겁니다.

김순석 열사는 왜 그렇게 분개했던 걸까요. 그날 그가 횡단보도로 건너지 않은 것은 횡단보도로 건널 수 없었기 때문입니다. 갓길에 턱이 있어 그쪽으로 갈 수 없었습니다. 그래서 횡단보도가 아닌 곳에서 도로를 건넜습니다. 경찰에게 사정은 통하지 않았습니다. 아무리 그래도 무단 횡단을 하면 안 된다는 것, 어떻든 도로교통법 위반은 틀림없다는 것이죠.

이 사소한 일이 한 장애인을 죽음으로 내몰았습니다. 그런데 이 사소한 일이 과연 사소한 일일까요. 횡단보도로는 건널 수 없었습니다. 그러나 횡단보도가 아닌 곳으로 건너는 것은 불법입니다. 그럼 어떻게 해야 할까요. 누가 문제입니까. 횡단보도로 횡단할 수 없게 만든 사회입니까, 횡단할 수 없는 횡단보도를 이용하지 않은 장애인입니까. 소액의 범칙금이 문제가 아닙니다. 이것은 장애 자체를 범죄화한 것과 같습니다. 이동할 수 없는 사회인데도 불구하고 이동하겠다고 나선 장애인은 범죄자가 될 수밖에 없습니다. 김순석 열사는 유치장에서 나온 다음 날 집에 있는 물건들을 모두 때려 부순 뒤 얼마 후 음독자살했습니다. 이곳은 지옥이니까요.

여러분, 여기는 지옥입니다. '당신들의 천국'이 장애인들에게는 꼼짝달싹할 수 없는 지옥입니다. 왜 출근길을 방해하는가. 왜 선량한 시민들에게 피해를 끼치는가. 여러분, 과연 지금까지 누가 누구의 출근을 막아왔습니까. 누가 누구에게 피해를 끼친 건가요. 이 아침, 40년 전 서울시장에게, 서울시민에게, 어쩌면 신에게, "우리가 살 땅은 어디입니까"라고 물었던 김순석 열사를 떠올리며 제 이야기를 마치겠습니다. 감사합니다.

(경복궁역, 2022. 4. 14.)

우리는 서지 않는 열차 앞에서
너무나 오랫동안 기다려온 사람들입니다

*

장애인 지하철 행동 중
삼각지역에서의 연대 발언

고병권입니다. 오늘 저는 '지하철의 무정차'라고 하는 끔찍한 폭력을 규탄하기 위해 이 자리에 섰습니다. 제가 한 달에 한 번 신문에 칼럼을 씁니다. 지난주 출근길 지하철 탑승 투쟁 중에 있었던 삭발 결의식에 대해 썼습니다.

우리 모두 잘 알듯이 출근길 지하철 투쟁은 두 장면으로 이루어져 있습니다. 먼저 삭발식이 열리고 그다음에 단체 탑승 행동을 합니다. 언론은 두 번째 장면만을 주목합니다. 출근길 대란, 열차 연착, 열차 안에서의 다툼 같은 게 사람들이 알아야 할 중요한 사실이라고 보는 거지요. 그런데 이번 시위가 왜 일어났는지, 이번 시위의 이유를 말해주는 것은 첫 번째 장면입니다. 매일 아침 한두 분이 나와서 삭발하기 전 발언을 했습니다. 왜 자신이 이번 시위에 나섰는지. 5분, 10분, 정말 짧은 시간인데 거기에 자신의 수십 년 생애를 담아냅니다. 삭발자가 웃으며 말하는 날에도 듣는 사람들은 눈물을 훔쳐야 했습니다. 삭발식이 끝나면 삭발자를 따라 줄지어 열차에 탑승했습니다. 이것이 출근길 지하철 탑승 시위였고, 무려 141차례나 이것을 반복했습니다.

이 소중한 이야기를 알리고 싶어 칼럼을 썼습니다. 그런데 신문사에 원고를 보낸 날, 서울시가 장애인이 시위를 벌이는 역에서는 지하철 무정차를 검토한다는 보도가 나왔습니다. 순간, 시간이 별로 없었지만, 칼럼 주제를 바꾸어야겠다는 생각을 했습니다. 하지만 도무지 글을 쓸 수가 없었습니다. 너무 화가 나니 무슨 이야기부터 꺼내야 할지 생각이 나지 않았습니다. 손을 들었지만 버스도, 택시도 서지 않았던 세월, 탈 수 있는 대중교통을 가져보지 못한 세월을 숱하게 보냈고, 아직도 곳곳이 그런 상황인 나라에서, 장애인들 앞에 대중교통을 세우지 않겠다는 말을, 그것도 공공기관이 서슴지 않고 내뱉다니요. '무정차'라고 하는 세 글자는 그동안 이 나라에서 장애인들이 평생 동안 당해온 차별과 폭력을 압축한 말입니다. 그런데 그것을 당국에서 장애인들을 협박하며 쓰고 있습니다. 경악하지 않을 수가 없습니다.

『조선일보』 기사에 "서울시가 이런 결정을 내린 건 한 공무원의 아이디어를 접수한 국회의 요청에 따른 것이다"라고 하더군요. 전언에 따르면 대통령실 공무원의 아이디어였다고 합니다. 저를 정말로 부들부들하게 만든 것은 '아이디어'라는 말이었습니다. 무정차가 아이디어랍니다. 기발한 생각을 해냈다는 거죠. 도대체 뭐가 기발하다는 거죠? 장애인들의 목소리를 차단하고 그냥 지나쳐버리는 기막힌 방법을 찾았다는 건가요? 지난 1년간 장애인 권리 예산 보장을 요구하며 싸워온 장애인들을 '닭 쫓던 개 지붕 쳐다보는 격'으로 골탕 먹일 방법을 찾았다는 건가요? 아니면 정부가 손쓰지 않고 시민들을 갈라 쳐서 싸움 붙이는 방법을 찾았다는 건가요? 뭐가 아이디어입니까, 뭐가 기발합니까. 이게 공무원 머릿속에서 나왔다고요?

저는 공무원의 머릿속에서 '무정차'를 떠올린 것의 정체, 그 생각을 듣고 '아이디어'라고 환호한 사람들, 정말로 '묘수'라고 박수쳤던 사람들의 머릿속에 있는 것의 정체, 또 그 말을 듣고 그렇게 하라고 했던 서울시장의 머릿속에 있는 것의 정체에 대해 묻고 싶습니다. 무정차라는 말에서 일제히 환호성을 올렸을 머릿속 그 괴물 말입니다. 그 괴물이 바로 우리를, 우리 장애인들을 바깥에 못 나가게 집에 가두거나, 시설에 내던진 그 괴물 아닙니까. 그 괴물이 바로 우리를, 우리 장애인들을 학교나 일터 근처에 얼씬도 하지 못하게 만든 그 괴물 아닙니까. 그 괴물이 바로 우리를, 우리 장애인들을 짐짝이라고 부르고, 출근길 방해하지 말라고 욕설을 퍼붓는 그 괴물 아닙니까.

수십 년이 지나도 우리 장애인들이 기다리는 차들은 좀처럼 오지 않고 우리가 타야만 하는 차들은 좀처럼 우리 앞에 서지 않습니다. 우리는 서지 않는 버스, 서지 않는 택시, 서지 않는 열차 앞에서 너무나 오랫동안 기다려온 사람들입니다. 다시 생각해보건대, 지난 141차례 매일 아침 삭발자들의 이야기는 모두 서지 않은 열차, 장애인들 앞에서 무정차했던 열차에 대한 이야기였습니다.

첫 번째 삭발자였던 이형숙 대표님. 삭발하시며 말했죠. 지하철 타며 제일 먼저 하는 말이 "시민 여러분, 불편을 끼쳐드렸다면 정말 죄송합니다"라고. 마치 타지 말아야 할 사람이 탄 것처럼 말이죠. "장애인으로 살면서 항상 무엇이 미안한지, 무엇이 죄송한지, 입에 껌딱지처럼 달고" 사셨다고 했습니다. 우리 사회는 장애인이 열차를 타는 일, 장애인들도 열차를 타야 한다고 말하는 일이 '죄송하다'고 말하는 일이어야 하는 사회인 겁니다.

작년에 신문에서 읽은 이형숙 대표님과 따님인 은별 씨 이야기가 생각납니다. 김포로 이사한 후 귀가를 위해 버스를 기다리던 추운 겨울날. 장애인이 탈 수 없는 '계단 버스'가 계속 지나갔습니다. 은별 씨는 그때를 이렇게 회고했습니다. 자신은 아무렇지 않게 수다를 떨었다고. 장애인이 감수해야 할 당연한 불편함이라고 생각했다고. 하지만 엄마가 조용히 말했답니다. "한 시간째다. 계단 있는 버스여서 타지 못하고 그냥 보낸 게." 평생을 그렇게 보낸 버스가 그날도 그렇게 지나간 겁니다.

장애인이 탈 수 없는 버스, 장애인 앞을 지나쳐가는 버스는 버스 모양만 하고 있는 게 아닙니다. 사실은 이 사회 전체가 이런 버스입니다. 얼마 전 삭발했던 이천이삭장애인자립생활센터의 송현우 활동가님의 말에서도 그 버스를 보았습니다. 학창 시절 장애인이라는 이유로 체육 시간에도, 체험 학습에도 참여할 수 없었다고 합니다. "장애인이니까, 걷지 못하니까, 뛰지 못하니까, 너를 돌봐줄 사람이 없"으니까, 너는 "교실에 남아 교실을 지켜". 그렇게 그를 교실

에 혼자 남겨둔 채로, 체육 시간도, 체험 학습도, 계속 무정
차 통과해버렸습니다.

너는 장애인이니까, 집에 남아 있어. 너는 장애인이니
까, 시설에 남아 있어. 너는 장애인이니까, 너는 걷지 못하니
까, 너는 듣지 못하니까, 너는 말하지 못하니까. 그리고 이제
는 훈계하듯이 말합니다. 너는 장애인인 주제에 고분고분
하지 않으니까, 너는 장애인인 주제에 출근하려고 드니까,
이제부터는 너를 태우지 않을 거야. 너는 승강장에 그대로
있어. 우리는 이형숙 대표님이 기다린 버스 정류장에서, 송
현우 활동가님이 남아 있던 교실에서, 그리고 엊그제 무정
차한 이 승강장에서 너무 오래 기다려온 사람들입니다.

우리가 받은 것은 '노력한다'는 말뿐입니다. 아무리 기
다려도 장애인 탈 버스는, 열차는 오지 않는데, 기다리면
그 버스, 그 열차가 올 거라는 말을 수십 년이나 들었습니
다. 지하철 이동권 시위가 본격화된 2002년 이명박 서울시
장은 "2004년까지 모든 지하철에 엘리베이터를 설치하고
저상 버스와 리프트가 장착된 특별 교통수단을 도입하겠
다"고 했습니다. 그런데 2022년인 지금도 우리는 2004년을
기다리고 있습니다. 2015년 박원순 시장은 "2022년까지 서
울시 모든 지하철역에 엘리베이터를 설치하겠다"고 했습니

다. 그런데 지금 2022년이 끝나가고 있습니다.

더 거슬러 가볼까요. 40년 전 김순석 열사가 '서울 거리의 턱을 없애달라'는 유서를 쓰고 음독 자결하던 날, 그 유서의 공식 수신인이었던 염보현 서울시장은 어떻게 말했을까요. 그는 "조간신문에 눈물겹도록 기막힌 이야기가 씌어 있었다"며, "교통, 건설, 보사국保社局 등 관련 부서 간에 충분한 협의를 거쳐 횡단보도나 건축물에 장애자의 편의를 도울 수 있는 시설을 단계적으로 갖추도록 대책을 세우라"고 지시합니다. 40년 전의 충분한 대책이 시행되기를 우리는 40년이 지나도록 기다리고 있습니다. 이렇게 한 시간이 가고 하루가 가고 1년이 가서 40년이 흘렀습니다. 이렇게 기다리다가 인생이 다 끝날 지경입니다. 이제는 더 기다릴 수 없다고 하니, 더 기다리지 않으면 아예 무정차하겠다고 협박합니다.

열차가 인류사에 처음 출현한 이래로 세상의 진보를 믿었던 사람들은 곧잘 역사를 열차에 비유해왔습니다. 우리는 삼각지역을 거쳐, 숙대입구역, 서울역으로 열차가 나아가듯 인류는 진보해나갈 것이라고 생각했습니다. 역사의 이전 역에서는 남성의 권리만 보장받았지만 다음 역에서는 여성의 권리가 보장되고, 이전 역에서는 인권이 사실상 백인만의 권리였지만 다음 역에서는 유색인의 권리이기도 할 것이라고. 우리는 그렇게 우리의 역사가 장애인의 권리가 보장되는 역으로 나아갈 것이라고 믿어왔습니다.

그런데 우리가 열차에 대해 잘못된 이미지를 가지고 있었던 것 같습니다. 우리는 더 보편적인 권리로 사회 진보의 열차가 나아가는 줄 알고 있었습니다만, 이번 일을 보니 그런 것 같지 않습니다. 장애인에 대한 혐오는 더욱 악의적인 것이 되었습니다. 이 열차의 통제실에서는 승객들에게 수십 년째 장애인들이 열차를 타지 못하고 있음을 알리는 대신, 장애인들 탓에 열차가 운행되지 못하고 있다고 말하고 있습니다. 이 열차의 기관실, 이 열차의 머릿속에는 '무정차'라는 말이 기막힌 아이디어라며 언제든 튀어 나갈 준비를 하고 있습니다.

우리는 지난 21년의 투쟁으로 우리의 열차가 앞으로 나아가고 있다고 생각했습니다. 그러나 변하지 않는 사실, 그것은 이 열차는 한 치의 오차도 없이 비장애인 중심주의의 레일 위를 달리고 있다는 것입니다. 무엇을 해야 할까요. 우리를 태우지 않는 기차, 우리 앞에서 정차하지 않는 기차가 우리를 우리가 원하는 역까지 데려다줄 리 없습니다. 이 열차가 달리는 것을 막아야 합니다. 한 세기 전, 발터 베냐민이라는 비평가가 말했습니다. 혁명은 기관차가 아니라고. 혁명은 이 열차를 타고 있는 인류를 위한 비상브레이크일 것이라고. 이 열차를 세워야 합니다. 비상브레이크를 걸어야 합니다. 계단 버스를 막아야 저상 버스가 들어오고, 무정차 열차를 막아야 정차하는 열차가 들어옵니다. 그때서야 우리의 기다림이 끝날 겁니다. 감사합니다.

(삼각지역, 2022. 12. 26.)

우리는 우리를 환영하지 않는 곳에서
400일을 보내고 있습니다

*

장애인 지하철 행동 400일째 되는 날
국회의사당역에서의 연대 발언

누군가를 만나러 어딘가를 찾아갔는데 접근이 불가능하다는 것을 알았을 때 어떤 기분이 드십니까. 식당에 갔는데 입구에 턱이 있습니다. 카페에서 친구와 만나고 화장실에 갔는데 휠체어가 들어갈 수 없습니다. 연극을 보러 갔는데 엘리베이터도 없는 지하 1층입니다. 어떤 기분이 드십니까. 여기는 나를 환영하지 않는구나, 여기는 내가 올 거라는 생각은 한 번도 해본 적 없는 사람들의 공간이구나…… 그런 생각이 들 겁니다.

장애인들에게는 이런 경험이 많을 겁니다. 영어에 'out

of place'라는 말이 있습니다. '부적절하다'는 뜻입니다. 말 그대로 옮기면 '장소가 어긋났다', '제자리가 아니다' 정도 될 겁니다. 장애인들이 이런 곳에 들어서면 사람들의 시선이 한목소리로 외칩니다. '여기는 네가 올 곳이 아냐, 여기서 나가줘!' 말하지 않아도 또렷하게 들립니다. 학교도 그렇고, 직장도 그렇고, 버스도 그렇습니다. 여기는 네가 있을 곳이 아니라고 말합니다. 김순석 열사가 편지에 썼던 말이 떠오릅니다. 그렇다면 도대체 "우리가 살 땅은 어디입니까".

출근길 지하철 행동이 400일을 맞았습니다. 2001년 이동권 투쟁이 시작된 이래 이렇게 큰 주목을 받았던 적이 있을까 싶습니다. 정확히 말하면 이렇게 욕을 세게 먹었던 적이 있을까 싶어요. 2001년에는 지하철 선로까지 점거해서 열차 운행 자체를 막았는데요. 그때도 욕을 먹었지만 이렇게 전국적으로 거세게 욕을 먹었던 것 같지는 않습니다.

도대체 왜 이렇게 비장애 시민들은 분노하는 걸까요. 분노의 이유는 'out of place'가 아닐까 싶습니다. 여기 이 시간에 당신들이 들이닥치면 안 된다는 거지요. 한마디로 '여기는 당신들이 올 곳이 아니다'라는 겁니다. 시간도, 장소도, 대상도 틀렸다고. 출근 시간 지하철을 이용하는 시민들을 방해하면 안 된다는 거지요.

압니다. 어떻게 모를 수가 있겠습니다. 이번 일이 아니어도, 바삐 움직이는 사람들이 빽빽하게 들어찬 출근길 열차나 버스에 전동 휠체어를 밀고 들어갈 만큼 용감한 장애인은 많지 않습니다. 그런데도 욕먹을 각오를 하고 이러는 겁니다.

다시 묻겠습니다. 도대체 우리가 있어야 할 곳은 어디입니까. 장애인들은 오랫동안 비장애인들에게 걸리적거리지 않는 곳, 심지어 눈에 띄지도 않는 곳에서 지내왔습니다. 수십 년간 집구석에만 있었고, 공기 좋고 물 좋은 숲속에 있었습니다. 우리는 언제 돌아다녀야 하나요? 야밤의 곤충들처럼 비장애인들의 일상을 방해하지 않는 시간에만 돌아다닐까요? 괜히 놀러간답시고 시외버스나 고속버스 탈 생각은 말고, 서울 같은 대도시, 대로변에서, 한적한 오후 시간에만 저상 버스 타고 다니면 되나요? 우리는 그래야만 하는 사람들입니까.

그렇다면 우리의 시민권은 조건부 시민권이고, 우리는 조건부 시민입니다. 비장애인들의 일상을 방해하지 않는 시간과 장소에서만 시민 행세를 할 수 있으니까요.

작년 '대학로'* 사람들이 만든 뮤지컬 〈누가 죄인인가〉의 영상을 보았습니다. 도입부에 지하철 행동에 화가 난 출근길 비장애 시민들의 실제 반응들을 삽입해놓았는데요. 거기 한 시민이 장애인들에게 제발 빨리 내리라며 애원하듯 말합니다. "도와줄게요. 도움이 필요하면 필요하다고 이야기를 하세요." 그러자 한 장애 활동가가 말합니다. "도움은 필요 없습니다." "왜 필요 없어요. 에잇, 그럼 빨리 좀 가요. 빨리! 원하는 게 뭐예요." "일상에서 같이 살고 싶습니다!" 그때 곁에 있던 이형숙 대표님이 묻습니다. "근데 왜 피해라고 생각하세요?" 그러자 그분이 말합니다. "우리 시간을 빼앗고 있잖아요!" 이형숙 대표님이 항변하죠. "그럼, 우리 시간은, 우리 시간은요?" 그분 답변이 인상적이더군요. "스스로 버세요, 시간을 스스로 버세요."

언뜻 보면 이 시민의 반응은 모순처럼 들립니다. 계속 도와주겠다고 말하면서 우리 시간을 빼앗지 말라고 합니다. 그리고 장애인들이 이동권 제약 때문에 평생 동안 빼앗겨온 시간에 대해서는 스스로 벌라고 말합니다. 그런데 제 생각에 이분의 말은 아주 일관됩니다. 나는 당신들처럼 불쌍한 사람들, 다른 사람들에게 의존해서 살아야 하는 사람들을 도울 생각도 있다, 하지만 출근길을 방해하면 안 된다, 출근길 지하철은 스스로 돈을 벌어서 먹고사는 사람들의 공간이다, 이런 뜻이죠. 그러니까 출근길 지하철이란 이

사람을 목격한 사람

분이 "우리 시간을 빼앗고 있잖아요!"라고 말했을 때, 그 '우리'의 공간이라는 뜻입니다. 출근길 지하철은 '자립'적인 '우리'한테 '의존'해서 먹고사는 '너희'가 있을 곳이 아니라는 겁니다.

의존과 자립에 대한 긴 이야기를 늘어놓을 생각은 없습니다. 어떤 장애학자의 말처럼 타인의 도움 없이 살아가는 사람은 아무도 없습니다. 신발을 신고 걸을 때도, 책을 읽고, 스마트폰을 사용하고, 아침 식사를 하고, 버스와 지하철을 타는 모든 순간 우리는 누군가의 도움으로 살아가는 겁니다. 다만 차이가 있다면 자신에게 필요한 서비스, 자신이 의존할 것들이 잘 갖춰져 있어서 쉽게 그것을 선택하고 이용할 수 있는 사람과 그렇지 못한 사람들이 있을 뿐입니다. 우리는 모두 서로에게 의존합니다. 우리는 '함께' 살고 있고, '함께' 덕분에 살고 있는 겁니다. 다만 장애인들은 이 '함께'에서 배제되었고, 그래서 그 시민분은 알아듣지 못하지만, 우리는 계속 '일상에서 같이 살고 싶다'고 말하는 거죠.

여기가 문제의 장소입니다. 같이 산다는 말, 함께 산다는 말이 입증되어야 하는 곳입니다. 물론 출근길 지하철은, 장애인들이 대통령실이든, 국회든, 시청이든 정말 온갖 곳에서 온갖 방법으로 장애인 권리보장을 외쳤고 더 이상은 방법이 없어서 온 곳입니다. 그러나 이곳은 또한 이 모든 문제들의 바탕, 우리 사회가 비장애 중심주의 사회라는 것을 보여주는 핵심 장소입니다. 학교에 가고 일터에 가는 사람들이 가득한 곳, 우리 사회에서 어떤 삶이 '정상적 삶'인지 드러나는 곳, 장애인들은 감당하기도 힘든 속도와 밀도로 이루어진 곳, 바로 여기입니다. 장애인의 권리를 인정한다고 제아무리 떠드는 사람도 이 시간에 여기는 안 된다고 말하는 곳, 바로 여기입니다. 장애인의 시민권은 조건부 시민권이고 장애인은 조건부 시민이라는 사실이 드러나는 곳, 바로 여기입니다.

시간도 맞고 장소도 맞고 대상도 맞습니다. 지금 여기 출근길 지하철의 당신, 우리 사회가 얼마나 비장애 중심주의 사회인지, 이 구조적 차별을 어떻게 없애야 하는지, 장애인과 비장애인의 사회적 관계를 어떻게 바꾸어야 하는지, 그것을 함께 이야기하고 함께 행동해야 하는 사람은 대통령도, 국회의원도 아니고, 바로 당신이니까요. 우리는 아주 제대로 된 시간에 제대로 된 장소에서 가장 중요한 존재인 당신에게 말을 건네고 있는 겁니다.

우리가 살 곳은 어디인가요? 바로 여기입니다. 우리가 살아갈 시간은 언제인가요? 바로 지금입니다. 우리가 이야기를 나눠야 하는 사람은 누구입니까? 바로 당신입니다. 우리는 우리를 환영하지 않는 곳에서 무려 400일의 아침을 보냈습니다. 그러나 여러분, 400일 동안 우리는 우리가 있어야 할 시간에, 우리가 있어야 할 장소에, 우리가 말을 건네야 하는 사람들 앞에 있었습니다. 다시 말씀드립니다. 우리는 환영받지 않았지만 우리가 있어야 할 곳에 있었습니다.

여러분, 자랑스럽습니다. 그리고 감사합니다.

(국회의사당역, 2023. 8. 3.)

• 전장연을 비롯한 진보적 장애 운동을 이끌어온 단체들의 사무실이 서울 종로구 대학로에 자리를 잡으면서 생겨난 이름이다. 장애해방 운동이 나아갈 큰 항로이자, 불의에 대항하는 길로 만들겠다는 의지를 담아 이름 붙였다.

사람 살려!

나만큼 교도소를 들락거린 사람도 많지는 않을 것 같다. 안양, 수원, 여주, 영등포, 남부, 동부 등 꽤 많은 교도소를 다녀왔다. 처음 들어간 것은 2008년이다. 교도관 뒤를 졸졸 따라가는데 얼마나 긴장했던지, 예닐곱 개의 철문을 지나치는데 가슴이 예닐곱 번 철렁댔다. 볕이 드는 1층 복도를 따라 걷는데도 깊은 지하로 내려가는 느낌이었다.

징역을 산 것은 아니다. 나는 인권연대가 주관한 재소자 인문학 프로그램(평화인문학)의 강사였다. 지금은 그만두었지만 이 프로그램을 따라 여러 곳을 다녔다. 처음의 긴장과 두려움은 강의를 거듭하면서 점차 사라졌다. 하지만 철문들이 닫히는 소리만큼은 어떻게 해도 익숙해지지 않았다. 전자 장비가 부착되어 예전보다 조용하고 부드럽게 닫히는데도 그랬다. 사람을 가두는 문이 닫히는 소리였기 때문일 것이다.

처음에 프로그램은 매주 월요일부터 금요일까지 꼬박 한 달씩 진행되었다. 재소자들은 매일 두 과목의 수업을 들었다. 일부 과목은 간단하게나마 과제가 나가기도 했다. 당시 한 재소자가 내게 한 말처럼 "인문학 공부도 쉬운 징역살이는 아니"었다. 그러나 주관 단체가 10여 년간 분투했음에도 이 프로그램은 계속 축소되었다. 교정 당국이 그렇게 적극적이지 않았다. 처음에는 한 달이었지만 2주, 1주, 나중에는 단 한 차례 특강으로 대체되었다.

한 차례 특강만을 하면서 내 수업 주제는 똑같아졌다. 제목은 조금씩 달랐지만 주제는 모두 '나는 왜 인문학을 공부하는가'였다. 단 한 번의 강연으로 인문학 연구자인 나를 소개해야 했고 교도소에서 이런 인문학 프로그램을 진행하는 이유를 납득시켜야 했기 때문이다.

교도소 강의를 그만두기 직전 특강들에서 나는 루쉰의 글을 많이 인용했다. 특히 '철방에 잠든 사람들의 이야기'를 자주 꺼냈다. "철로 된 방이 있다고 하세. 창문이라곤 없고 절대 부술 수도 없어. 그 안에 수많은 사람이 깊은 잠에 빠져 있어. 머지않아 숨 막혀 죽겠지. 하나 혼수상태에서 죽는 것이니 죽음의 비애는 느끼지 못할 거야." 그런데도 사람들을 깨워야 하는가. 어쩌면 행복한 꿈을 꾸고 있을지도 모를 사람을, 어차피 살아 나갈 방법도 없는데 흔들어서 깨워야 하는가.

나는 이것이 인문학 공부의 이유에 대한 물음이라고 생각했다. 철방을 탈출하는 데 아무런 도움도 안 되고, 빵 부스러기 하나 구해 오지 못하는 인문학, 오히려 사람들로 하여금 부자유하고 배고픈 현실만을 깨닫게 하는 그런 공부가 우리에게 필요한가.

교도소에서 이 이야기를 처음 꺼냈을 때의 아찔함이 떠오른다. "여러분이 깨어났는데 철방에 갇혀 있다는 걸 알았다고 해봅시다." 그때 한 재소자가 말했다. "우리는 매일 아침 그래요." 나만 당황했고 모두가 웃었다. 철방 안에서 여기가 철방이라고 가정해보자고 했으니 말이다.

반응은 나쁘지 않았다. 사람들을 깨워야 하느냐는 물음에 여러 답변이 나왔다. '모두 깨워서 어떻게든 나갈 길을 찾아봐야 한다'라거나, '굳이 고통에 빠뜨릴 필요가 있겠느냐'는 식의 모범생 같은 답변도 있었지만, '나만 이 고통을 당할 수는 없으니 모두 깨워야 한다'거나, '상황을 알면 그놈이 무슨 짓을 할지 모르는데 왜 깨우느냐'는 식의 답변도 있었다. 어떤 사람은 내 얼굴을 붉히게 하는 말을 하기도 했다. "그래서 지금 우리 깨우러 온 거예요?"

강의에서는 루쉰의 「아Q정전」도 자주 언급했다. 모두가 아Q의 지질함에 혀를 차거나 한숨을 내쉬면서도 이야기를 즐겼다. 그런데 한 대목에서는 그렇지 않았다. 아Q가 처형장에 끌려가는 장면. 이때는 모두가 숨을 죽인 채 귀를 기울인다. 나 역시 이 장면을 묘사하는 데 공을 많이 들인다. 이 장면에서는 우리가 언제나 듣고 있지만 좀처럼 알아듣지는 못하는 내면의 소리가 나오기 때문이다.

잘 알려진 것처럼 아Q는 정신 승리법의 대가다. 그는 어떤 굴욕적 패배 상황에서도 정신적 조작을 통해 승리자가 된 듯한 기분을 느낀다. 그런데 처형을 앞두고는 정신 승리법을 구사하지 못한다. 처형장의 구경거리가 된 자신을 위해 꾸며낼 말이 없었기 때문이다. 그는 몰려드는 구경꾼들을 보다가 언젠가 만난 적 있는 늑대의 눈빛을 떠올린다. 산기슭에서 자신을 뒤따라오던 굶주린 늑대의 눈빛. 순간 아Q는 자기 영혼이 내지르는 비명 소리를 듣는다. '사람 살려!'

'사람 살려!' 스피노자의 말처럼 우리 모두에게는 외적 방해에도 불구하고 자신을 보존하고 자신의 역량을 최대로 발휘하고자 하는 내적 운동이 존재한다(코나투스conatus). '사람 살려'는 이것이 내면의 음성으로 나타난 것이다. 아Q의 생애 내내 단 한 번도 멈춘 적이 없던, 하지만 그가 전혀 알아채지 못했던 내면의 소리라고 할 수 있다. 누구나 그렇지만 사실 아Q도 제 딴에는 잘 살아보려고 발버둥 쳤던 사람이다. 남들 앞에서 으스댈 때도, 정신 승리로 스스로를 위로할 때도 그는 자신을 지키고 자신을 멋지게 가꾸려고 최선을 다했을 것이다.

다만 아Q는 남들이 말하는 그, 남들이 바라보는 그를 자기 자신이라고 생각했을 뿐이다. 그는 다른 이들에게 인정받고 싶은 욕망에 빠져 있었다(암비치오ambitio). 타인의 눈에 비친 자기 모습을 상상하고, 그때 타인에게 일어나는 감정을 상상하며, 거기서 기쁨을 찾으려고 했다. 타인의 수군거림에 귀를 쫑긋 세웠고, 타인의 표정을 곁눈질했다. 한마디로 그가 돌본 것은 자신이 아니라 남이 바라본 그였다. 그러다 보니 잘 살아보겠다고 벌인 일이 제 자신을 망치지 못해 안달하는 일처럼 되고 말았다. 그래도 그는 죽으러 가는 길에 그 소리를 들었다. 언제나 자기를 살리기 위해 최선을

사람을 목격한 사람

다했던 내면의 소리를.

2019년 교도소에서의 마지막 강의를 마치며 나는 이 소리를 듣는 것이 인문학 공부라고 말했다. '사람 살려'라는 네 글자를 알아듣는 것이 문학이고 철학이라고. 그리고 우리 모두가 아Q가 처형을 앞두고서야 들었던 소리, 우리 안에서 우리를 살리고자 최선을 다하는 저 소리를 알아들을 수 있다면 좋겠다고 했다.

그렇게 한 해가 지났다. 교도소 강의를 그만두려고 했던 차에 프로그램이 중단되었다. 코로나19 확산으로 강력한 물리적 거리 두기 조치가 시행되었기 때문이다. 그해 겨울, 뉴스 화면에 익숙한 건물이 나왔다. 내가 마지막 강의를 했던 서울동부구치소였다. 한 재소자가 카메라를 향해 '살려주세요'라고 적은 종잇조각을 내보이고 있었다. 바깥에서 안이 들여다보이지 않도록 거대한 가림막까지 설치된 건물, 겨우 몇 개의 철창이 노출되어 있을 뿐인데 그 철창을 통해 살려달라는 메시지를 내보낸 것이다.

동부구치소는 세워진 지 얼마 되지 않은 첨단 보안 시설이지만 바이러스 전파에는 취약했다. 좁은 공간에 사람들이 밀집해 있었기 때문이다. 그러나 이것은 피상적인 이유이다. 더 근본적인 이유는 이 시설의 성격과 관련이 있다. 교도소는 재소자를 보호하는 시설이 아니라 재소자로부터 사회를 보호하는 시설이다. 이 점에서는 교도소, 외국인보호소, 장애인 수용 시설 등 집단 수용 시설들이 모두 똑같다. 모두가 사회적 이익을 위해서, 최소한으로 말해도 사회적 손실을 줄이기 위해서 만들어진 시설들이다. 이 시설들은 수용자를 범죄 바이러스의 감염자 내지 보균자로 간주해서 사회로부터 격리했거나, 쓸모없는 짐짝으로 간주해서 사회로부터 격리해 처박아둔 곳이다. 지난 코로나19 사태 당시 이 시설들 모두에서 집단 감염이 나타났다. 왜 사회로부터 격리된 시설에서 집단 감염이 나타났을까. 그것은 감염 방지를 위한 아무런 노력도 하지 않았기 때문이다. 왜 노력하지 않았는가. 그것은 수용자들이 온전한 시민, 온전한 사람으로 보이지 않았기 때문이다.

동부구치소 철창에 '살려주세요'가 등장한 것은 그곳에서 매주 검사 때마다 수백 명씩의 확진자가 나오던 때였다. 불과 한 달 남짓 만에 동부구치소 전체 재소자의 43퍼센트가 확진 판정을 받았다. 재소자들은 내부 상황을 알리기 위해 처벌을 감수하고 창에 덧대어진 방충망을 찢고는 '살려주세요'라는 문구를 바깥으로 내보였다.

'살려주세요!' 나는 내가 '사람 살려'를 강의한 곳에 필사적으로 매달려 있는 '사람 살려'를 보았다. 눈시울만 붉어질 뿐 아무 말도 할 수 없었다. 어떤 철학도, 어떤 문학도, 어떤 정신 승리도 불가능했다. 지난날의 아름다운 말들은 모두 잠꼬대였던가. '사람 살려' 때문에 잠은 깨버렸고 꿈은 실패했고 말문은 막혔다. 무슨 말을 해야 할지 모르겠다. 지금 이 글을 쓰는 순간에도, 지금 이렇게 글을 맺는 순간에도, 나는 말을 찾고 있다. 도무지 말은 떠오르지 않고 철방에서 나를 노려보던 사람만이 떠오른다. "그래서 지금 우리 깨우러 온 거예요?"

책에서 언급하거나 인용한 자료

- "Bring them home", Human Rights and Equal Opportunity Commission, 1997.

- David Wojnarowicz, "Funerals Synopses", https://actupny.org/diva/polfunsyn.html

- Dorothy Griffiths, Frances Owen & Rosemary Condillac(eds.), *A Difficult Dream: Ending Institutionalization for Persons w/ID with Complex Needs*, Nadd, 2017.

- Jacques Derrida, *L'Animal que donc je suis*, Galilée, 2006.

- Leon Trotsky, *My Life: An Attempt at an Autobiography*, Penguin Books, 1988.

- 〈기자회견 중 김미하 어머님의 발언 및 호소문 낭독〉(2023. 1.

16.), https://www.youtube.com/watch?v=4cvntDnmE2k

- 길버트 체스터턴, 홍희정 옮김, 「보이지 않는 남자」, 『결백』, 북하우스, 2002.

- 김영옥·메이·이지은·전희경 지음, 메이 엮음, 생애문화연구소 옥희살롱 기획, 『새벽 세 시의 몸들에게』, 봄날의책, 2020.

- 김진균, 「역사현실과 대결하는 사회과학」, 『오늘의책』, 1984년 봄 창간호, 한길사, 1984. (김진균, 『한국의 사회현실과 학문의 과제』, 문화과학사, 1997, 재수록.)

- 도미야마 이치로, 심정명 옮김, 『시작의 앎』, 문학과지성사, 2020.

- 루쉰, 공상철 옮김, 『외침』, 그린비, 2011.

- 미셸 푸코, 문경자·신은영 옮김, 『성의 역사 2』, 나남, 1990.

- 발터 베냐민, 김영옥·윤미애·최성만 옮김, 『일방통행로·사유이미지』, 길, 2007.

- 베네딕테 잉스타·수잔 레이놀스 휘테 엮음, 김도현 옮김, 『우리가 아는 장애는 없다』, 그린비, 2011.

- 브로니슬라프 게레멕, 이성재 옮김, 『빈곤의 역사』, 길, 2011.

- 비마이너 기획, 정창조 외 지음, 『유언을 만난 세계』, 오월의봄, 2021.

- 비마이너 기획, 홍은전 지음, 훗한나 그림, 『전사들의 노래』, 오월의봄, 2023.

- 서중원 기록, 정택용 사진, 장애와인권발바닥행동 기획, 『나, 함께 산다』, 오월의봄, 2018.

- 심보선, 「형」, 『오늘은 잘 모르겠어』, 문학과지성사, 2017.

- 앙리-자크 스티케, 오영민 옮김, 『장애: 약체들과 사회들』, 그린비, 2021.

- 에두아르두 비베이루스 지 카스트루, 박수경·박이대승 옮김, 『식인의 형이상학』, 후마니타스, 2018.

- 오드리 로드, 박미선·주해연 옮김, 『시스터 아웃사이더』, 후마니타스, 2018.

- 「외국인보호소 내 인권 유린 규탄 및 재발 방지를 위한 기자회견 피해자 발언」 (2021. 9. 29.).

- 이규식, 『이규식의 세상 속으로』, 후마니타스, 2023.

- 이와사부로 코소, 김향수 옮김, 『뉴욕열전』, 갈무리, 2010.

- 이흥섭, 번역공동체 잇다 옮김, 『딸이 전하는 아버지의 역사』, 논형, 2018.

- 임마누엘 칸트, 백종현 옮김, 『실용적 관점에서의 인간학』, 아카넷, 2014.

- 자크 데리다, 배지선 옮김, 『용서하다』, 이숲, 2019.

- 전태일기념관건립위원회 엮음, 『어느 청년 노동자의 삶과 죽음』, 돌베개, 1983. (조영래, 『전태일 평전』, 돌베개, 2009, 신판.)

- 조한진희, 『아파도 미안하지 않습니다』, 동녘, 2019.

- 주디스 휴먼·크리스틴 조이너, 김채원·문영민 옮김, 『나는, 휴먼』, 사계절, 2022.

- 폴 파머, 김주연·리병도 옮김, 건강과대안 기획, 『권력의 병리학』, 후마니타스, 2009.

- 프리드리히 니체, 「바젤의 프란츠 오버벡에게 보낸 편지An Franz Overbeck in Basel (Postkarte)」 (1881. 7. 30.).

- 프리드리히 니체, 백승영 옮김, 『바그너의 경우·우상의 황혼·안티크리스트·이 사람을 보라·디오니소스 송가·니체 대 바그너』, 책세상, 2002.

- 프리드리히 니체, 정동호 옮김, 『차라투스트라는 이렇게 말했다』, 책세상, 2002.

- 프리모 레비, 이현경 옮김, 『이것이 인간인가』, 돌베개, 2007.

- 한나 아렌트, 박미애·이진우 옮김, 『전체주의의 기원』, 한길사, 2006.

- 한나 아렌트, 윤철희 옮김, 『한나 아렌트의 말』, 마음산책, 2016.

- 홍은전, 『그냥, 사람』, 봄날의책, 2020.

사람을 목격한 사람

2023년 12월 7일 1판 1쇄
2024년 1월 31일 1판 2쇄

지은이
고병권

편집	디자인	
이진, 이창연, 홍보람	김효진	

제작	마케팅	홍보
박홍기	이병규, 이민정, 최다은, 강효원	조민희

인쇄	제책	
천일문화사	J&D바인텍	

펴낸이	펴낸곳	등록
강맑실	(주)사계절출판사	제406-2003-034호

주소	전화
(우)10881 경기도 파주시 회동길 252	031)955-8588, 8558

전송
마케팅부 031)955-8595, 편집부 031)955-8596

홈페이지	전자우편	
www.sakyejul.net	skj@sakyejul.com	

블로그	페이스북	트위터
blog.naver.com/skjmail	facebook.com/sakyejul	twitter.com/sakyejul

ⓒ 고병권 2023

ISBN 979-11-6981-175-0 03810